KB058891

줄거리

전생에 대성녀였고 최강의 마물 흑룡을 사역마로 지닌
루드 기사 가문의 막내, 피아는
과거 마왕의 오른팔에게 '성녀로 환생하면 죽인다'는 협박을 받았기 때문에
현생에서는 성녀라는 걸 숨기고 기사단에 입단한다.

하지만 첫 마물 토벌에 참가했을 때
신입 기사라기에는 말이 안 되는 마물 지식을 보여주고 만다.

그로 인해 마물을 사역하는 제4마물기사단으로 파견된 피아는
사역마를 돌보는 것도 중요하다는 걸 배우고
왕도 근처의 숲에서 흑룡 자빌리아를 불러냈는데….
그게 흑룡 목격 정보가 되어
제4, 제6기사단에 의한 '흑룡 수색'으로 발전.

그 수색 도중에 피아를 노리는 두 마리의 청룡이 출현.
자신에게 피아보다 더 소중한 것은 없다고 확신한 자빌리아는
청룡을 퇴치한 뒤 모든 용을 거느리는 흑룡왕이 되겠다며
짧은 이별을 고하고 여행을 떠났다──.

등 장 인 물 소 개

피아 루드

루드 가의 막내.
전생에는 왕녀이자 대성녀.
성녀의 힘을 숨기고 기사가 되었지만….

자빌리아

피아의 사역마.
세상에 하나뿐인 흑룡.
이 대륙의
삼대 마수 중 하나.

사비스 나브

나브 왕국
흑룡 기사단 총장.
왕제(王弟)이자
왕위계승권 제1위.

시릴 서덜랜드

제1기사단장.
필두 공작가의 가주이자
왕위계승권 제2위.
'왕국의 용'이라는 이명을
지녔다. 검 실력은 기사단 최강.

데즈먼드 로난

제2기사단장 겸 헌병
사령관. 백작가의 가주.
'왕국의 호랑이'라는
이명이 있다.
동생에게 정혼자를 빼앗긴 이후
여성 전반을 믿지 않게 되었다.

재커리 타운젠트

제6기사단장.
부하에게 절대적인
인기를 누린다.
호탕하고 아랫사람을
잘 돌본다.

카티스 바니스타

제13기사단장.
과거 제1기사단 소속.
기사단장 중에서는 최약체?

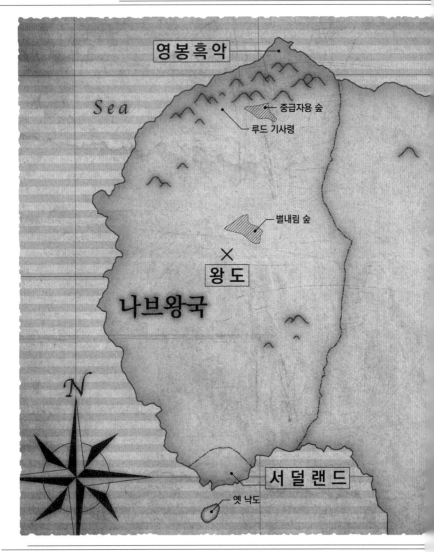

영봉흑악

Sea

중급자용 숲

루드 기사령

별내림 숲

× 왕 도

나브왕국

N

서 덜 랜 드

옛 낙도

The Great Saint who was
incarnated hides being a holy girl

나브 왕국 흑룡 기사단

——— 총장 사비스 나브 ———

	기사단장	부단장	단원
제1기사단 (왕족 경호)	시릴 서덜랜드		피아 루드, 파비안 와이너
제2기사단 (왕성 경비)	데즈먼드 로난		
제3마도기사단 (마도사 집단)	이노크		
제4마물기사단 (마물사 집단)	퀜틴 아거터		
제5기사단 (왕도 경비)	클라리사 애버네시	기디온 오크스	파티
제6기사단 (마물 토벌, 왕도 부근)	재커리 타운젠트		
제7기사단 (마물 토벌, 북방)			
제8기사단 (마물 토벌, 동방)			
제9기사단 (마물 토벌, 남방)			
제10기사단 (마물 토벌, 서방)			
제11기사단 (국경 경비, 북쪽 끝)			
제12기사단 (국경 경비, 동쪽 끝)			
제13기사단 (국경 경비, 남쪽 끝)	카티스 바니스타		
제14기사단 (국경 경비, 서쪽 끝)		돌프 루드	
제15기사단 (국경 경비)			
제16기사단 (국경 경비)			
제17기사단 (국경 경비)			
제18기사단 (국경 경비)			
제19기사단 (국경 경비)			
제20기사단 (국경 경비)			

CONTENTS

The Great Saint who was
incarnated hides being a holy girl

【SIDE】 기사단 총장 사비스 ～시작의 바람과 함께～

　　───뒤섞이는 붉은색을 보면서, 역시나 같은 색이었다는 생각을 했다.

　　휘날리는 붉은 국기와 그녀의 붉은 머리카락.

　　완전히 똑같은 색이라고. 그렇게 생각했다.

　　그 날, 복도에서 우연히 피아와 스쳐 지나갔다.

　　그녀의 붉은 머리카락이 시야에 들어왔다.

　　피아는 나를 알아보더니 복도 구석으로 비켜서서 인사했다.

　　여느 때라면 가볍게 고개를 끄덕이고 지나쳤을 테지만, 그때는 어째서인지 피아의 앞에서 발을 세웠다.

　　피아는 얼굴을 들고 의아한 듯 나를 바라보고 있다───금색 눈동자로.

　　그 순간, 나는 충동적으로 '잠시 따라오도록'이라며 피아에게 동행을 명령했다.

　　호위들은 이례적인 내 충동적 행동에 의문을 느끼는 것 같았지만, 눈치채지 못한 척을 한 뒤 피아를 데리고 성의 위층으로 올라갔다.

　　도착한 곳은 성의 최상층에 위치하는 발코니였다.

발코니라고 해도 넓어서 피아와 함께 12명의 호위가 동시에 들어올 수 있었다.

"와…… 아!"

발코니에서 아래를 내려다본 피아는 무심결에 나왔다는 듯 탄성을 질렀다.

이 장소에서는 왕도를 한눈에 볼 수 있다.

색색의 지붕이 햇빛을 받아 반짝반짝 빛나는 모습이 피아의 눈에 아름답게 비쳤으리라.

이 풍경 속에 수많은 국민의 생활이 존재한다.

"그래, 멋진 광경이지. 이것이 내가 수호해야 하는 국민들이다."

누구에게 들려주려는 의도 없이 중얼거리자, 내 목소리를 들은 피아가 활짝 웃으면서 돌아보더니 들뜬 목소리로 외쳤다.

"저도 방금 같은 생각을 했습니다! 이게 제가 지켜야 할 광경이라고요!"

피아의 말에 눈을 살짝 가늘게 좁혔다.

……위정자의 감각이군.

무언가를 놓치고 있는 느낌이 든다. 그 무언가를 잡기 위해 자신의 감각을 파고들자, 높은 장소 특유의 거센 바람이 불었다.

"으앗……!"

바람에 머리카락이 날려간 피아는 당황한 듯 한쪽 손을 들어 머리카락을 누르려했다.

피아의 등 뒤로 발코니에 걸려있는 여러 장의 국기가 펄럭거렸다.

자랑스러운 나브 왕국의 국기――중심에 흑룡이 그려진 붉은색의 국기가 피아의 머리카락과 겹쳐지자, 같은 색이 하나로 녹아든 것처럼 보였다.

"……네 머리카락과 나브 왕국의 국기는 색이 같군."

무심코 생각한 것을 그대로 입에 담자 피아는 신기하다는 듯한 표정을 지었다.

"네? 그런가요? 같은 빨강으로 묶이지만 다양한 종류가 있으니까요. 완전히 똑같은 색은 아닌 것 같은데요?"

그 말이 맞다. 특히 국기에 사용된 붉은색은 '대성녀의 적색'으로 유일무이한 색이다. 같은 색이 존재할 리 없다━━고, 지금까지는 그렇게 생각했다.

나는 무어라고도 대답하지 않고 한 번 더 색을 비교했다.

바람에 나부끼는 피아의 머리카락과 그 뒤에서 펄럭이는 나브 왕국의 국기를.

……같은 색으로 보이는데.

본래 나브 왕국의 국기는 파란색과 하얀색으로 구성되어 있었다. 그걸 300년 전의 기사단 총장이 당시의 대성녀의 머리카락 색에 맞춰서 붉은색으로 리뉴얼했다.

'대성녀의 적색'은 특수하여 그 외에는 찾아볼 수 없는 붉은색이라는 건 유명한 이야기다.

그 때문에 300년 전에 국기를 변경할 때 당시의 염색공들이 무척 고생했다고 전해지고 있다.

전국의 직공이 몇 번을 시도해도 도저히 '대성녀의 적색'을 낼 수 없었다고.

하지만 모든 이가, ───당시 국민 중 누구도 유사한 붉은색 정도로는 수긍하지 못했고───다행히 우연과 노력의 결과 한 직공이 '대성녀의 적색'을 완성할 수 있었다.

그 후 '대성녀의 적색'의 염색 기술은 일자상전(一子相傳)으로 그 직계에만 전수되어 문외불출(門外不出)의 색상이 되었다. 현재도 국기를 염색하는 건 그 공방뿐이다.

그 정도로 특수하고 재현하는 것조차 어려운 색이라고 들었다. 하지만…….

"…………나에게는 같은 색으로 보이는군."

나란히 두고 비교해보면 일목요연하다. 두 가지는 완전히 같은 색이었다.

내 말을 들은 피아는 의아하다는 표정을 지었다.

"그런가요? 흔한 색인 걸까요."

그렇게 말하며 그 가치를 조금도 이해하지 못한 채 활짝 웃었다.

───그 붉은색은 300년 전에도 대성녀만이 지닌 색이었다.

그리고 유전되지 않았던 그 머리색은 대성녀와 함께 사라졌다. ……그렇게, 전해지고 있었다.

어린 시절부터 대성녀의 초상화를 보고 자란 나는 그 머리색의 유일성에 신비로움을 느끼고, 희귀하며 자연계에는 존재하지 않는 색이라 여겼다.

그런데…….

"흔한 색? 귀족 영애들은 그 색을 재현하기 위해서라면 얼마든지 돈을 낼 거다."

나는 무심코 반론했다.

피아의 무지가 때로는 우습다.

자연계의 우연은 가끔 기적과도 같은 현상을 일으킨다.

성녀의 힘을 전혀 지니지 않은 소녀가 전설 속 대성녀와 같은 색을 보유하는 식으로.

'대성녀의 적색'에 '금색 눈동자'────300년 전 전설의 대성녀와 완전히 같은 색이라니, 얼마나 대단한 우연인지.

"네게 성녀의 힘이 없는 게 다행이군. ……미미하게라도 성녀의 힘이 있다면 우상이 되어 떠받들어졌을 테니까."

피아는 영문을 알 수 없다는 표정으로 미간을 찌푸린 후 수상하기 짝이 없는 심각한 얼굴이 되더니 고개를 주억거렸다.

"말씀하신 대로입니다."

……이해하지 못했으면서 알아들은 척하고 있군.

나는 마음속으로 한숨을 쉰 다음 피아를 실내로 인도했다.

"시간을 빼앗아서 미안하다. 네 머리카락이 국기의 색과 흡사한 것 같은 느낌이 들어서 비교해보고 싶었다."

"후후, 총장님께서도 어린아이 같은 행동을 하시네요."

피아가 까르륵 웃었다.

아래층으로 돌아가려고 발걸음을 돌리자 호위들은 조금 전과는 다른 눈으로 피아를 보고 있었다.

……정말로, 그 머리색의 가치를 모르는 건 너뿐일 거다.

아니면 내가 모르는 것뿐, 세상에는 피아처럼 '대성녀의 적색'

을 지닌 인간이 많이 있는 걸까. ……아니, 가능성은 낮겠지.

대성녀는 왕녀였다. 같은 핏줄이 있다면 귀족일 테지만, 귀족 중에서도 이런 붉은색은 본 적이 없다.

정말로, 피아의 머리색은 기적적인 우연의 산물이리라.

"피아, 너는 머리카락을 염색하지 마라."

그 가치를 모르는 소녀 기사에게 조언을 주자, 피아는 생긋 웃었다.

"네, 안 합니다. **이 머리카락은 아주 옛날부터 변함없이 같은 색이거든요.** 저는 이 색을 좋아합니다."

"……그래, 그렇지. 성장하면 어린 시절과는 머리색이 달라지는 사람도 있다던가. 그래, 너는 어릴 때부터 그 색이었나 보군."

내 대답을 듣더니 피아는 '어, 음, 그렇죠' 하고 애매모호하게 대답했다.

원래 있던 장소로 돌아가자 피아는 힘차게 인사했다.

"발코니에서 보는 풍경을 보여주셔서 감사합니다! 그럼 총장님. 오늘도 힘내겠습니다!"

……피아는 기운이 넘치는군. 저런 인간이 늘어나면 나브 왕국도 계속 번성할 수 있을 것이다.

나는 발걸음을 돌려 다음 장소를 향해 걸어 나갔다.

25 제1기사단 복귀

흑룡 수색 다음 날, 나는 제1기사단에 복귀했다.

어느새 귀속의식이 생긴 전지 고작 며칠 동안 제1기사단을 떠나 있었을 뿐인데 시릴 단장님의 얼굴을 보자 기뻐졌다.

"시릴 단장님——!"

단장실의 문을 열고 시릴 단장님의 모습을 확인한 내가 이름을 부르며 나도 모르게 달려들자, 단장님은 집무 책상에서 일어나 책상 앞으로 나와주셨다.

나는 단장님 앞에서 멈춰 선 뒤 기사의 예를 취했다.

"시릴 기사단장님. 피아 루드, 지금 막 돌아왔습니다!"

"잘 돌아왔습니다, 피아."

부드러운 목소리에 얼굴을 들자 시릴 단장님의 희미하게 웃고 있었다.

"후후……. 어젯밤에 만났을 때 복귀 인사를 이미 받았지만, 그랬죠. 당신은 술이 들어가면 기억이 날아가는 타입이니까요. …… 피아, 고생이 많았던 모양이지만 무사히 돌아주어서 기쁩니다."

시릴 단장님의 말에 눈을 깜빡였다.

……어라. 제4마물기사단에서 무슨 일을 했는지 보고할 필요가 있을 것 같아 일찍 나온 거였는데, 시릴 단장님은 이미 파악이

끝난 건가?

혹시 어젯밤 고기 파티 때 시릴 단장님과 만나서 보고한 건가?

어젯밤의 기억을 떠올려보자 시릴 단장님과 재커리 단장님, 데즈먼드 단장님, 퀜틴 단장님, 기디온 부단장님이 고기 파티에 참가했고, 인사했고⋯⋯. 거기서 기억이 끊어졌다. 즉, 거의 기억 나지 않는다.

하지만 기억에는 없으나 아무래도 나는 연회 자리임에도 불구하고 시릴 단장님에게 보고를 올린 모양이었다.

나 정말 장하다! 기사의 귀감이야.

그렇게 생각하며 히죽히죽 웃고 있었더니 시릴 단장님이 작게 한숨을 쉬었다.

"피아, 당신에 대해 보고한 사람은 재커리와 퀜틴입니다. 어젯밤의 당신은 그냥 고기를 맛있게 먹고 술을 맛있게 마셨을 뿐이에요."

"앗, 으, 그, 그랬습니까⋯⋯."

상상과는 다른 현실에 시무룩해진 나를 본 시릴 단장님은 웃기다는 듯 후후후 웃었다.

"당신이 여전히 당신이라 안심했습니다, 피아. 재커리와 퀜틴의 이야기로는, 당신은 중요 인물이 되어버렸기 바람에 저 같은 건 이제 상대해주지 않을지도 모른다고 걱정했거든요."

그런 생각은 요만큼도 하고 있지 않을 텐데도 시릴 단장님은 서글픈 듯한 표정을 지으며 천연덕스럽게 말했다.

"주, 중요 인물이요? ⋯⋯앗, 아뇨. 착각할 뻔했습니다! 순간 칭찬해주신 건가 했는데 그럴 리가 없죠. 이번에 저는 칭찬받을 만한 일은 하지 않았으니까요. ……으음, 그거죠? 완곡한 비아냥이라는 고급 테크닉인 거죠? 재커리 단장님께 배웠습니다. 그렇다면 즉, 저는 너무 무능하다고 혼나고 있는 건가요?"

발언의 진의를 알 수 없어서 물어보자, 단장님은 의아하다는 듯 어리둥절한 표정을 지었다.

내 말을 이해하지 못한 것 같아서 보충 설명을 붙였다.

"……어, 그러니까, 시릴 단장님께서 말씀하신 사역마의 생명력 수치화 작업은 전혀 못 했고, 어제 흑룡 수색 때도 활약한 건 흑룡이었지 저는 거의 아무것도 돕지 못했으니까, ……으음, 제 능력 부족을 혼내고 계신 걸까…… 하고요."

내 입으로 말하면서도 점점 침울해졌다.

그리고 퍼뜩 떠오른 생각에 허둥지둥 말을 추가했다.

"호, 혹시 퀜틴 단장님께 클레임이 왔나요?"

퀜틴 단장님은 흑룡인 자빌리아에게 심취해계셨잖아.

자빌리아만 부려 먹고 거의 아무것도 하지 않은 나는 필시 게으름뱅이로 보였던 게 아닐까?

"아, 아니면 클레임을 건 사람은 재커리 단장님이시라거나?"

전투 중에 나는 성녀 옆에 서 있기만 했다.

전투 후에도 재커리 단장님이 업무상 필요하기 때문에 던진 질문에는 거의 대답하지 못한 데다, 갑자기 쓰러져서 재커리 단장님에게 간호까지 받았다.

……자, 잘 생각해 보면 바쁜 기사단장님의 손을 직접 번거롭

게 만들어버리고 말았잖아.

게다가 내 눈물로 재커리 단장님의 옷까지 축축하게 더럽혔고…….

이, 이거 대단한 민폐 행위네.

큰일이다! 회상하면 회상할수록 도움이 안 된 기억밖에 안 나와.

명예 회복을 위해서도 다음에 퀜틴 단장님과 재커리 단장님 앞에서 열심히 하는 모습을 보여야겠다…….

"뭐, 뭐어, 실제로 명령받은 일은 완수하지 못했으니까 무슨 말씀을 하신다고 해도 받아들일 수밖에 없지만요……."

점점 목소리가 작아지는 나를 보고 시릴 단장님이 후후 웃었다.

"정말 당신은 여전히 당신이네요. ……음, 그래요. 저희가 당신의 힘을 눈치채기 시작했을 뿐, 당신 본인에게는 아무런 변화도 없으니까요."

"네?"

"아무것도 아닙니다. 사역마의 생명력 수치화에 대해서는 신경 쓰지 마세요. 제 사정 때문에 당신을 일찍 불러들인 것이니 혼나야 할 사람이 있다면 그건 저입니다. 그리고 필두 기사단장인 저를 정면으로 규탄할 사람이 있을 리도 없으니 이 이야기는 해결입니다."

"……네? 그, 그렇게 간단한 이야기였어요?"

며칠 동안 다른 기사단으로 파견 가놓고, 정작 그 이유가 된 업무를 전혀 하지 않은 것을 아무렇지도 않은 양 잘라내는 시릴 단장님을 얼떨떨한 기분으로 바라보자 단장님은 싱긋 웃었다.

"흑룡 수색에 대해서는 당신의 인식과 재커리, 퀜틴의 인식에 차이가 있는 것 같습니다. 그들이 당신은 제 역할 이상의 일을 해 주었다고 증언하더군요. 다른 기사단의 단장들이 부하를 칭찬해 주다니, 단장으로서 더없는 행복입니다. 피아, 수고 많았어요."

"네, 네……?"

시릴 단장님은 기뻐하면서 나를 치하해주었지만, 나는 고개를 갸우뚱거렸다.

재커리 단장님과 퀜틴 단장님이 날 칭찬하셨다고?

아니, 조금 전에 떠올려본 기억상 어제의 나는 칭찬을 받을 만한 구석이 전혀 없는데.

재커리 단장님에게는 숨기고 있던 힘을 써 줘서 고맙다는 인사를 들었지만, 결국 퀜틴 단장님의 통찰에 의해 내 힘이 아니라 자빌리아의 힘이라는 게 알려졌잖아.

응. 그런 의미로는 재커리 단장님은 나에게 괜히 고맙다고 하신 거지.

……나 왜 칭찬받은 거지?

도통 영문을 알 수 없었지만, 시릴 단장님이 기쁘다는 듯 웃고 있었기에 찬물을 뿌릴 수도 없어서 알았다고 고개를 끄덕여보았다.

"칭찬해주셔서 영광입니다. 분명 예의 그 건으로 칭찬해주신 거겠죠. 네, 그건 열심히 했습니다."

"피아, 당신의 그런 점이 말이죠……."

내 발언을 들은 시릴 단장님은 나를 물끄러미 응시했다.

"당신의 그런 점이 당신의 가치를 떨어트리는 겁니다. ……뭐,

말해봤자 고쳐지지 않을 테지만요."

체념한 듯 짧게 한숨을 내쉰 시릴 단장님은 기분을 전환하듯 밝은 목소리로 말을 걸었다.

"그런데 몸은 좀 어떻습니까? 조금 전에는 어젯밤 당신이 그저 고기를 맛있게 먹고 술을 맛있게 마셨다고 말했지만, 사실은 중간에 한동안 시무룩하게 우울해져 있었거든요."

"네? 제가 우울해했다고요?"

……전혀 기억나지 않는다.

"네. 당신의 소중한 친구가 멀리 가버렸다고, 아주 우울해했습니다."

"아……."

……그건, 사실이겠지.

오늘 아침에도 눈을 떴을 때 배 위가 가벼워서 시무룩했다.

늘 곁에 있던 온기가 없다는 게 이렇게나 쓸쓸하다는 걸 겪어본 뒤에야 비로소 깨달았다.

자빌리아는 용왕이 되겠다며 여행을 떠났다.

청룡과 싸웠을 때의 자빌리아는 무시무시하게 강했으니 쉽게 당할 일은 없을 테지만, 이것만큼은 모르는 일이다.

실제로 처음에 만났을 때도 자빌리아는 크게 다쳤으니까.

지금의 자빌리아는 처음 만났을 때에 비해 체격이 훨씬 커졌지만, 그렇게 큰 부상을 입힌 마물과 다시 대치했을 때 이길 수 있을지 없을지는 모른다.

아아, 떨어져 있는 건 안 좋구나.

보이지 않는 만큼 걱정이 자꾸 쌓이니까━━━…….

시릴 단장님의 말에 자빌리아를 떠올리고 쓸쓸한 표정을 짓고 있었더니, 그걸 본 단장님이 자상한 목소리로 말했다.

"그래서 어제, 당신과 저는 친구가 되었습니다."

"……………네?"

무슨 말을 들은 건지 이해하지 못하고 멍하니 시릴 단장님을 쳐다봤다.

"당신이 '친한 친구가 멀리 가버려서 쓸쓸하다'고 했고, 제가 '그럼 대신 저와 친구가 되자'고 해서 당신이 승낙했어요."

"거, 거짓말이죠……!!"

나는 반사적으로 반박했다.

알코올 때문에 기억이 없다고 해도 내 행동 정도는 안다.

나는 절대 시릴 단장님과 친구가 되겠다고 생각하지 않을 것이다.

내 행동을 확인하기 위해서도 새삼 눈앞에 서 있는 시릴 단장님을 바라봤다.

하얀 기사복을 입은 시릴 단장님은 늘씬하면서도 균형 잡힌 몸을 지니고 있다.

견장에 달린 술이 반짝반짝 빛나며, 반듯한 이목구비와 어우러져 고상하고 우아한 분위기를 조성하고 있다.

하지만 이 우아한 모습은 겉모습일 뿐. 나는 시릴 단장님이 기사단에서 제일가는 검사라는 걸 알고 있다.

'왕국의 용'이라고 불리는 만큼 무시무시하게 강하다.

그리고 강하기만 한 것이 아니라 필두 기사단장을 임명받았을 정도의 전략가이자 지략에 뛰어나다는 것도 알고 있다.

왜냐하면 플라워 혼 디어를 쓰러트린 날 밤에 개최한 제1회 고기 파티에서 웃는 얼굴로, 칭찬하는 말로 기사들을 몰아세운 수단을 직접 체험했기 때문이다.

궁지에 몰린 쪽이었기 때문에, 시릴 단장님의 징그러울 만큼 가혹한 추궁에 진심으로 공포를 느꼈다.

게다가 퀜틴 단장님의 단장실에서 생글생글 웃으며 기디온 부단장님을 몰아붙이고, 협박 차원에서 로우 테이블을 파괴한 그 방식.

아무것도 모른다는 듯 이야기하기 시작해서 상대가 방심했을 때 차례차례 증거를 제시하며 몰아넣는 것만으로도 충분히 무서운데, 아무도 부술 수 없을 법한 딱딱한 재질의 가구까지 박살 내서 실력의 차이를 과시한 것이다.

여기에 이가 딱딱 울릴 만큼 겁먹고 떠는 상대의 멱살을 잡고 협박을 가한다.

그건 완전히 마왕이었다.

게다가 들은 게 없으니까 상상일 뿐인지만, 시릴 단장님의 기품 있는 행동거지를 보면 귀족인 게 아닐까. 그것도 상급 귀족.

상급 귀족은 정말 귀찮기 짝이 없다.

정리하자면 기사단에서 제일 강하고(1등이란 성가신 일에 말려드는 법이기 때문에 근처에 가고 싶지도 않다), 책략가에, 유능한 상급 귀족!!

방금 머리에 떠오른, 내가 알고 있는 정보만으로도 친근하게 교류하고 싶다는 생각이 들지 않는 요소들 뿐이었다.

"말도 안 됩니다! 제가 시릴 단장님과 친구가 되는 것에 동의한 다니, 절대 그럴 리 없어요!!"

"어라? 당신은 어젯밤 일을 기억하고 있나요?"

말문이 턱 막혀버렸지만……. 희미하게 미소 짓는 시릴 단장님 의 얼굴이 너무나도 수상했다.

증거는 없지만 시릴 단장님은 틀림없이 거짓말을 하고 있는 거다.

"한 번 친구가 되겠다는 맹세를 한 뒤에 쉽게 깨트려버려서야, '기 사의 십계'에 있는 '성실'을 지키고 있다고 할 수 없군요. 피아, 기 사란 무릇 한 번 입 밖에 낸 것을 어겨서는 안 됩니다."

"크윽…………."

이건 분명히, 틀림없이, 정의는 나에게 있다.

그렇지만 알코올에 당해서 무엇 하나 기억나지 않는 머리로는 반박할 수 없다.

그리고 그 사실을 잘 아는 단장님은 수상한 미소를 지으며 나 를 몰아세웠다.

"피아. 그렇게 거절하면 상처받으니까 그쯤에서 용서해주세요. 저는 성실하고, 검 실력도 나쁘지 않고, 동료를 배신하지도 않습 니다. 친구로서는 좋은 상대라고 보는데요."

"으으윽…………."

머뭇거리는 나에게 시릴 단장님은 웃는 얼굴로 '좋죠?'라며 압 박을 가했다.

"알, 겠, 습니다. 자빌리아 대신은 안 되지만, ……시릴 단장님은 친구입니다."

마지못해 그렇게 대답하자 시릴 단장님은 재미있다는 듯 웃었다.

"역시 술이 들어가도 안 들어가도 당신의 의견은 변하지 않는 군요. 어제 당신은 지금처럼 '떠난 친구의 자리는 아무도 대신할 수 없다, 그의 자리는 그의 것'이라며 완고하게 버텼거든요."

어? 역시 나는 시릴 단장님의 제안을 거절한 거 아니야? 하는 생각이 든 나에게 시릴 단장님은 급히 말을 덧붙였다.

"물론 그 후에 당신이 저를 위해 새 자리를 만들어주겠다고 했답니다."

………끄응.

자빌리아가 사라져서 마음이 약해져 있던 내가 그 타이밍에 친절한 제안을 받고 시릴 단장님과 친구가 되는 걸 받아들였을 가능성도 있을 것 같은 느낌이 든다.

평상시의 나라면 시릴 단장님처럼 너무 유능하고 너무 거물인 상대를 친구로 선택할 리가 없지만, 이번 상황을 생각하면 친구가 되겠다고 했을지도 모른다. 아마도.

아니면 시릴 단장님의 말솜씨가 너무 교묘해서 속아 넘어갔거나……

"감사합니다, 피아. 저는 좋은 친구가 될 것을 약속드릴게요."

어쨌거나 맨정신으로 친구 관계를 긍정해버린 이상 나는 받아들일 수밖에 없다.

"가, 감사합니다. 저도 단장님께 성실하고 좋은 친구가 되겠다고 약속드립니다."

내민 오른손을 내 오른손으로 맞잡으면서 대답하자 시릴 단장님이 곱게 웃었다.

그 순수하고 청아한 미소를 보고 확실히 단장님은 친구로서는 매력적인 것이라 생각했다.

시릴 단장님은 친절하고, 잘 돌봐주고, 든든하고, 본래대로라면 최상급의 친구다.

다만 너무 거물이라서 나와는 수준이 안 맞는다는 게 최대의 문제점이지만…….

내 희망 사항이 어떻든, 시릴 단장님과 친구가 된다는 결론이 나와버려 힘이 빠진 나에게 단장님이 별것 아니라는 듯한 목소리로 말을 걸었다.

"그래서 말이지만, 피아. 친구로서 부탁이 있는데요……."

고개를 들어 시릴 단장님을 바라본 나는 성대한 함정에 빠졌다는 사실을 깨달았다.

"다, 단장님! 친구가 어쩌고 하신 것은 부탁을 하기 위한 포석이었군요?!"

……하지만 알아차렸을 때는 이미 늦었다.

시릴 단장님이 내 항의에는 아랑곳하지 않고 미려한 미소를 유지한 채 이야기를 계속했기 때문이다.

"……피아, 당신이 말했습니다. 친구라는 건 함께 이야기를 하거나, 외출하거나, 잠을 잔다고요."

시릴 단장님은 산뜻한 목소리로 말했지만…….

잠깐, 잠깐만!

마지막은 이상하잖아!

"다, 단장님! 단장님의 교우 관계에 간섭할 마음은 터럭만큼도 없지만 저는 남성인 친구와 함께 잠들지 않습니다!!"

"다행입니다. 저도 무척 틀에 얽매이지 않는 사고방식이라고 생각하면서 당신의 이야기를 들었으니 정정해주셔서 안심했어요."

"크윽…………."

틀렸다.

내가 한 말이 되고 말았다.

기억하지 못할 때의 이야기를 꺼내 들면 너무 불리하다.

"그, 그래서요? 확실히 친구라는 건 많은 것을 공유한다고 생각하지만, 단장님께서는 무엇을 공유하고 싶으신 거죠?"

그래서 화제를 바꿔봤다.

"……음, '추억'일까요. 당신에게 제 추억을 공유하고 싶습니다."

"추억?"

시릴 단장님의 내면에 관한 이야기인 것 같은 느낌이 들어서 되묻자, 단장님은 생글생글 웃었다.

"네, 저에게는 추억의 땅이 있습니다. 매년 이 시기에는 제 과거의 행동을 잊지 않기 위해 그곳을 방문하니, 함께 가주실 수 있을까 해서요."

"……뭐, 뭔가 아주 개인적인 용건이라 제가 동행해도 괜찮은 건지 모르겠지만, 단장님께서 원하신다면 같이 가겠습니다. 장소는 어디죠?"

"제 영지입니다."

영지! 영지가 있다니, 역시 귀족이잖아?

그렇게 생각하며 자연스러움을 가장해 물어보았다.

"그런데 시릴 단장님의 가문명이 뭐였죠?"

"……피아. 당신은 깜빡 잊었다는 것처럼 질문했지만 어차피 제 가문명 같은 건 처음부터 모르셨죠? 서덜랜드입니다."

"서덜랜드!!"

이럴 수가.

전생에 내 호위 기사였던 '청기사(青騎士)'의 영지였던 장소잖아.

"시, 시릴 단장님은 '청기사'의 자손이세요?"

놀라서 물어보자 오히려 시릴 단장님이 놀라며 되물었다.

"당신은 '청기사'의 전승을 들어본 적이라도 있는 건가요? 용케 도 그렇게 지명도가 낮은 기사를 알고 계시네요?"

"지명도가 낮다고요? 왕국의 국기가 파란색과 하얀색이라서, 대대로 기사단 중에서도 가장 우수한 두 명이 '청기사'와 '백기사 (白騎士)'으로 뽑혀왔잖아요? 기사단에서 가장 유명하고 가장 명 예로운 기사들이라고 보는데요?"

"……피아, 왕국의 국기가 파란색과 하얀색으로 구성되어있던 건 300년도 더 전의 이야기입니다. 현재 나브 왕국의 국기는 빨 간 바탕에 흑룡 문장이 그려져 있어요."

……마, 맞다!

확실히 전생의 기억이 돌아왔을 때 놀란 것 중 하나가 국기가 바뀌었다는 점이었다.

현재 왕가의 가문명도 나브이니까 왕조는 바뀌지 않은 것 같은

데, 왜 국기가 변경된 건지 신기하게 생각했다.

"어어어, 그렇다면 지금 가장 고명한 기사는 '적기사(赤騎士)'라고 불립니까?"

"……피아. 빨간색은 금색(禁色)입니다. 사용이 허락되지 않은 색이에요."

"어? 그, 그래요?"

"네. 빨간색은 대성녀님의 색입니다. 저희는 '대성녀님의 적색'을 대성녀님께 돌려드렸죠."

대성녀의 적색……?

처음 듣는 단어에 눈을 깜빡깜빡 움직였다.

확실히 대성녀라 불리던 전생의 나는 지금과 똑같이 빨간 머리카락이었다. 거기에서 유래한 무언가인 건가?

아니면 내가 죽은 뒤에 다른 대성녀가 나타나서 그 대성녀들이 빨간색과 관련된 무언가를 한 걸까.

고개를 갸웃거리며 생각해봤지만, 지난 300년간의 흐름을 모르는 나는 대답을 알 방도가 없었고…… 그보다 머리가 원체 명석한 시릴 단장님과 이 이야기를 계속하는 건 위험한 것 같은 느낌이 들어서 화제를 돌려보았다.

"그, 그렇군요. 그러고 보면 빨간색 옷이나 커튼은 안 팔더라고요. 빨간색이 금지된 거라면 이해가 갑니다. 그, 그래서 시릴 단장님은 '청기사'의 자손인 건가요?"

그래도 역시 시릴 단장님의 '청기사'의 핏줄인지 아닌지 궁금해서 다시 물어보았다.

시릴 단장님은 자조적인 미소를 흘리더니 고개를 옆으로 기울였다.

"그렇게 궁금합니까? 아쉽게도 저는 '청기사'의 자손이 아닙니다. 당신이 말하는 사람은 분명 서덜랜드라는 성을 사용하던 마지막 '청기사'를 가리키는 것이겠죠. 그에게는 가문을 물려줄 아이가 없었기 때문에 그를 마지막으로 서덜랜드 영지는 일단 왕가에 반환되었습니다. 그 후 계속 왕가가 관리했다가 30년쯤 전에 제 아버지가 그 영지를 받았죠."

"그, 그렇군요……."

함께 지냈던 옛 동료의, 내가 모르는 훗날의 이야기를 듣는 것은 신기한 느낌이었다.

'청기사'가 내가 죽은 뒤에도 무탈하게 오래오래 살았는지 물어보고 싶었지만 역시 건드리면 안 될 것 같았다.

내 죽음이 그의 마음을 휘저어놓지 않았다면 좋겠는데. 늦게나마 그런 것을 바랐다.

……응, 300년 정도 늦었지만.

"알겠습니다, 단장님. 함께 가겠습니다. 출발은 언제죠?"

서덜랜드 방문이 정해지자마자 나는 재촉하듯이 무심코 일정을 물어보았다.

갑작스러운 그리움이 밀려들어 다시금 그 푸른 하늘과 바다로 에워싸인 아름다운 땅을 보고 싶어졌기 때문이다.

'청기사'는 서덜랜드 영지를 사랑했다.

그의 무덤은 분명 서덜랜드에 있겠지.

시릴 단장님과 동행하는 김에 성묘하러 가야겠다.

"네. 당신도 몸을 조금 쉬어주고 싶을 테니까, 사흘 뒤에 출발하죠."

생긋 미소 짓는 시릴 단장님에게 동의한 뒤 나는 단장실에서 나왔다.

단장님과 친구가 된다는 건 나에게 까다로운 부탁을 떠넘기기 위한 포석인 줄 알았는데, 그리 대단한 부탁도 아니었지……. 단장실의 문을 닫으며 그런 생각을 했다.

응, 그래. 역시 단장님은 상식적인 기사였어…….

"어라? 피아."

단장실에서 나와 복도를 걷고 있었더니 뒤에서 목소리가 날아왔다.

그쪽을 돌아보자 은빛 왕자님이 서 있었다.

파비안이다.

"앗, 파비안. 잠깐 못 본 사이에 한층 더 왕자님 모드에 물이 올랐네! 어떻게 해야 그렇게 반짝거리는 빛을 뿌리고 다닐 수 있는 거야?"

파비안의 은빛 머리카락만이 아니라 그의 주위가 반짝반짝 빛나는 것 같은 착각에 사로잡혀 무심코 그런 소리를 중얼거렸다.

파비안은 우습다는 듯 쿡쿡거리면서 다가왔다.

"변함없이 보통 사람은 이해할 수 없는 발언을 하는구나, 피아는. 그게 재미있지만. 제4마물기사단은 어땠어?"

새삼 질문을 받으니 뭐라고 대답해야 할지 알 수 없었다.

"으으음⋯⋯. 그게 말이지. 여기서만 하는 말인데, 원래의 목적을 전혀 달성하지 못한 채 돌아오고 말았어."

"뭐?"

"제4마물기사단의 퀜틴 단장님이 장기 부재중이셔서 기디온 부단장님이 단장 업무를 대행하고 계셨는데, 내가 마음에 안 들었던 건지 다른 업무를 담당하게 했거든. 시릴 단장님께 부탁받은 업무에는 조금도 손대지 못했어."

"그거 유감이구나. 제4마물기사단은 배타적인 면이 있다고 들었는데, 제1기사단 소속인 채로 제4마물기사단의 업무를 도우려고 한 피아가 마음에 안 들었던 게 아닐까? 제4마물기사단의 특성이라고 생각하고 어쩔 수 없다고 포기할 수밖에. ⋯⋯괜찮아, 피아가 열심히 일한다는 건 다들 아니까. 원래의 목적을 달성하지 못한 건 피아 잘못이 아니야."

생글생글 웃으면서 자연스럽게 내 마음을 가볍게 만들어주려고 하는 파비안을 보고 감동했다.

얼굴도 착하고 성격도 착하다니, 최강이잖아.

"고마워, 파비안. 시릴 단장님께도 업무를 수행하지 못했던 것에 대해서는 하나도 혼나지 않았어. 단장님의 성격상 클레임이 들어왔어도 단장님께서 받아내시고 나에게는 아무런 문제도 없다고 웃으며 넘겨주실 것 같으니까, 눈치채지 못한 사이에 폐를 끼치진 않았을까 걱정이었거든."

"후후, 피아는 착하구나. 괜찮아. 시릴 단장님께서는 분별없이 옹호하시는 분이 아니니까. 옹호를 해주신다면 옹호받는 사람에게도 이유가 있는 거야."

"어? ……혼자서는 버티지 못할 만큼 믿음직스럽지 못하다고 생각하신다는 거야?"

확실히 백전노장의 시릴 단장님이 보기에 나 같은 건 어린아이나 마찬가지일 테지만…….

걱정이 되어 물어보자 파비안이 푸흡 웃음을 터트렸다.

"하하, 피아의 발상은 참 재미있어. 제4마물기사단에서 무슨 일이 일어났는지 나는 전혀 모르지만, 어젯밤 파티를 보면 어지간히 바보가 아닌 이상 네가 큰일을 완수했다는 건 알 수 있어. 시릴 단장님이나 데즈먼드 단장님은 그렇다 쳐도 재커리 단장님과 퀜틴 단장님, 기디온 부단장님마저 피아 옆에서 떠나려 하지 않으셨는걸."

"어? 저기……."

"말하지 않아도 돼. 아무래도 피아와 관련된 일에 대해서는 함구령이 깔린 모양이니까. ……하지만 흥미롭네. 정작 너에게는 아무런 입막음도 안 한 거야? 네가 말하는 건 자유라는 건가?"

신기하다는 듯 중얼거리는 파비안을 보고 나는 눈을 깜빡깜빡 움직였다.

……뭐지, 이 통찰력.

기사단장이라는 직책을 짊어진 단장님들이라면 모를까 파비안마저.

내 주위에 잇는 기사들이 너무 유능해서 좀 싫다…….

실제로 떨떠름한 표정을 지으며 파비안을 쳐다봤는데, 파비안은 아랑곳하지 않고 말을 이었다.

"그러고 보면 시릴 단장님께서는 조만간 사비스 왕제 전하의 대리로 서덜랜드 공작령을 방문하신다고 해."

"어……………?"

……지금 서덜랜드라고 하지 않았어?

서덜랜드면 이번에 시릴 단장님과 함께 방문할 영지잖아?

어라? 시릴 단장님은 자석인 여행인 것처럼 말씀하셨는데, 공식 행사인 거였어?

심지어 왕제 전하의 대리……?

"파, 파비안. 기사단 총장이 아니라 왕제 전하의 대리라고 한 거야?"

왕제 전하의 대리라면 기사단의 업무가 아니라 나라의 공식 행사로 집행된다는 뜻이다.

거기에 대리로 출석한다면 시릴 단장님의 영지 방문은 국가의 중요 행사인 거잖아!

너무 놀라서 안절부절못하며 물어보자 파비안은 선뜻 긍정했다.

"그래. 그 땅은 10년 전에 전장이 되었거든. '서덜랜드의 비탄(悲嘆)'이라 불리는 내란이지. 그 후 매년 왕족이 추도를 위해 그 땅을 방문하고 있어."

"고, 공식 행사라니 나는 못 들었어! 대리를 세운다는 건 이번에 사비스 총장님께서 바쁘시니까 방문하지 못하신다는 건가? 하, 하지만 총장님…… 아니, 왕제 전하의 대리를 시릴 단장님께서 맡으신다니 대단하네. 피, 필두 기사단장의 권한이 정말 어마어마해."

"아니, 이번에 시릴 단장님께선 왕위계승권을 지닌 서덜랜드 공……."

"피아."

파비안의 목소리를 가로막듯이 내 이름을 부르는 목소리가 들렸다.

소리가 난 쪽을 돌아보자 사비스 총장님이 서 있었다.

와. 오늘 아침은 연달아 아는 사람을 만나는 날이라고 생각하긴 했는데, 기어이 총장님까지 나타나고 말았습니다.

SS랭크의 중요 인물과 조우!

파비안과 함께 몸을 틀어 총장님을 향한 뒤 기사의 예를 취했다.

사비스 총장님은 커다란 보폭으로 다가오더니 나를 내려다보았다.

"피아, 시릴과 함께 서덜랜드를 방문한다더군. ……잠시 할 이야기가 있으니 나중에 시릴과 함께 나에게 오도록."

어머나, 기사단 총장님께서 직접 불러내시다니 보통 일이 아닌가 봅니다.

……시릴 단장님, 이것으로 확실해졌습니다!

서덜랜드 방문은 시릴 단장님의 설명에서 연상할 수 있었던 즐거운 여행과는 거리가 아주 멀었군요!!

◇ ◇ ◇

사비스 총장님과 헤어진 뒤, 나는 파비안과 함께 통상 훈련에
참가했다.

오랜만에 받는 훈련이었지만 사비스 총장님께 호출을 받은 내
용이 궁금해서 집중이 되지 않았다.

그런데 시가 선생님에게서는 '드디어 상식적인 시를 쓸 수 있게
되었군요'라고 칭찬을 들었다.

파비안에게서도 '피아의 시는 반쯤 멍하니 있을 때가 더 좋은
게 나오는구나'라는 말을 듣는 형국이다.

여러모로 못마땅했다.

체스 훈련에서는 오랫동안 나타나지 않았던 데즈먼드 단장님
이 나타났다.

정말 오늘은 다양한 사람과 만나는 날이다. 대체 뭘까?

데즈먼드 단장님은 체스를 두면서 나를 힐끔힐끔 쳐다봤지만,
여느 때의 농담이 영 시들시들했다.

우물쭈물 영문을 알 수 없는 소리를 하나 싶더니 마지막에 큰
맘을 먹었다는 듯 자빌리아에 관해 물었다.

"피아, 그……. 네게 사역마가 있다면서?"

"네, 있는데요……."

말하던 도중 나는 별안간 의미심장한 태도를 연습했던 걸 떠올
렸다.

원래는 시릴 단장님이 제4마물기사단으로 파견 가는 나를 걱정해서 전수해준 책략이다.

상상에서 만들어지는 것이 현실을 뛰어넘기 때문에, 의미심장한 태도를 관철하여 실제보다 강한 사역마를 상상하게 만들면 사역마의 강약으로 기사간의 상하관계를 가늠하는 제4마물기사단에서 나쁜 대우를 받지는 않을 것이라는 이야기였다.

하지만 이걸 실천하는 게 어려워 제4마물기사단의 기디온 부단장님에게 시도해봤을 때는 정반대의 현상이 발생했다.

즉, 최강의 마물인 흑룡을 최약체 마물로 인식하고 말았다는……

이러면 안 된다고 생각한 나는 총장님과 시릴 단장님을 상대로 의미심장한 태도를 특훈해봤다.

그리고 그 특훈의 성과는……

나는 슬쩍 데즈먼드 단장님을 본 뒤 지금이 그 성과를 시험할 타이밍이라는 걸 이해했다.

"으음, 뭐라고 말씀드려야 할까요. 제 사역마는 그리 흔치 않은 마물인데……. 거무튀튀하다고 해야 하나, 용 비슷하다고 해야 하나, 왕 같다고 해야 하나……."

그래, 실제보다 강한 것을 상상하게 만든다는 건 흑룡이 아니라 자빌리아가 목표로 삼은 흑룡왕이라는 걸 상상하게 만들면 되는 거야. 차이를 모르겠지만.

"피, 피아! 그만해!! 나는 사역마의 종류를 물어보고 싶었던 게 아니야!! 그보다 진짜로 멈춰!! 이 이상은 내 목숨이 위험해!!"

"네?"

"안다고!! 네 사역마가 최강·최악의 마물이라는 건 차고 넘치도록 알아!!"

크게 소리치며 활짝 벌린 두 손을 가드하듯이 앞으로 쑥 내민 데즈먼드 단장님은 진심으로 내 사역마를 무서워하는 것처럼 보였다.

이, 이건 의미심장한 태도 특훈 성과가 나타났다고 봐야 하는 걸까?!

"돼, 됐어……!! 의미심장한 태도 완성이야!!"

나는 벌떡 일어나 체스 테이블에 두 손을 짚고는 감동에 부들부들 떨었다.

반면 데즈먼드 단장님은 이보다 더할 수는 없을 만큼 바들바들 떨고 있었다.

"조, 좋아. 나는 이제 돌아갈게. 하, 하지만 피아. 이것만은 긍정해줘. 나, 나는 너에게 사역마의 정체를 밝히라고 강요한 적 없지? 일절, 그 어떤 압박도 가하지 않았지?"

나에게 말을 거는 것 같아 보였지만 데즈먼드 단장님의 눈은 머리 위쪽을 바라보면서 말하고 있다.

뭘 하는 건지 의아해하면서도 일단은 긍정했다.

"네, 맞습니다."

데즈먼드 단장님은 크게 안도의 한숨을 내쉰 뒤 역시나 상공을 향해 말했다.

"들으신 대로입니다! 저는 피아에게 아무런 압력도 가하지 않았습니다!!"

명백하게 수상한 행동을 보이는 데즈먼드 단장님을 앞에 두고 나는 고개를 갸우뚱 기울였다.

……어쩌지? 퀸틴 단장님만 그런 줄 알았는데, 데즈먼드 단장님까지 이상해지셨어.

훌륭하고 유능한 기사단장이 계속해서 이상해지고 있는데 대체 뭘까?

기사단장님들에게 잇달아 전염되는 이상행동이 걱정되긴 했으나, ……다른 기사단의 단장님이니까 나에게는 별다른 영향이 없을 테니 못 본 척하기로 했다.

……일개 기사가 기사단장님을 걱정하다니, 주제 파악을 못 하는 거지. 그렇고말고.

저녁이 가까워졌을 때, 사비스 총장님에게 여유 시간이 생겼다고 하여 시릴 단장님과 함께 총장실을 방문했다.

총장님의 집무실은 독립적인 전용 건물이지만, 그 건물 '흑순동(黑盾棟)'은 각 기사단 건물에 둘러싸이듯이 배치되어 있었다.

제1기사단 건물의 옆에 있기 때문에 흑순동의 외벽을 볼 기회가 많아 평소 '저 건물만 눈에 띄게 호화롭단 말이지. 안에는 어떻게 생겼을까?'라며 궁금해했다.

설레는 마음으로 현관에 들어섰는데 고개를 든 나는 '히익!' 하고 뒤로 펄쩍 뛰었다.

놀라서 말문이 막힌 나를 본 시릴 단장님이 '아' 하고 이해했다는 듯 웃었다.

"피아는 이 초상화를 처음 보는 거겠군요. 전설의 대성녀님이십니다."

……아, 알죠.

전생에 지겨울 정도로 본 얼굴이니까요.

흑순동의 현관을 지나가면 3층 높이까지 천장이 뚫려있다.

가로로도 세로로도 넓은 공간이 방문자를 압도하지만, 가장 놀란 것은 그 뚫린 천장의 정면에 걸려있는 커다란 초상화다.

검은 드레스를 입고 무릎까지 내려가는 붉은 머리카락을 휘날리며 한 송이의 심홍색 장미를 손목에 감은 소녀가 그려져 있다.

……와, 전투복이잖아.

전생의 나는 전장에 나갈 때는 반드시 검은 드레스를 입었고, 장미 한 송이를 손목에 감았다.

이 그림은 바로 그 모습을 표현하고 있었지만…… 그림 속의 소녀가 하도 단호한 표정이라 어쩐지 아주 부끄러웠다.

나는 무의식중에 한 걸음, 두 걸음 뒤로 물러나는 바람에 등이 현관문에 부딪혔다.

시릴 단장님은 그런 나를 의아하다는 듯 바라보더니 고개를 갸웃거렸다.

"왜 그러시죠? 피아. 압도당할 정도로 대성녀님의 초상화에서 박력을 느꼈습니까?"

"어어, 아뇨…… 뭐라고 해야 하나. 여, 여기는 기사단의 정점인 기사단 총장님의 전용 건물이잖아요? 그, 그렇다면 대성녀님도 좋지만 고명한 기사의 초상화를 걸어둬야 하는 게 아닌가, 해서……."

횡설수설하면서도 맨 처음에 느꼈던 의문을 입에 담았다.

시릴 단장님은 '아……' 하고 중얼거리며 초상화를 우러러보았다.

"당신의 의견은 타당하지만, 300년 전부터 계속 이 건물에는 저 초상화가 걸려있답니다."

"3, 300년도 전부터요……? 뭐, 뭐어, 확실히 초상화는 한 번 걸면 좀처럼 바꿀 타이밍을 잡기 어렵죠."

전생의 나는 마왕을 봉인하긴 했으나 일찍 죽었기 때문에 대성녀로서 활약한 기간은 길지 않다.

그러니 내가 죽은 뒤에 등장하여 오래 산 대성녀들이 전체 실적은 더 많지 않을까.

꼭 대성녀의 초상화를 걸고 싶다면 그녀들 중 누군가의 초상화로 바꿔 걸어도 괜찮을 것 같은데…….

그렇게 생각하던 내 마음을 읽은 것처럼 시릴 단장님이 말을 이었다.

"교체할 시기를 잡기 어렵다기보다는, 교체할 수 없다고 하는 게 정확합니다. 흑룡 기사단의 초대 총장님께서 이 장소에는 미래영겁, 이 초상화를 걸어두라고 명령하셨거든요."

"…………………."

내가 살아있을 때는 흑룡 기사단이 없었기 때문에 초대 총장이라는 사람도 당연히 모르는 사람이다.

흑룡 기사단의 초대 총장은 왜 그 정도로 300년 전의 대성녀에게 집착한 걸까……?

"서, 설마…… 내 팬?"

과거는 미화되는 법.

마왕을 봉인하는 대신 숨을 거뒀다니, 희대의 음유시인의 손을 거치면 아주아주 아름다운 이야기가 되지 않았을까.

"앗, 아니. 잠깐. 그러고 보면 역사가 왜곡되어있었지……."

……그렇다.

대성녀는 함께 마왕을 봉인한 용사와 맺어졌다고 전해지고 있다. 그래서 대성녀의 자손이 왕가를 만들었다고.

……어라? 하지만 어떻게 된 거지?

나브 왕가는 전생의 내가 태어나기 훨씬 전부터 이어져 왔고, 지금도 나브 왕가니까 단절되지 않았잖아.

대성녀의 시대에 '신생 왕가의 탄생' 같은 새로운 바람이 필요한 무언가가 있었나?

그것 때문에 신생 왕가라는 인상을 심어줄 목적으로 국기와 기사단을 쇄신했다?

"으으으으음."

완전히 미궁에 빠져버려서 무심코 앓는 소리를 내는 나에게 시릴 단장님이 걱정하는 목소리로 말을 걸었다.

"피아, 괜찮나요? 조금 전부터 생각하는 게 입 밖으로 나오고 있는데요."

"네? 앗, 시, 실례했습니다. 괜찮습니다."

나는 허둥지둥 자세를 바로잡은 뒤 생긋 웃었다.

"……어디가 아프다면 말해주셔야 합니다."

시릴 단장님은 여전히 조금 걱정된다는 듯 말을 이었지만, 괜찮다고 대답한 나와 함께 총장실로 향했다.

◇ ◇ ◇

처음 들어가 보는 총장실은 무척이나 으리으리했다.

먼저, 방이 어마어마하게 넓다.

충분히 넓다고 생각했던 기사단장의 집무실이 몇 개는 들어갈 정도로 넓다.

방 가장 안쪽에 집무 책상이 놓여있지만, 그 뒤로 벽 한 면에 멋진 조각이 새겨져 있다.

집무 책상 좌우에는 흑룡 기사단의 깃발이 장식되어 있고 옆쪽 벽에는 여러 개의 검과 방패가 걸려있었다.

……음, 대놓고 무인의 방이구나.

사비스 총장님은 서류 작업을 하고 있었던 모양이었는데 그 주위에는 12명 정도의 기사가 서 있었다.

얼핏 아는 얼굴이 보이는 걸 보면 제1기사단이 경호하고 있는 거겠지.

입구 부근에 대기하고 있던 기사의 안내를 받아 소파로 간 나와 시릴 단장님은 그대로 소파 옆에 서서 총장님을 기다렸다. 곧바로 총장님이 집무 책상에서 일어나 이쪽으로 왔다.

"앉도록."

착석 허가가 떨어졌기에 총장님이 앉은 것을 확인한 후에 소파에 앉았다.

사비스 총장님은 몇 초 동안 나를 물끄러미 바라본 뒤 입을 열었다.

"사흘 뒤에 시릴과 서덜랜드에 간다더군."

"네."

맞습니다, 총장님. 자세한 사항은 하나도 모르지만요.

그리고 권유를 받았을 때 시릴 단장님의 말에서 연상할 수 있었던 추억 여행 같은 방문이 전혀 아닌 것 같지만요.

그런 마음속의 투덜거림을 들은 것도 아닐 텐데 시릴 단장님이 끼어들었다.

"피아에게는 상세한 설명을 하지 않았습니다. ……총장님 앞에서 설명하는 게 좋을 것이라 판단했기 때문입니다."

"그런가."

짧게 맞장구를 친 총장님이 생각에 잠기듯 입가에 손을 가져갔다.

"피아, 서덜랜드는 10년 전에 내란이 일어난 땅이다. 그리고 아직 많은 이가 그 상처에서 치유되지 못했지. 대부분이 당시 그 땅의 분쟁을 제대로 수습하지 못했던 기사단을 환영하지 않을 거다."

총장님의 긴 손가락이 오른쪽 눈의 안대를 더듬었다.

"너는 아직 훈련 중이다. '장래 기사로서 존재할 사람'으로서 임하도록. 기사라는 입장이 아닌, 공평한 입장으로 그 땅을 보고 와라. 너의 그 눈으로…… 누가 탄핵당하여야 하는 자인지를."

조용하게 말하는 총장님의 척안이 형용하기 어려운 감정을 싣고 있었다.

설명받은 애용이 너무 적어서 총장님의 진의를 알 수 없었지만, 이건 긍정할 수밖에 없는 상황이라는 걸 이해했다.

뭐, 애초에 총장님 상대로는 '네'라는 말밖에 할 수 없지만.

"알겠습니다. 시릴 단장님과 함께 서덜랜드에 다녀오겠습니다."

그렇게 대답하자 시릴 단장님은 몸에서 힘을 뺐다.

"피아, 그곳은 대성녀 신앙이 강한 땅입니다. ……10년 전의 저는 그것을 진정으로 이해하지 못했죠."

"성녀님이 아니라 대성녀님이요?"

의아해서 물어보았다.

……대성녀는 지금까지 그렇게 많지 않았을 텐데.

왜 굳이 대성녀만 숭상하는 거지?

"어라? 그러고 보면 대성녀님은 지금까지 몇 명 있었죠? 가장 인기가 많은 대성녀님은 어떤 분이세요?"

질문해놓고 답이 별안간 신경 쓰였다.

……아, 잠깐. 생각 없이 물어보고 말았지만, 이거 대답에 따라서는 기운 빠질 것 같은데.

아니, 아니지. 300년 전이잖아. 최근의 대성녀가 인기가 많은 건 당연한 거야.

그러니 전생의 내가 별로 인기가 없다고 해도 그건 당연한…….

"물론 세라피나 대성녀님이십니다."

"네?!"

세, 세라피나라면 내 전생의 이름이잖아?!

내, 내가 1등이야?!

두 손으로 얼굴을 감싸듯이 누르며 히죽히죽 웃는 나에게 시릴 단장님이 고개를 끄덕였다.

"당연하죠. 왜냐하면 대성녀님은 지금까지 단 한 분밖에 없으셨으니까요."

"……………………………………네?"

…………하, 한 명??

나뿐이라고?

대성녀라는 존칭을 받은 사람이 고작 한 명이야?

"……그, 그야 1등이 될 수밖에 없구나――."

전생의 내가 엄청난 인기를 누린다고 착각해서 기뻐했던 게 부끄러워진 나는 고개를 푹 숙였다. 그런 내 머리 위로 총장님의 목소리가 내려왔다.

"피아, 시릴의 말이 맞다. 그곳은 대성녀 신앙이 강하지."

"……네, 그런 이야기였죠."

잔뜩 숙이고 있던 머리를 들어서 총장님을 바라보자 진지한 눈빛이 돌아왔다.

"그곳의 주민은 다들 전설의 대성녀와 같은 색을 지닌 네 머리카락과 눈동자에 강렬하게 반응하겠지. ……무슨 일이 일어날지 예측할 수 없으니 너는 절대 혼자 있지 마라."

"……………앗, 어, 그렇군요. 네, 알겠습니다."

그렇다.

나는 전생과 완전히 같은 색의 머리카락과 눈동자를 지니고 있다. 하지만…….

"너의 그 색 조합은 유일무이하다. ……거듭 당부하지만, 조심하도록."

"네, 조심하겠습니다."

……총장님의 말씀이시다.

내가 반대되는 생각을 하고 있다고 해도 '네'라는 말 말고는 대답할 수 없다는 뜻이다.

◇ ◇ ◇

"총장님께서는 유일무이한 조합이라고 하셨지만, 으음……?"

기숙사로 돌아가는 길, 나는 중얼중얼 혼잣말을 했다.

총장님의 말에 대놓고 반론하지는 못했지만, 이런 색은 어디든………… 어라?

아, 뭔가 생각나는 것 같은데…….

맞아. 그러고 보면 전생에 '이런 붉은 머리카락은 본 적이 없습니다'라는 말은 들었었지…….

『이렇게 핏빛과도 같은 심홍색 머리카락이라니, 정령에게 얼마나 사랑받으시는 겁니까?』

『성녀의 피의 색과 같은 머리색이라니 무시무시한 재능이군!!』

……응, 떠올리고 보니까 많이 들었네.

종합하면 이렇게까지 피의 색에 가까운 머리색은 본 적이 없다는 거였는데……. 확실히 여러 사람이 입을 모아 한 이야기였으니 희귀한 건지도 모른다.

……아, 총장님의 말씀이 맞는 거였네요. 실례했습니다.

───그날은 지금까지 중 전생의 기억을 가장 많이 회상한 하루였다.

그래서일까.

아주 피곤해서 일찌감치 침대에 누웠다.

그리고 처음으로 전생의 꿈을 꾸었다.

꿈속에서 내 호위 기사였던 '청기사' 카노푸스가 나를 내려다보고 있었다.

허리까지 내려가는 짙은 파란색 머리카락을 휘날리며 잘생긴 얼굴을 일그러트리고 있다.

『전하, 몇 번을 말씀드리면 이해해주실 겁니까!!』

꿈속의 나는 생각했다.

호호호, 카노푸스도 참. 몇 번을 말하든 이해하지 않으리라는 걸 알고 있으면서.

하지만 꿈속의 나는 교묘해서 온순한 표정을 지은 뒤 슬퍼하는 목소리를 냈다.

『이해력이 부족해서 미안해, 카노푸스. 당신이 고생이 많구나.』

『전하!!』

하지만 즉각 카노푸스의 반론이 돌아왔다.

『그러한 연기는 필요 없습니다! 아아, 정말. 진짜로. 희대의 대성녀가 대체 뭘 하시는 겁니까!!』

역시 카노푸스야. 내 표면상의 표정에는 일절 속아 넘어가지 않다니, 내 호위 기사답구나.

꿈속의 나는 연기하던 표정을 던지고 카노푸스를 향해 생긋 웃었다.

『그야 카노푸스의 영지를 조금이라도 빨리 보고 싶었는걸. 그래서 살짝 서둘렀을 뿐이야.』

『살짝? 살짝입니까? 하하하하하하하, 말을 몇 마리씩 갈아타시면서 휴식도 없이 꼬박 이틀 동안 달려오신 것을 '살짝'이라고 표현하시는 겁니까?! 무슨 망발이십니까!!』

『……잘못했어.』

진심으로 걱정해주는 카노푸스의 마음을 이해한 꿈속의 내가 시무룩해졌다.

카노푸스는 체념한 듯 한숨을 쉬더니 내 앞에 무릎을 꿇었다.

『부탁이니 무모한 짓을 하시기 전에 제가 무엇을 위해 이곳에 있는지를 생각해주십시오. 저는 전하의 호위 기사입니다. 전하를 돕고, 지키기 위한 존재입니다.』

『……알아. 충동적인 행동을 저질러서 미안해.』

진심으로 미안해진 꿈속의 나는 한 번 더 사과했다.

그러자 드디어 카노푸스는 찌푸리고 있던 얼굴을 풀었다.

『이해해주신 것 같아 안심했습니다.』

그리고는 머리를 땅에 닿을 정도로 푹 숙인 뒤 말을 이었다.

『지엄하신 대성녀이자 왕국의 제2왕녀이신 세라피나 나브 전하께서 제 영지를 방문해주신 것을 마음 깊이 감사드립니다. 저희 영지민 일동은 전하의 방문을 진심으로 환영합니다.』

카노푸스의 등 뒤에 있는 문이 아주 조금 열려있어, 그 틈새로 영지민의 얼굴이 얼핏얼핏 보였다.

다들 환영의 뜻을 담아 웃고 있다.

……아아, 카노푸스는 영지민들에게 사랑받고 있구나.

있지, 카노푸스.

당신 대신 300년이 지난 당신의 영지를 보고 올게.

26 서덜랜드 방문 1

"어라, 이런 곳에, 랄랄~ 라~ 예쁜 덩어리가~ 이건 어쩌면~
어젯밤 하늘에서 떨어진 별의 조각일까요~ 반짝반짝~."

땅에 떨어져 있던 반짝반짝 빛나는 돌을 집어 들자 옆에서 팔
이 불쑥 튀어나왔다.

"음, 그냥 흔한 돌멩이야. 피아."

순식간에 확인을 마친 파비안이 내 손바닥 위에 돌을 돌려주었다.

"후후, 이런 때까지 시 짓는 연습이야? 하지만 그 연습을 할수
록 제대로 된 시에서 멀어지는 것 같으니까 그만두는 게 좋겠다."

파비안의 말을 들은 나는 아쉬운 마음으로 한 번 더 힐끔 돌을
바라본 뒤 바닥에 되돌려놓았다.

가는 길에 관심이 가는 걸 전부 가져갔다간 짐이 가득 차버리
겠지. 어쩔 수 없네.

———현재 우리 방문단 일행은 서덜랜드를 향해 남하하는 중
이다.

나브 왕국은 바다에 둘러싸인 대륙에 위치하고 있으며, 대륙의
서쪽 끝을 전부 다스리는 거대한 나라다.

남북으로 길게 뻗어있는 형태이기 때문에 남쪽 끝도 북쪽 끝도
대륙을 모두 차지하고 있다.

즉 왕국의 북, 서, 남은 바다를 면하고 있다는 뜻이다.

그리고 서덜랜드는 왕국의 최남단에 위치하고 있기 때문에, 중앙에 있는 왕도에서 마차를 타고 약 열흘이 걸린다.

이번 방문단은 제1기사단의 기사 80명으로 구성되었다.

최대한 젊은 기사에게 역사를 가르쳐주고 싶다는 시릴 단장님의 뜻에 따라 파비안을 비롯한 젊은 기사가 많이 참가했다. 여기에 더해 문관이 약 20명 정도 참가했지만, 그들은 대부분 승마를 할 수 없다고 해서 마차로 이동 중이다.

즉 기사들은 말을 타고 이동하되 마차의 속도에 맞춰야만 한다는 뜻이다.

"슬슬 출발한다! 휴식 끝!"

출발을 재촉하는 목소리에 돌아보자 기사들의 중심에 귀족으로 보이는 한 인물이 서 있었다.

시릴 단장님이다.

이번에 시릴 단장님은 왕제 전하의 대리자로 가는 것이기 때문에 기사복이 아니라 귀족의 복장을 하고 있다.

가는 길에 오가는 사람들에게 서덜랜드의 방문단에는 왕족의 대리자가 포함되어 있으며 이 의전을 중요하게 생각한다는 점을 광고하기 위해서다.

시릴 단장님은 금사와 은사로 수를 놓은 번쩍번쩍한 옷 위로 짙은 색의 망토를 둘렀고, 목에는 커다란 보석 장식을 달았다. 가슴께는 수많은 훈장으로 장식했고 망토에서 늘어트린 금색 식서가 햇빛을 받아 반짝반짝 빛났다. 입는 사람에 따라서는 요란스럽고

과하다는 인상을 주는 거창한 옷이었지만, 시릴 단장님은 훌륭하게 소화하고 있었다.

완벽하게 고위 귀족 그 자체인 모습에 '역시 대단하셔' 하고 고개를 주억거리게 된다.

······총장님께서 시릴 단장님을 대리로 삼으신 건 옳은 선택이셨어.

멀리서 단장님을 바라보며 나는 총장님의 영단에 감탄했다.

적대적인 장소에 갈 땐 인상이 좋은지, 나쁜지가 중요하다.

그리고 시릴 단장님은 이렇게 겉모습이 좋으시니까. 틀림없이 서덜랜드의 영지민들에게 좋은 인상을 줄 거야.

그렇게 생각하며 말에 탄 뒤 파비안과 나란히 달렸다.

말 위에서 바라보는 풍경은 전부 반짝반짝 눈이 부셨다.

낯선 장소에 간다는 건 기분이 좋다. 처음 보는 풍경, 먹어본 적 없는 요리는 새로운 감동을 준다.

기사단이 신기한 건지 곳곳에서 아이들이 손을 흔들어주었다.

웃으면서 마주 흔들자 아이들이 화관을 던졌다.

공중에서 받아 머리 위에 써 봤다.

아이들은 환호성을 질렀고, 나도 즐거워져서 소리 내어 웃었다.

쿡쿡 계속 웃음을 흘리자 파비안이 말을 걸었다.

"피아는 대단하구나. 언제든, 누구를 상대하든 즐거움을 찾아낼 수 있으니까."

"어? 갑자기 무슨 소리야?"

"음, 꽤 예전부터 생각했던 건데. 피아에게는 다양한 특기가 있는 것 같지만 가장 큰 특기는 이렇게 언제든 누구와든 즐겁게 지낼 수 있다는 점이라고 봐."

파비안이 물그러미 쳐다보자 나는 '그런가?' 하고 고개를 기울였다.

"그래? 하지만 그런 특기라면 누구나 갖고 있잖아."

"피아는 그렇게 생각하는구나? 하지만 아쉽게도 그 '누구나' 중에는 나도 시릴 단장님도…… 아니, 모든 기사단장님들, 그리고 총장님은 포함되지 않을 거야."

"으응?"

그게 무슨 뜻인지 의아해하면서 파비안을 바라보았지만, 그는 후후 웃으면서 마주 바라볼 뿐이었다.

……응. 파비안에게는 이런 구석이 있단 말이지.

답을 알고 있는데도 말하지 않는 나쁜 습관이.

나는 파비안을 향해 눈을 부릅뜨고 '나쁜 습관이야!'라며 훈계해봤지만, 파비안은 소리 내어 웃기만 했을 뿐이니 제대로 전해진 건지는 의문이었다.

평화로운 분위기로 진행되던 일정이었으나 목적지가 가까워질수록 사람들의 말수가 줄어들었다.

그러고 보면 서덜랜드 방문은 매년 있는 행사이기 때문에 이번에 참가하는 기사 중 대다수가 작년에도 저곳을 방문했을 터이다.

경험자가 대부분 조용해졌다는 건, 총장님의 말씀대로 서덜랜드는 기사들을 많이 환영하지 않는 걸까?

그렇게 생각하며 주위를 둘러보자 길가에서 만나는 사람들이 손을 흔들어주는 일이 없어져 있었다.

주민들은 기사단의 행군을 알아차리고는 손을 멈추고 머리를 숙이긴 하나, 초반에 웃으면서 환영해주던 모습은 볼 수 없었다.

그리고 환영하지 않는다는 경향은 서덜랜드 땅에 들어선 순간 한층 더 현저해졌다.

먼저 사람들의 모습이 거의 없다.

방문 시기를 사전에 알려두었을 테니 왕족의 대리자가 방문한다는 건 알고 있을 텐데도 주민들이 보이지 않는다.

보통은 환영하는 뜻을 보이기 위해 주민들이 길 가장자리에 서서 마중해줄 텐데 사람 자체가 없었다.

주민들이 보기도 싫다면서 일부러 집에 틀어박혀 있다고밖에 해석할 수 없을 만큼 한산했다.

가까스로 언뜻언뜻 보이는 주민들도 멀리서 머리를 숙일 뿐, 친근한 분위기는 전혀 느껴지지 않았다.

어라? 이게 뭐지……?

나는 고개를 갸웃거렸다.

서덜랜드 사람은 지역의 온난한 기후를 반영하듯이 온화하고 따스한 기질을 지니고 있었던 것 같은데?

그렇게 생각하며 서덜랜드 영지민에 관한 지식을 머릿속에서 끌어내 보았다.

———원래 서덜랜드의 주민은 대부분 대륙 남쪽에 위치한 낙도(落島)에 살고 있었다.

낙도의 화산이 분화하는 바람에 살 터전을 잃고 서덜랜드로 이주한 것이 시작이었던 걸로 안다.

갈색 피부에 짙푸른 색 머리카락을 지녔고 쾌활한 일족. 그게 서덜랜드 사람이다.

한시도 조용히 있지 못하고 아무리 사소한 일에도 까르륵 웃는다. 그런 밝고 유쾌한 민족이라고 생각했는데.

하지만 내가 이곳을 방문한 것은 전생에 딱 한 번뿐이었고, 당시의 영주였던 카노푸스가 동행했으니 다들 나를 배려해서 잘 웃어주었던 것뿐인지도 모른다.

나는 멍하니 전생을 떠올리면서 동료 기사들 사이에 섞여 말을 달렸다.

다들 거북한 분위기를 느끼고 있는 건지 잡담이 사라졌다.

파비안도 신기하다는 듯 고개를 갸웃거렸다.

"시릴 단장님께서 통치하시는 서덜랜드가 이런 분위기일 줄은 꿈에도 상상해보지 못했어…… . 영주의 귀환인데 아무도 마중 나오지 않다니……."

일행은 그대로 시릴 단장님의 거처——— 영주관에 도착했다.

……아, 이 건물이었지.

바닷가에 어울리는 파란색과 하얀색의 아름다운 저택을 본 나는 무심코 얼굴이 풀어지는 걸 느꼈다.

그래, 태양의 빛을 받아 파란색과 하얀색으로 빛나는 이 저택이 서덜랜드의 영주관이었어.

후후, 300년 전의 건물 그대로구나. 그리워라.

말에서 내려 짐을 풀고 있었더니 멀리서 우리 일행이 아닌 말 발굽 소리가 들렸다.

의아해하며 문이 있는 쪽으로 시선을 옮기자 처음 보는 기사들이 눈에 들어왔다.

아무래도 이 땅을 담당하는 제13기사단인 모양이다.

가장 멋진 말에서 훌쩍 내려선 단장으로 추정되는 사람을 본 나는 '어라?' 하고 고개를 갸웃거렸다.

머리카락도 피부도 햇빛에 그을린, 키가 큰 남성이었다.

탄탄하게 단련된 건지 멋진 근육질의 몸을 지녔지만, ……이 기사, 약해 보이는데?

……네, 제가 아는 기사단장 중에서는 이 사람이 압도적으로 약해 보입니다.

◇ ◇ ◇

"오랜만에 뵙습니다, 시릴 단장님. 먼 길을 와주셔서 대단히 감사합니다."

제13기사단장으로 보이는 장신의 기사는 시릴 단장님께 허리를 깊이 숙여서 인사했다.

반면 시릴 단장님은 기가 막힌다는 듯 한숨을 쉬었다.

"또 그 소리입니까, 카티스. 당신은 기사단장이니까 저와 동급이에요. 시릴이라고 불러주세요."

"그렇다면 시릴 단장님께서도 제게 존댓말을 쓰지 말아 주십시오."

"저의 이건 말버릇이니 그만두기 위해서는 무척 큰 노력이 필요한데요……."

"저도 마찬가지입니다. 시릴 단장님을 오랫동안 모신 몸으로서는 시릴 단장님을 동격으로 대하려면 어마어마한 노력과 고통이 필요합니다."

카티스 단장님은 진지한 얼굴로 시릴 단장님에게 호소했다.

시릴 단장님은 작게 한숨을 쉰 뒤 카티스 단장님을 우리 쪽을 보게 했다.

"제1기사단 중에는 처음 본 사람도 있을 테니 소개하겠습니다. 카티스 제13기사단장입니다."

제대로 소개받은 카티스 단장님은 햇빛에 그을린 옅은 파란색 머리카락을 어깨에 닿을 정도로 기른, 30대 초반의 기사였다.

생긋 미소 짓자 햇볕에 탄 피부와 대비되는 하얀 이가 무척 청결해 보였다.

"제1기사단 여러분, 처음 뵙겠습니다. 제13기사단장인 카티스 바니스타입니다."

수려한 얼굴로 차분하게 인사하는 인상은 체격 좋은 문관이라는 느낌을 주었다.

뭐라고 해야 하나, 지금까지 본 기사단장과는 다르게 박력이 전혀 없다.

이렇게 보면 시릴 제1기사단장님, 데즈먼드 제2기사단장님, 퀜틴 제4마물기사단장님, 재커리 제6기사단장님은 참 대단한 기사단장님이라는 걸 새삼 실감했다.

다들 몸속에서 솟아나는 박력이 있고 사람을 따르게 하는 힘이 있다.

하지만 이 카티스 단장님은 한눈에 봐도 조심스럽고 주장이 약해 보이고 목소리마저 작은 모양이었다.

이런 분위기로 힘을 추앙하는 기사들을 제대로 장악할 수 있을지 신기했다.

물끄러미 쳐다보자 카티스 단장님과 눈이 마주쳤다.

순간, 카티스 단장님은 놀란 듯이 눈을 부릅떴다.

"공작 부인!"

"흐헉?"

무심코 괴성을 지르고 말았지만, 카티스 단장님은 내 목소리는 들리지 않는다는 양 계속 눈을 부릅뜨고 있다.

"어? 공작 부인이라니, 나? ……그건 즉, 공작 부인처럼 기품이 넘친다는 뜻인가?"

영문을 알 수 없어 옆에 서 있는 파비안에게 물어보자 그는 진지한 얼굴로 대꾸했다.

"응, 그건 절대 아닐 거야. 순간적으로 그런 생각을 할 수 있는 피아가 정말 대단해 보이긴 해. ……말 그대로, 공작 부인으로 잘못 보신 게 아닐까?"

"어?! 그렇다면 여기에 공작님이 계셔?"

놀라서 큰 목소리를 낸 나에게 다른 기사들의 시선이 일제히 모였다.

어, 어라? 뭔가 이상한 소릴 했나?

황당하다는 기사들의 시선을 느끼고 무심코 한 걸음 뒤로 물러났다가 누군가와 부딪혔다.

허둥지둥 돌아보자 시릴 단장님이 내려다보고 있었다.

시릴 단장님은 몇 초 동안 말없이 나를 쳐다보더니, 가식이라는 게 티가 나는 아리따운 미소를 지었다.

"안녕하십니까, 레이디 피아. 서덜랜드의 공작 시릴입니다."

그렇게 말하며 시릴 단장님은 왼쪽 다리를 뒤로 빼고 오른쪽 손을 가슴에 올려 가볍게 머리를 숙이는 신사의 예를 취했다.

으으윽…….

놀란다는 걸 알면서도 완벽한 상급 귀족의 모습을 보여주는 바람에 반사적으로 말문이 막혀버렸다.

내가 아무런 말도 하지 못하고 있는 사이에 시릴 단장님이 자세를 바로 한 뒤 고개를 살레살레 내저었다.

"정말, 피아는 놀라울 정도로 저에게 관심이 없군요. 제가 공작이라는 건 제가 제1기사단장이라는 것과 비슷한 수준으로 널리 알려진 사실인데. 즉 당신은 저에 대해 단 한 번도, 아무에게도 물어본 적이 없었다는 거로군요."

"……큭. 저, 저는 소문으로 확인하는 게 아니라 제 눈으로 보고 확인하는 타입이라서요."

"그건 훌륭한 마음가짐입니다. 하지만 당신의 조사 능력으로는 아무리 시간이 지나도 저에 대해 모르고 있었을 테지요. ……얼마 전 제 아버지가 이 서덜랜드를 영지로 받았다고 설명해드렸는데, 더 자세하게 설명하자면 왕족에서 내려와 신하가 되었을 때

받았다는 뜻입니다. 제 아버지는 선왕의 동생이시거든요."

"선왕제 전하의 핏줄!!"

나는 놀라서 눈을 동그랗게 떴다.

……이, 이럴 수가. 시릴 단장님이 왕가의 피를 이어받았다니.

하지만 듣고 보니 이해가 간다.

이 광활하고 비옥한 서덜랜드를 하사받았다니 대체 어떤 이유였던 건지 의문을 느꼈는데, 왕족이었다면 받을 만도 하지.

왕족의 대리자라는 것도 왕가의 방계라면 이상한 이야기가 아니다.

"화, 확실히 이렇게 멋진 땅을 받다니 고위 귀족일 거라고는 생각했지만 설마 공작님이었을 줄이야……."

진심으로 놀라서 시릴 단장님을 쳐다보자 단장님은 체념한 듯한쪽 손을 들었다.

"이런, 누구나 다 아는 정보로 놀라다니……. 잘 됐군요, 피아. 의문이 있다면 물어보세요. 당신의 의문을 내버려 두었다간 멋대로 오해할 것 같아 무섭습니다."

나는 침을 꼴깍 삼킨 후 카티스 단장님의 말을 들었을 때부터 느낀 의문을 입에 담았다.

"저기, 그럼 저를 공작 부인으로 잘못 봤다는 건 시릴 단장님의 부인과 제가 닮았다는 건가요?"

"…………."

시릴 단장님이 아무 말도 하지 않은 채 눈을 살짝 크게 떴다. 그 모습에 이상한 질문을 해 버렸는지 걱정이 되었다.

그리고 내 말을 머릿속으로 곱씹은 뒤 무슨 오해를 받았을지 이해한 후 황급히 해명했다.

"아, 아, 아닙니다! 그, 그게, 딱히 제가 시릴 단장님의 취향인 건가──같은, 그런 걸 여쭤보고 있는 게 아니니까요!"

다급히 말을 덧붙인 나에게 시릴 단장님은 노골적으로 성대한 한숨을 쉬었다.

"거기서부터입니까, 피아. 저에게 관심이 없는 것도 정도가 있죠."

"네? 저기?"

"저는 독신입니다. 시릴 서덜랜드. 27살. 187cm. 부모님은 귀적(歸寂)에 들어가셨고 형제는 없습니다. 왕위계승권 제2위이자 공작위를 지녔고, 제1기사단장을 임명받았습니다."

"와, 왕위계승권……!"

"거기도 해당되나요. 반대로 당신은 저에 대해 무엇을 알고 있는 거죠?"

"네? 무, 물론 회색 머리카락에 파란 눈동자를 지닌 기사라는 건 압니다!!"

"누구든 만나면 1초 만에 알 수 있는 정보군요. ……당신에게 기대한 제가 어리석었죠."

시릴 단장님은 절절한 한숨을 쉰 다음 지친 듯한 목소리를 냈다.

"카티스가 말한 사람은 10년 전에 돌아가신 제 어머니일 겁니다. 제 어머니도 당신과 같은 붉은 머리카락을 지녔으니까요. 이곳은 주민 대다수가 짙푸른 머리카락을 지닌 낙도 출신이니 왕도에서는 특이하지 않은 빨간 머리카락이 아주 희귀하게 보입니다. ……아마 카티스는 머리색만 보고 제 어머니와 당신을 잘못 본 거겠죠."

당신이 제 어머니라니, 그런 무시무시한 상정은 꿈에서도 사양이지만요. 시릴 단장님은 그렇게 말을 이었지만 나는 시릴 단장님의 말에 그 이상 귀를 기울이지 않고 카티스 단장님을 돌아보았다.

"카, 카티스 단장님. 저는 15살입니다. 그런데 이렇게 다 큰 아이가 있는 것처럼 보이셨어요? ……시릴 단장님이 아들? ……시, 싫습니다! 이렇게 유능하고 빈틈이 없는 아들은 사양이에요!!"

"아, 미, 미안해."

카티스 단장님은 당황하며 다가오더니 내 손을 잡았다.

"나는 시력이 조금 나쁘거든. 멀리서 보니 네 붉은 머리카락만 선명하게 보여서, 이 근방에서는 붉은 머리카락을 본 게 10년 만이니까 완전히 엉뚱한 발언을 하고 말았어. ……응, 가까이서 보니 귀엽고 늠름한 기사구나. 이 당찬 분위기를 공작 부인의 고고한 분위기와 착각해버린 모양이야."

"후, 후후후후후, 그, 그런가요?"

카티스 단장님의 발언을 들은 나는 히죽히죽 웃으면서 파비안을 돌아보았다.

"파비안, 들었어? 아무래도 내 넘쳐나는 기품이 오해를 부르고만 모양이야."

"……그 말을 믿는구나? 아까도 말했지만 피아는 대단해. 언제든, 누구를 상대하든 즐거워질 수 있으니까."

파비안은 기가 막힌다는 듯 어깨를 으쓱했다.

어, 어라? 방금 전에도 비슷한 말을 들었는데, 이번에는 조금 뉘앙스가 다른 듯한 느낌?

파……, 파비안.

가끔 칭찬을 들었을 때 정도는 기뻐해도 되잖아!

"……으음, 짐이 너무 적은가?"

배정받은 방에 들어가 가져온 짐을 펼쳐놓은 나는 무심코 중얼거렸다.

───서덜랜드에는 열흘 동안 머무를 예정이다.

체류 기간 중 방문단 일행은 시릴 단장님의 저택에서 숙박한다.

한 방에 여러 명씩 들어간다고 해도 100명을 한꺼번에 재울 수 있는 저택이라니 대단하다고 감탄하며 가져온 짐을 정리했다.

그 후 우리는 한 방에 모여서 서덜랜드에서의 일정 설명을 들었다.

설명에 따르면 의식은 7일 뒤에 치러진다고 하니 그때까지는 서덜랜드에서 여유롭게 주민들과 교류하며 지내면 된다고 한다.

───의식.

그것은 위령의 땅에서 숨을 거둔 서덜랜드 주민들에게 기도를 바치는 의례다.

"10년 전, 시릴 단장님의 어머니이신 선대 공작부인께서 서덜랜드에서 사망하셨다."

갑자기 그런 말로 설명이 시작되었기 때문에 그 자리는 순식간에 쥐 죽은 듯 조용해졌다.

그 후 이어진 설명에 의하면 시릴 단장님의 아버지——— 당시의 공작은 사건이 일어났을 때 그 자리에 있었으며, 공작부인의 사망 원인이 서덜랜드 주민들에게 있다고 믿고 기사를 이끌어 주민을 공격했다고 한다.

기사들과 주민들의 공방이 이어진 것은 고작 이틀뿐이었지만, 전력 차가 명백하여 수백 명이나 되는 주민이 희생되었다.

나중에 당시 상황이 명백해졌지만, 주민들의 죄상에 대해서는 확실하게 말할 수 없는 결과였다고 한다.

그러니까………

『공작부인은 불의의 사고로 바다에 빠졌다.』

『주민은 공작부인의 사고에 일절 가담하지 않았으나, 물에 빠진 공작부인을 적극적으로 구조하려 하지도 않았고 결과적으로 공작부인은 익사했다.』

그리고 이 사실에 대해 나라는 다음과 같은 판정을 내렸다.

『영주 부인의 위기 상황에서 주민은 적극적으로 구명 행동에 나서야 했다. 주민의 협력이 있었다면 공작부인은 살 수 있었다.』

이 판정은 주민들의 큰 반감을 샀다.

더군다나 서덜랜드 일족이 그대로 공작가와 영지를 이어받은 것에 대해서도 주민들의 불만이 쌓였다.

내란 도중 공작이 죽고, 서덜랜드 공작가는 가주 부부를 한꺼번에 잃어버린다는 타격을 받았다는 이유로 공작가에는 아주 적은 페널티밖에 주어지지 않았다는 점도 주민들에게 나쁜 인상을 주었다.

이로 인해 친지들이 살해당한 주민들은 공작가와 기사에게 느끼는 혐오감이 강렬해졌고, 10년이 지난 지금도 그 관계는 개선되지 않았다고 한다.

그러한 연유도 있어서인지 '서덜랜드의 비탄'이라 불리는 사건에 대해 훗날 나라에서는 일정한 죄를 인정하고 매년 왕족이 위문을 위해 이 땅을 방문하고 있다고 한다.

그리고 사건 발생일에 맞춰서 의식을 치르고, 죽은 주민들의 명복을 빈다고 했다.

"으으음."

설명을 들은 나는 고개를 툭 기울였다.

이렇게 듣는 한 주민들에게 뚜렷한 죄상은 없다고 본다.

사건이 일어난 바다는 해류가 빠르게 흐르기 때문에 구하러 가려면 위험이 동반된다고 한다.

주민들이 바다에 뛰어드는 걸 주저했다고 해도 어쩔 수 없지 않나?

그런데 일방적으로 많은 친지들이 살해당한 데다, 나라에서는 구명 행동을 하지 않았다는 게 문제라는 결론을 내렸다.

반면 기사들은 주민들에게 직접 손을 댔는데도 불구하고 가벼운 벌밖에 받지 않았다.

분노해서 이성을 잃는다고 해도 당연한 상황임에도 불구하고 기사들을 지휘한 공작 일족이 이 땅을 계속 통치하는 지난 10년 동안 주민들은 한 번도 반란을 일으키지 않고 참고 있다.

왕족의 위문 역시 받아들일 의무는 없다.

당신들의 마음은 받아들일 수 없다고 밀어내도 되는데, ──뭐, 실제로는 다양한 이유를 붙여서 완곡하게 거절하겠지만──그렇게 하지도 않고 묵묵히 받아들이고 있다.

……응, 서덜랜드 주민은 굉장히 착한 거 아닐까.

나는 멍하니 300년 전의 기억을 떠올렸다.

서덜랜드 주민은 늘 즐겁게 웃고 있었다.

'대성녀님', '대성녀님' 하면서 다들 전력으로 호의를 보여주었다.

맛있는 것을 만들어주기도 하고 예쁜 꽃을 꺾어주기도 하고 즐거운 이야기를 해주었다.

한순간도 나를 혼자 두지 않았다.

……응. 착하고 친근하고 의리 있는 주민들이었어.

아마도 그게 그들의 본질일 테니까.

그러니 시릴 단장님과 서로를 이해할 수 있게 되면 좋을 것 같다.

왜냐하면 시릴 단장님은 친절하고 배려할 줄 아는 기사니까.

자기 기사단의 기사들을 (독신임에도 불구하고) 자신의 아이 같은 존재라며 귀여워하고 돌봐준다.

단장님은 주민들도 마찬가지로 사랑하고, 소중히 여기며 돌보고 싶은 게 아닐까.

그래서 다가가지도 못하고 일방적으로 거절당하는 지금 상황은 고통스러울 거다.

주민들이 시릴 단장님에 대해 알아준다면 분명 사이가 좋아질 수 있을 텐데.

———나는 자리에서 일어나 창가로 이동했다.

창문 너머로는 바다와 산에 둘러싸인 서덜랜드의 아름다운 풍경이 펼쳐져 있었다.

……서덜랜드는 시릴 단장님에게 슬픔의 땅인 건지도 모른다.

10년 전의 시릴 단장님은 17살이다.

17살 때 연이어서 부모님을 잃다니, 무척이나 슬펐겠지.

그것도 수명이 다했다거나, 어떻게 손을 쓸 수 없는 병에 걸린 것도 아니고 사고와 전사.

구할 수 있었을지도 모른다며 계속해서 후회했을지도 모른다.

그런 데다 지켜야 할 주민들이 자신의 부모님 때문에 죽었다.

그 결과 주민들은 벽을 쌓고 접근하는 것조차 거부한다.

……음, 내가 아는 시릴 단장님이라면 견딜 수 없는 상황일 거야.

"피아, 오늘은 이제 자유롭게 지내도 된다고 하니까 같이 주위를 둘러보지 않을래?"

멍하니 있던 와중에 갑자기 목소리가 들리는 바람에 나는 놀라서 눈을 깜빡깜빡 움직였다.

어느새 다들 해산한 뒤였고, 파비안만이 나를 기다려주고 있었다.

"파비안! ……미, 미안해. 좀 멍하니 있었나 봐. 그래, 같이 가자!"

허둥지둥 대답하자 파비안은 싱긋 웃었다.

"다행이야. 덕분에 혼자 돌아다니지 않을 수 있게 되었어. 어디 가고 싶어?"

"어? 어디든 괜찮아? 그럼 바다 보고 싶어! 그리고 서덜랜드의 거리 풍경!"

"피아는 서덜랜드는 처음이야?"

"……어? 아, 으, 응, 그래. 처음이야."

사실은 전생에 한 번 찾아온 적이 있지만, 고작 몇 시간밖에 있지 못한 데다 영주 저택에서 한 걸음도 나가지 않았으니 처음이라고 해도 틀린 표현은 아닐 것이다.

"전부터 계속 서덜랜드의 바다를 보고 싶었거든. 그리고 태양을 반사해 반짝반짝 빛난다는 하얀 벽이 있는 거리도."

전생에서 이별을 아쉬워해 준 주민들에게 '한 번 더 찾아올 테니까, 다음에는 이곳을 천천히 돌아볼게'라고 약속했던 걸 떠올렸다.

……아아, 결국 주민들과 한 약속은 이루지 못했지.

그렇다면 이번 생에서 그 약속을 지켜야겠다.

그렇게 생각하며 파비안과 함께 먼저 바닷가로 걸어갔다.

바다에서 불어오는 바람이 짭짤한 냄새를 실어 왔다.

발아래에서 푹푹 꺼지는 모래의 감촉이 기분 좋다.

나는 일단 멈춰 선 뒤 주위를 둘러보았다.

아름답고 푸른 바다가 끝없이 펼쳐져 있었다.

……아아, 이게 전생에 호위 기사였던 카노푸스가 사랑한 땅이구나.

그리고 이 아름다운 땅은 300년이 지난 지금도 주민들에게 사랑받고 있어.

파도가 치는 경계선까지 다가갔을 때, 한층 강한 바람이 불어와 내 머리카락을 휘날렸다.

"앗, 아아, 엉키겠다……!"

급히 손으로 머리카락을 누르자 등 뒤에서 '대성녀님!' 하는 귀여운 목소리가 날아왔다.

그쪽을 돌아보자 5~6살 정도의 어린아이 몇 명이 반짝반짝 빛나는 눈으로 이쪽을 보고 있었다.

"빨간 머리! 금색 눈! 대성녀님이다!!"

신이 난 목소리로 말하면서 달려오더니 나에게 우르르 안겨들었다.

반사적으로 쪼그려 앉아 받아내려고 했지만 세 명 정도 안겼을 때 아이들의 기세를 버티지 못하고 뒤로 발라당 자빠졌다.

"아하하하하하, 대성녀님!"

아이들은 재미있어하며 쓰러진 내 위로 한층 더 달려들었다. 나도 즐거워져서 소리 내어 웃었다.

"아하하하하, 너희들! 나를 쓰러트리다니, 실력이 대단하구나!"

데굴데굴 굴러서 옆으로 도망친 뒤 웃으면서 아이들을 간지럽히고 있었더니 머리 위에서 목소리가 내려왔다.

"즐거워 보이는군요, 피아."

아이들과 함께 돌아보자 시릴 단장님과 카티스 단장님이 함께 서 있었다.

"어, 어라? 시릴 단장님. 네, 뭐, 그, 살짝 특훈을 좀."

허겁지겁 일어나서 단장님들을 향해 반듯하게 선 뒤 아이들을 힐끗 쳐다보자 아이들의 얼굴에서 웃음이 사라지고 뻣뻣한 표정을 짓고 있었다.

어, 어라? 방금 전까지 웃고 있었는데 왜 저러지?

아이들의 갑작스러운 변화에 놀라면서 아이들과 단장님들을 번갈아 쳐다봤다.

……딱히 단장님들은 머리에 뿔이 났거나 입에 길쭉한 송곳니가 달린 것도 아닌데?

그렇게 생각하며 뭘 무서워하는 건지 고개를 갸웃거리는 사이에 아이 중 한 명이 별안간 튕겨 나가듯이 달려갔다.

거기에 전염된 것처럼 다른 아이들도 잇달아 뒤를 따라가서 순식간에 모든 아이들이 보이지 않는 장소까지 달려갔다.

"후후, 다들 기운이 넘치고 귀여운 아이들이네요."

바람처럼 사라진 아이들을 보면서 시릴 단장님을 향해 말하자 단장님은 살짝 눈을 내리뜨며 대답했다.

"네. 이 땅에서 건강하게, 행복하게 자라길 바랍니다."

"단장님이 다스리는 영지니까 틀림없이 그렇게 될 거예요."

자신만만하게 대답하자 단장님은 난처한 듯 웃었다.

"그럴까요. 적어도 아이들은 저를 보고 도망친 것일 텐데요."

……그, 그랬지.

이 땅의 주민들은 기사나 영주 일족에 좋은 감정이 없다고 했었다.

시릴 단장님은 기사복으로 갈아입었으니 영주라는 것까지는 몰랐을 테지만, 시릴 단장님이든 카티스 단장님이든 기사를 보고 도망쳤다는 게 정답일지도 모른다.

나는 시릴 단장님과 카티스 단장님을 힐끗 올려다보았다.

……음. 둘 다 평균보다 키가 한참 크구나.

키가 작은 아이들의 눈에는 이 장신의 남자들이 무서워 보일지도 모른다.

"어……, 시릴 단장님과 카티스 단장님은 사이가 좋으세요?"

이 이상 이 이야기를 계속하는 것은 좋지 않다고 판단해서 화제를 바꾸기 위해 간단한 질문을 던지자, 카티스 단장님이 작게 웃으며 대답해주었다.

화제를 돌리고 싶다는 내 의도를 파악해준 건지도 모른다.

"나는 원래 제1기사단 소속으로 시릴 단장님 아래에서 일했어. 그러니 사이가 좋다는 표현은 조금 과분한데."

"와, 카티스 단장님께서는 제1기사단 소속이셨어요?! 그렇다면 엘리트잖아요!"

놀라서 무심코 외치자 카티스 단장님이 웃음을 터트렸다.

"그걸 제1기사단 소속인 네가 말하는 거야? 그렇다면 너도 마찬가지인데."

"네?"

"……카티스, 피아가 우수한지 아닌지는 저도 아직 풀어내지 못한 문제이니 해답은 보류해두세요."

"네? 시릴 단장님께선 누구보다 사람을 보는 눈이 뛰어나시다고 생각했는데, 단장님께서도 판단하지 못하는 사람이 있습니까?!"

시릴 단장님의 말을 들은 카티스 단장님은 놀란 듯이 나를 빤히 바라보았다.

"아아, 그래. 빨간 머리카락에 금색 눈동자라니, 대성녀님과 같은 색이구나. 시릴 단장님께서 냉정하게 판단하지 못하시는 것도 이해가 안 가는 건 아닌데⋯⋯."

카티스 단장님은 작은 목소리로 중얼거린 후 나를 향해 말했다.

"시릴 단장님께서는 당시 일개 기사에 불과했던 나를 제13기사단장으로 발탁해주셨어. 당시에 나는 기사단장이 될 수 있는 수준의 공적도 실력도 없었으니까 왜 저런 녀석이냐고 많은 반대를 받았지만, 시릴 단장님께서 밀어붙이셨지."

카티스 단장님의 말을 들은 시릴 단장님은 그립다는 듯 눈을 가늘게 휘었다.

"카티스는 제1기사단에 5년 동안 소속되어 있었고, 매년 이 땅의 위문에 동행했습니다. 이곳의 주민은 기사에게 혐오감을 품고 있어 저희를 피했지만, 어째서인지 카티스만은 동료인 것처럼 받아들였죠. 당시 이곳의 기사단장이 주민들에게 받아들여지지 않아 고생했던 것도 있어서, 3년 전에 카티스를 이곳의 단장으로 추천했습니다."

"후후, 다른 기사단장과 비교하면 검술 실력이 부족하지만, 주민과의 친화성이라는 한 가지 특징 덕분에 단장으로 추천을 받은 거야."

가벼운 느낌으로 이야기하는 카티스 단장님에게 시릴 단장님은 질타하는 듯한 시선을 보냈다.

"카티스, 당신의 검 실력은 충분히 합격점입니다. 그런 게 아니라면 기사단장으로 뽑히지 않아요."

"마음 써주셔서 감사합니다. 하지만 괜찮습니다. 제가 다른 단장들에 비해 약하다는 걸 실감하고 우울해하던 시기는 지났으니까요. 지금은 제 실력을 제대로 파악하고 그러면서 할 수 있는 일을 하고 있습니다."

"……실례했군요. 역시 제가 눈여겨본 기사예요."

시릴 단장님은 칭찬하듯 카티스 단장님에게 대답한 뒤 작게 한숨을 쉬었다.

그 후 조금 긴장한 느낌으로 나를 돌아보았다.

무슨 볼일이라도 있나? 하고 마주 바라보자 시릴 단장님은 입술을 꾹 다물더니 무언가 결의한 듯한 표정으로 허리를 숙인 후 한쪽 무릎을 꿇어 나와 눈높이를 맞췄다.

"시, 시릴 단장님……?!"

마치 무릎을 꿇는 듯한 자세에 놀라서 소리치자 시릴 단장님이 내 손을 잡았다.

"피아, 부탁이 있습니다. 이건 친구로서 하는 부탁이니 당신에게는 거부할 권리가 있습니다."

"네, 넵?"

……부, 부탁? 새삼 뭐지?

"이곳은 대성녀 신앙이 강한 곳으로, 주민들은 붉은 머리카락을 각별하게 생각합니다. 조금 전 아이들이 당신을 '대성녀님'이라고 불렀던 것처럼 이 땅에서 붉은 머리카락은 전설의 대성녀님을 연상시키죠. 다만……."

거기서 일단 말을 끊더니 시릴 단장님은 내 붉은 머리카락으로 시선을 옮겼다.

"당신도 10년 전에 일어난 '서덜랜드의 비탄'에 대해서는 설명을 들었죠? 그 사건의 발단이 된 것이 붉은 머리카락을 지닌 제 어머니였습니다. 그 일과, 애초에 이곳의 주민들이 어머니를 받아들이지 못했다는 사실이 더해져 그 사건을 아는 일정 나이 이상의 주민은 붉은 머리카락에 거부반응을 일으킵니다. 다만 거절하면서도 대성녀님의 머리색이라며 받아들이고 싶다는 감정도 있을 테죠. ⋯⋯이 땅에는 아직 수많은 감정이 침전해있습니다. 당신의 머리카락은 좋은 의미로든 나쁜 의미로든 주민들에게 영향을 주겠죠."

"⋯⋯⋯⋯⋯⋯⋯."

뭐, 뭔가 이야기가 복잡해지는데.

"⋯⋯이 땅은 10년 동안 시간이 멈춰있습니다. 그리고 그건 누구의 이득도 되지 않아요. 그러니 현황을 타개하기 위해서 강심제가 필요합니다. 붉은 머리칼의 당신이라면 그 강심제가 될 수 있습니다."

"네?"

"⋯⋯당신은 기억하지 못할 테지만, 예전에 당신은 성녀님이 지녀야 할 모습에 대해 이야기했습니다. 그걸 들은 저는 심장을 콱 붙잡힌 것 같은 기분이 들었죠. ⋯⋯붉은 머리카락의 여성이라면 누구든 강심제가 될 수 있지만, 이 상황을 호전시키기 위해서는 강한 마음이 필요합니다. 저는 그 역할을 당신이 짊어져 주길 바랍니다.”

“················저······, 기.”

“이 땅에 침전된 응어리는 깊게 가라앉아있어 상식적으로 생각했을 때 당신 혼자서 어떻게 할 수 있을 만한 건 아닙니다. 그러니 현재 상황을 무언가 하나라도 움직이지 못한 채 열흘 뒤에 이곳을 떠나게 된다고 해도 당신은 신경 쓸 필요 없습니다. ······다만, 무언가를 바꿀 수 있는 사람이 있다면 그건 피아, 당신이 아닌가. 저는 그렇게 생각합니다.”

“················어, 그, 저기······.”

·········어, 어쩌지.

규모가 어마어마해졌는데······.

“처음 말한 것처럼 당신에게는 거부할 권리가 있습니다. 주민들이 붉은 머리카락에 느끼는 감정은 아주 강렬하기 때문에, 경우에 따라서는 당신이 불쾌한 일을 겪거나 위험한 일을 당할지도 모릅니다. 거부한다면 이곳에 머무르는 기간 동안 영주관 내에서 하는 업무를 맡길 것이니 주민들 앞에 모습을 드러낼 필요는 없습니다. ······다만, 어느 쪽을 선택한다고 해도 저는 당신이 이 땅에 직접 와서 자신의 눈으로 현재 상황을 본 뒤에 결단을 내리게 하고 싶었어요. 그 때문에 설명이 늦어진 것에 대해서는 사과드립니다.”

“················.”

나는 순간적으로 어떤 대답도 하지 못한 채 시릴 단장님을 빤히 응시했다.

이런 상황에도 무언가를 강제하지도 않고, 압박을 가하지도 않는 조용한 표정이었다.

하지만 잘 보면 파란 눈동자가 어둡게 그늘져 있다.

……시릴 단장님은 괴로워하고 있다.

단장님의 이야기를 듣는 동안 느낀 것은, 단장님의 괴로움과 어떻게든 하고 싶다는 마음이었다.

아마 단장님은 영주가 된 뒤로 10년 동안 다양한 것을 시도해 보았겠지.

하지만 전부 이렇다 할 효과가 없었고, 지푸라기에라도 매달리는 심정으로 나에게 부탁하는 거다.

기사단장과 일개 기사라는 관계.

명령 한 마디면 끝나는데도 일부러 친구라는 관계를 만들어 거절할 수 있는 길을 마련해주었다.

──놀라울 정도로 상냥한 기사다.

이 다정함이 주민들에게 전해지지 않는 것은 싫다.

쾌활하고 밝은 서덜랜드의 주민이 부정적인 감정을 계속 품고 있는 현재 상태도 싫다.

나는 이곳에 도착하기 전 여행길에서 주민들을 거의 보지 못했던, 한산한 길거리를 떠올렸다.

듬성듬성 드물게 보인 주민들은 우리를 멀리서 쳐다볼 뿐 환영하는 기분은 조금도 느껴지지 않았다.

전생에서 영주였던 카노푸스에게 보이던 반응과는 천지 차이다.

──음, 이런 관계는 누구에게도 좋을 게 없어.

"………시릴 단장님은 훌륭한 영주님이라고 생각하고, 서덜랜드의 주민들도 좋아해요. 누구도 나쁘지 않은데 친해질 수 없는 지금 상황은 잘못되었다고 봅니다. ……제가 얼마나 도와드릴 수 있을지는 모르지만 돕게 해주세요."

나는 시릴 단장님의 눈을 똑바로 바라보며 또렷한 목소리로 대답했다.

시릴 단장님은 여태껏 본 적이 없을 만큼 한없이 약한 표정으로 웃고는 '감사합니다'라고 중얼거렸다.

"당신은 당신의 의사로 결단했다고 생각하겠지만, 제가 많은 영향을 주었다는 건 자각하고 있습니다. 그러니 결단을 내린 당신의 안전은 반드시 보장하겠습니다. 저나 카티스가 당신과 늘 동행할게요. 이 땅에서 일정한 신뢰를 얻어낸 카티스가 동행하는 건 당신이 안전한 인물이라는 걸 주민들에게 보여주는 셈이 되기도 하니까요."

시릴 단장님은 자리에서 일어나더니 파비안에게 시선을 던졌다.

"들은 대로입니다, 파비안. 무슨 일이 있을 때는 피아의 호위를 부탁할게요."

"알겠습니다."

파비안은 성실한 목소리로 시릴 단장님에게 대답했다.

"그래서 저는 구체적으로 뭘 하면 되는 거죠?"

이 땅의 강심제가 되어 달라는 말은 들었지만, 구체적으로 뭘 하면 되는 건지 알 수 없었기 때문에 시릴 단장님에게 물어보았다.

"음, 저나 카티스와 여기저기를 돌아다녀 주었으면 합니다. 당신이 무언가를 하지 않아도, 당신을 본 주민들이 강렬하게 반응할 테죠. 정체를 그만두고 생각하기 시작한다고 표현해도 괜찮을지도 모르겠습니다."

"그렇군요⋯⋯⋯⋯."

시릴 단장님의 말에 고개를 끄덕거리자 단장님이 조용히 내 손을 잡았다.

"피아. ⋯⋯제가 동행하지 않았을 때 주민들이 한 말이나 보인 행동을 일일히 보고해주세요."

"알겠습니다."

걱정된다는 듯 바라보는 시릴 단장님의 마음을 이해했기 때문에 생긋 웃으며 대답했다.

그래도 여전히 걱정이 끊이지 않는다는 양 내 손을 붙잡고 있는 시릴 단장님을 보고 단장 업무도 고생이 많다는 생각이 들었다.

⋯⋯뭐, 걱정이 많은 것도 다정한 것도 시릴 단장님의 장점이니 고쳐야 할 점이라고 보진 않지만.

나는 고개를 툭 기울인 뒤 시릴 단장님에게 앞으로 할 행동에 대해 확인했다.

"시릴 단장님. 저와 파비안은 이제부터 시내에서 쇼핑을 하려고 했는데요. 일정을 변경하는 게 좋을까요?"

"⋯⋯아뇨, 그렇다면 저희도 동행하게 해주세요."

시릴 단장님의 발언에 의해 그 자리에 있던 전원이 시내까지 나가기로 했다.

카티스 단장님은 익숙한 땅이기 때문에 편안해 보였지만 시릴 단장님은 조마조마한 눈치였다.

……으음, 시릴 단장님은 생각이 너무 많아서 고생하는 타입이구나.

하다못해 이 이상 시릴 단장님에게 골칫거리를 안겨주지 않도록, 나만이라도 폐를 끼치는 행동은 자중해야겠다고 결심했다.

마음의 소리가 들린 것도 아닐 텐데 파비안이 이쪽으로 시선을 힐끗 보냈다.

"그렇게 진지한 얼굴로 무슨 생각을 하는 거야? 피아. 너는 평소처럼 행동하는 게 제일 좋아. 다른 일을 하려고 하면 문제를 불러들일 것 같아."

"너, 너무하잖아! 나는 평소에도 말 잘 듣고 얌전한 신입 기사거든!"

"……………."

"……………."

"그래. 너는 얌전한 기사인 것 같아."

어째서인지 긍정해준 사람은 카티스 단장님뿐이었다.

그 사실에 불만을 느끼면서 시내에 도착했다.

역시 공작령에 있는 도시답게 떠들썩한 번화가였다.

넓은 도로의 양옆에는 가게가 빼곡하게 들어서 있다.

과일을 깨물어 먹으며 걷는 사람이나 친구와 대화하면서 가게를 살피는 사람 등, 많은 사람이 즐겁게 오가고 있다.

가게도 빵이나 고기 등 먹거리를 파는 가게에서부터 일용품이나 잡화를 파는 점포 등 다양한 가게가 많아 구경만 해도 재미있을 것 같았다.

나는 별안간 어떤 것을 떠올리고 득의양양하게 세 사람을 돌아보았다.

그리고는 안주머니에 넣어두었던 봉투를 짜자잔 꺼내 들었다.

"보세요! 저는 이번에 군자금을 가져왔답니다! 데즈먼드 단장님께서 용돈을 주셨거든요!"

자랑하듯이 팔랑팔랑 흔든 봉투 안에는 데즈먼드 제2기사단장님에게 받은 용돈이 들어있었다.

"흐음? 데즈먼드는 직속도 아닌 부하에게 용돈을 주는구나? 어쩐지 의외인데."

신기하다는 듯 고개를 갸웃거리는 카티스 단장님에게 시릴 단장님이 칼같이 잘라 말했다.

"데즈먼드에게는 아내도 연인도 없으니까요. 고연봉자인데도 돈을 쓸 기회도 상대도 없는 것뿐입니다. 피아에게 용돈을 줄 정도로는 돈이 남아도는 거겠죠."

"어디 보자, 데즈먼드 단장님께 기념품으로 뭘 사드릴까?"

귀찮은 이야기로 전개될 것 같아서 어디까지나 내 이야기로 화제를 전환해보았지만, 옆에서 툭툭 끼어들었다.

"여난(女難) 방지 아이템, 혹은 반대로 연애운 아이템 정도가 좋을 것 같군요."

"시릴 단장님의 아이디어도 좋지만 데즈먼드라면 먹을 것 아닐까? 고기나, 고기나, 고기가 좋아 보여. 훈제 고기는 오래 보존할 수 있으니까 추천해."

완전히 성질이 다른 기념품을 추천받아서 난감해하는 나에게 파비안도 다른 것을 제안했다.

"서덜랜드는 조개가 유명하니까, 조개로 만든 체스판 같은 건 어때?"

크윽, 저마다 다른 걸 제안하지 말아주시겠어요?

뭘 골라도 문제가 생기잖아.

그렇다고 전부 사기에는 돈이 모자랄 것 같고…….

난감해하면서 우선 눈앞에서 팔고 있는, 이파리로 싼 생선조림을 사기로 했다.

"하나 주세요! 바로 먹겠습니다."

가게 주인은 웃으면서 상품을 건네려고 했으나, 내 머리카락을 본 순간 깜짝 놀란 듯이 눈을 크게 떴다.

"어? 왜, 왜 그러세요?"

너무 크게 놀라는 모습에 무심코 물어보았다.

"아, 아니, 아무것도…….."

우물쭈물 말을 흐리면서 상품을 건넨 가게 주인이 이번에는 명백하게 시선을 피해버렸다.

와, 이게 시릴 단장님이 말했던 '붉은 머리 거부반응'인 걸까.

이렇게까지 적나라하면 아무리 둔감해도 못 알아챌 수가 없지.

그렇게 생각하며 이파리를 착착 벗겨 안에 있는 생선을 먹기 좋게 발라냈다.

"와, 진짜로 조림이네. 이 생선은 구워 먹는다는 이미지였는데…….."

녹색의 동그라미 무늬가 특징적인 이 생선은 서덜랜드 해역에서만 서식한다. 전생에서 먹었을 때는 구워 먹었는데 그게 아주 맛있었다.

내 중얼거림을 들은 주인은 흠칫 놀란 듯 고개를 들어 나를 응시했다.

……어, 어라? 생선을 먹을 때 입을 너무 크게 벌렸나?

아니면 입가에 소스가 묻었나? 하는 생각에 자연스럽게 손등으로 입 주변을 닦아봤지만, 소스가 묻어나진 않았다.

아, 이 구멍이 뚫릴 정도로 응시하는 것도 '붉은 머리 거부반응'인 건가?

그렇게 생각하며 시릴 단장님, 카티스 단장님, 파비안을 돌아보았다.

"이 생선 아주 맛있어요. 여러분도 드실래요?"

세 사람은 마치 짠 것처럼 다들 고개를 저었다.

에이, 맛있는데.

나는 우물우물 남은 생선을 먹으면서 가게 앞에서 이동한 뒤 옆에 있는 가게를 들여다보았다.

옆 가게에는 내 머리만큼 큼직한 갈색의 나무 열매가 여럿 진열되어 있었다.

"아, 이거 맛있는 나무 열매 주스다!"

내 목소리에 그 가게 주인이 웃는 얼굴로 고개를 들었다가 붉은 머리카락을 보더니 역시나 놀란 듯 몸을 뻣뻣하게 굳혔다.

……어라, 또다시 '붉은 머리 거부반응'이네.

모습을 본 것만으로도 이렇게 움츠러드는 걸 보니 내가 괴물이라도 된 것 같은 기분이 든다. 크르릉.

"아저씨, 제 빨간 머리가 무서운가요? 아니면 그동안 눈치채지 못했을 뿐 저는 사실 무시무시하게 생긴 건가요?"

서글서글해 보이는 주인이었기 때문에 대놓고 물어보았다.

주인은 몇 초 동안 말없이 나를 머리부터 발끝까지 빤히 뜯어본 후, 쭈뼛거리면서 입을 열었다.

"아가씨는 기사…… 인 거니? 아니면 기사처럼 입은 성녀님?"

"기사입니다. 보통은 왕도에서 일하는데 위문을 위해 서덜랜드에 방문했어요."

"기사, 기사라고……. 그렇게 붉은 머리카락을 지녔으면서."

"붉은 머리도 종류가 다양하잖아. 대성녀님의 붉은색은 새벽하늘의 색이야. ……분명 저런 색이 아니겠지."

"아아, 하지만 아까워. 모처럼 붉은 머리카락인데……."

어느새 모여든 사람들이 우리의 대화를 듣고 자기들끼리 발언하고 있었다.

시릴 단장님이 말한 것처럼 주민들이 붉은 머리카락을 각별하게 생각한다는 건 사실인 모양이다.

그렇게 생각하며 얌전히 수군거림을 듣다가, 주민들의 대화 중 일부가 과거의 기억을 건드린 것 같아서 입을 열었다.

"새벽하늘의 붉은색……. 그러고 보면 예전에 어딘가에서 제 머리카락을 보고 '새벽하늘의 붉은색'이라고 표현한 적이 있어요."

그게 어디서 들은 말이었더라.

전생이었던 건 틀림없는데. 다들 내 머리카락을 자기식대로 표현했으니까.

"이, 이 머리색이 새벽하늘의 붉은색……."

"이게…… 그……."

주민들은 별안간 말도 안 되는 것을 보는 것처럼 내 머리카락을 빤히 쳐다보기 시작했다.

어, 어라?

그렇게 주목을 끌 법한 말을 했던가?

뭐라도 말해야 하는지 고민하면서 입을 열려고 한 그때, 무언가가 등에 풀썩하고 힘차게 부딪혔다.

놀라서 돌아보자 나에게 부딪혔다가 튕겨 나가서 엉덩방아를 찧은 어린아이의 모습이 보였다.

잘 보자 조금 전 해변가에서 만난 아이 중 한 명이었다.

'괜찮아?' 하고 물어보면서 일으켜 세우자 아이는 심하게 놀란 듯 바들바들 떨기 시작했다.

"사, 사, 살려줘. 치, 친구들이 숲에서 마물에게 공격을 받았어……!"

"뭐?"

놀라서 무심코 큰 소리가 나왔으나, 우선 아이를 달래야 하므로 눈높이를 맞추기 위해 쪼그려 앉았다.

……마물이라고?

그리 강한 마물이 아니면 좋겠는데…….

그렇게 생각한 순간 조금 거리를 두고 떨어진 곳에 있는 줄 알 았던 일행 세 명이 바로 뒤에 서 있다는 걸 깨달았다.

……아, 맞다. 나는 아주 강한 세 명의 기사와 함께 있었지.

조금 정도는 강한 마물이어도 문제없겠네.

그렇게 생각을 바꾸고 아이의 얼굴을 살펴보려고 했으나, 아는 어른을 보고 안심한 건지 남자아이는 나에게 매달려서 으아앙 울 기 시작했다.

나는 안심시켜주기 위해 아이의 등을 쓰다듬으며 차분한 어조 로 물었다.

"바다에서 같이 있던 친구들과 숲에 간 거야? 거기서 마물이 공 격했니?"

"마, 마, 맞아. 서쪽 숲에서……."

"서쪽 숲이구나. 장소는 기억나?"

"으, 으, 응."

"똑똑해라. 그럼 내가 안아서 데려갈 테니까, 숲까지 같이 가서 장소를 알려줄래? 마물이라면 걱정하지 않아도 돼. 아주 강한 기 사가 있으니까 순식간에 해치워줄 거야."

안심할 수 있도록 생글생글 웃으며 말을 걸자 남자아이는 살짝 얼굴을 들고 내 등 뒤에 서 있는 시릴 단장님과 카티스 단장님과 파비안을 보았다.

하지만 고개를 푹 숙이더니 포기한 듯 중얼거렸다.

"무, 무, 무리야! 기사는 서덜랜드 사람을 안 구해줘!"

흠칫 놀란 듯 몸을 뻣뻣하게 굳힌 시릴 단장님을 모른 척하면서 나는 남자아이를 향해 말했다.

"그래? 나는 기사가 될 때 '약자를 반드시 지키겠습니다'라고 약속했거든. 기사는 다들 그렇게 약속하고, 한 번 한 약속은 꼭 지켜. 그러니까 괜찮을 거라고 보는데. ……난처한 일이 생겼을 때 기사에게 도와달라고 했는데도 도움을 못 받은 적이 있는 거니?"

"……지, 지금까지, 기사에게 도와달라고 한 적이 없어서, 몰라."

나는 남자아이를 안아 들면서 나도 일어났다.

"그렇구나. 하지만 지금 너는 도와달라고 했으니까, 나는 너를 도와줄 거야. 뒤에 있는 기사들도 네 말을 들었으니까 같이 네 친구들을 구하러 갈 거고."

남자아이는 나를 물끄러미 쳐다보더니, 말없이 고개를 끄덕 움직였다.

그걸 본 시릴 단장님은 마음이 급한 듯 손을 뻗었다.

"피아, 괜찮다면 그 아이는 제가 안고 가겠습니다. 당신이 안은 채로 이동하면 속도가 떨어질 거예요."

하지만 손을 뻗는 시릴 단장님을 본 남자아이는 '히익' 하고 숨을 집어삼키더니 나에게 꽉 매달렸다.

그걸 본 시릴 단장님의 손이 아래로 축 떨어졌다.

그러자 이번에는 카티스 단장님이 남자아이에게 말을 걸었다.

"안녕, 나는 서덜랜드를 지키는 기사니까 내 얼굴은 본 적 있지? 너희가 늘 '하늘색 단장님'이라고 부르는 기사야."

"앗……."

카티스 단장님을 힐긋 올려다본 남자아이는 무언가 떠올랐다는 듯 소리를 내었다.

카티스 단장님은 부드러운 표정을 지으며 남자아이를 향해 계속 말을 이었다.

"친구들이 무서워하고 있을 테니까 서둘러 구하러 가야 해. 내가 안고 가는 게 빠르니까, 그렇게 해도 되겠니?"

남자아이는 순간 주저했지만, 바로 카티스 단장님을 향해 두 팔을 벌렸다.

……시릴 단장님께서 이곳 주민들이 기사들 중 유일하게 카티스 단장님만은 받아들였다고 말씀하셨는데, 사실이구나.

내 품에서 스윽 빠져나가 카티스 단장님에게 매달린 남자아이를 보고 그런 생각이 들었다.

주위에 모인 어른들은 묵묵히 우리가 하는 양을 지켜보았지만, 우리가 움직이려고 하자 흠칫 놀란 듯 입을 열었다.

"저, 저기, 아이들은 종종 숲에 놀러 가지만 매번 입구 근처에서만 돌아다니니까, ……입구 부근의 마물이라면 저희끼리 어떻게 할 수 있으니 저희가 가겠습니다!"

"마, 맞습니다! 아이들은 저희가 구할 수 있습니다! 기사님들의 손을 번잡스럽게 할 필요는 없으니까요!"

아이들이 마물에게 공격을 받았다는 긴급사태임에도 불구하고 어디까지나 기사들의 손을 빌리고 싶지 않다는 뜻이었다.

그걸 들은 시릴 단장님은 답답한 표정을 지으면서도 감정을 억

누르고 평탄한 목소리를 냈다.

"협력을 자청해주셔서 감사합니다. 하지만 최근에는 대륙 내의 마물이 평소와 다른 동향을 보이고 있으니 숲 입구라고 해도 강력한 마물이 출현할 가능성이 있습니다."

그 말을 듣고 일제히 입을 다문 주민들을 둘러본 뒤 단장님은 말을 이었다.

"저는 제1기사단장 시릴이라고 합니다. 제가 반드시 아이들을 데리고 돌아올 테니 맡겨주세요."

시릴 단장님의 말에 일부 주민들이 흠칫 놀라 술렁거리기 시작했다.

"제, 제1기사단장이라면, 영주님 아냐……?"

"서덜랜드 공작가의…….."

시릴 단장님은 웅성거리는 주민들에게는 일절 반응하지 않은 채 발걸음을 돌려 숲을 향해 달려갔다.

카티스 단장님도 뒤를 따라가려고 했다가, 내디뎠던 발을 멈추더니 걱정하는 표정인 주민들을 향해 말을 던졌다.

"우리는 숙달된 기사니까 안심해도 돼. 아, 아이들이 다쳤을지도 모르니까 성녀님을 불러와 줄 수 있을까?"

그 말을 들은 몇 명의 주민이 교회를 향해 달려갔다.

아무래도 카티스 단장님은 주민들의 걱정을 덜어주는 것과 동시에 성녀를 불러온다는 역할을 부여해서 동료 의식을 심어주는 것에 성공한 모양이었다.

……카티스 단장님은 사람을 움직이는 능력이 아주 탁월한 건

지도 모르겠다.

그런 생각을 하면서 나는 일행에게 뒤처지지 않도록 마을 입구까지 달려갔다.

운이 좋게도 마을 입구에 말을 세워놓았기 때문에 서쪽 숲까지는 금방이었다.

아이들의 체력상 숲속 깊은 곳까지는 들어가지 않았으리라는 예상이 맞아서, 그 장소는 입구에서 5분 정도 거리에 있었다.

확실히 아이들의 발걸음으로도 들어올 수 있을 만한 장소이자 평소에는 마물이 나오지 않을 법했다.

하지만 마물의 행동이 반드시 예측 범위 안에서만 이뤄지는 것은 아니다. 실제로 아이들은 마물과 대치하고 있었다.

다행이 아이들이 마물에게 몰려서 도망친 나무 밑동에는 여러 명의 아이들이 들어갈 수 있을 만큼 깊은 나무굴이 있었다. 마물은 그 구멍 안으로 잘 들어간 아이들에게 손을 대지 못하고 있는 상황이었다.

나무굴의 깊은 입구로 들어갈 수 없을 만큼 대형 마물이라는 점도 좋은 결과를 가져온 모양이었다.

———아이들과 대치하고 있는 건 3m 정도 되는 도마뱀 같은 형상의 마물, 바질리스크였다.

바질리스크는 B랭크의 마물로, 보통은 숲속 깊은 곳에 있는 마물이다.

시릴 단장님이 말한 것처럼 마물의 행동 범위가 이상해진 건지도 모른다.

그 바질리스크가 두 마리나 있다. 4명이서 상대하기에는 명백하게 불리한 싸움이었다.

어떻게 해야 할지 고민하고 있을 때, 시릴 단장님의 목소리가 날아왔다.

"피아, 당신은 그 아이의 보호를 부탁드립니다. 두 마리니까 세 명 있으면 충분합니다."

어머나, 그럴싸한 이유로 전력에서 **빼**버리셨네…….

그런 생각이 들긴 했지만 시릴 단장님의 판단은 적확하다고 본다.

……그렇죠. 이 중에선 제가 유난히 약하기도 하고 아이를 호위할 사람도 필요하니까요.

하지만 B랭크의 마물 두 마리를 상대로 세 명이면 충분하다는 건 어떻게 나온 계산이지?

바질리스크는 강력한 독을 뱉고 피부도 딱딱하다. 그리고 움직임이 재**빠**르다.

아무리 시릴 단장님이 강하고 카티스 단장님과 파비안이 같이 있다고 해도 두 마리는 어렵지 않을까.

그렇게 생각하는 내 눈앞에서 시릴 단장님이 스르릉 검을 **빼** 들었다.

그 순간, 공기가 팽팽하게 조여드는 듯한 느낌이 들어 무심코 숨을 죽였다.

──아, 강하다!

순간적으로 그런 생각이 들 만큼 검을 든 시릴 단장님은 완전히 별개의 생물로 변한 것처럼 보였다.

사비스 총장님과 싸웠을 때나 플라워 혼 디어와 대치했을 때 등 시릴 단장님이 검을 든 모습은 몇 번 본 적이 있었지만, 지금 단장님이 두른 분위기는 그 어떤 때와도 달랐다.

아, 시릴 단장님은 상황에 따라 힘이 달라지는 타입이구나.

나는 숨을 후우 내쉰 뒤 옆에서 걱정하는 얼굴로 세 기사를 바라보는 남자아이에게 말을 걸었다.

"검을 든 기사가 이 서덜랜드의 영주님이야. 안심해. 저 영주님은 강하시니까 반드시 우리를 지켜주실 거야."

내 말을 들은 남자아이는 말없이 내 손을 꽉 붙잡았다.

나는 마찬가지로 남자아이의 손을 꼭 붙든 후 마물들에게서 충분한 거리를 확보할 수 있는 위치까지 이동했다.

바질리스크는 무척 빠르다.

자칫 남자아이가 공격 대상으로 잡혔다간 큰일이기 때문에 시릴 단장님을 사이에 두고 바질리스크의 반대쪽에 자리를 잡았다.

……그 뭐냐, 이건 전략적인 행동입니다.

시릴 단장님을 방패로 세운 것처럼 보일지도 모르지만 전술입니다.

올바른 위치를 확보하여 멈춰서자 남자아이는 매달리듯이 내 허리에 팔을 감았다.

무거울 테지. 그렇게 생각하며 안심하라는 뜻을 담아 허리를 붙잡은 손을 토닥토닥 두드려주었다.

남자아이가 고개를 들어 나를 바라보았기에 생긋 웃어준 뒤 아이의 손을 내 허리에서 떼어놓고 왼손으로 꼭 붙잡았다.

언제든 참전할 수 있도록, 바로 움직일 수 있고 바로 검을 뽑을 수 있는 자세를 확보했다.

남자아이의 손이 부들부들 떨리고 있었기 때문에 침착해질 수 있도록 오른손으로 아이의 손을 계속 토닥였다.

그렇게 하면서도 시선은 가까운 거리에서 마물과 대치하고 있는 시릴 단장님, 카티스 단장님, 파비안을 향했다.

괜찮을지 걱정이 되었지만, 세 명의 기사는 멀리서 봐도 몹시 냉정해 보였다.

……역시 유능한 기사들이구나.

일반적으로 30명의 기사가 필요한 B랭크의 마물이 두 마리나 있다니, 완전히 머릿수에서 밀리는 싸움이다. 하지만 그래도 평상시처럼 대치할 수 있다는 건 참 대단한 것이다.

———세 명의 기사는 바질리스크에게서 10m 정도 떨어진 장소에서 대치하고 있다.

왼쪽에 있는 시릴 단장님은 은백색으로 빛나는 검을 가볍게 쥐고 있다는 느낌으로 서서 두 마리의 마물에게서 시선을 떼지 않고 카티스 단장님과 파비안에게 지시를 내렸다.

"카티스, 파비안. 오른쪽 바질리스크의 발을 묶어주세요."

상대적으로 작은 편인 바질리스크를 카티스 단장님과 파비안에게 맡기더니 시릴 단장님은 왼쪽에 있는 바질리스크를 바라보았다.

고요한 시간이 흐른다.

하지만 그건 등을 타고 땀이 뚝뚝 떨어지는 듯한, 팽팽한 긴장감으로 가득한 시간이었다.

———바질리스크는 아주 공격적이고 시야에 먹이가 들어오자마자 즉시 공격해댄다.

그런데 움직이지 않고 가만히 있다는 건 심상치 않은 조짐이다.

마구잡이로 공격하는 타입의 마물이 타이밍을 가늠하는 거라면, 이 개체는 우수한 녀석인 게 틀림없다.

더군다나 시릴 단장님의 힘을 감지하고 움직이지 못하는 거라면, 이 개체는 무시무시하게 신중하다는 뜻이다.

왜냐하면 시릴 단장님은 잔잔한 바람처럼 차분해 보이니까.

살기도 압박감도 흘리지 않기 때문에 얼핏 보기만 해서는 얼마나 강한지 느껴지지 않는다.

……아아, 하지만 이 조금도 강해 보이지 않는다는 게 가장 강한 형태다.

바질리스크는 맹독을 뱉으니까 공연히 접근하지 않는 건 정답이다.

그리고 연속으로 독을 뱉지는 못하니, 한 번 독을 뱉은 타이밍에 거리를 좁히는 것이 가장 효과적인 공략법이다.

초조하게 시간이 흘러갔다. 먼저 인내심이 다한 것은 바질리스크 쪽이었다.

고작 두 걸음 만에 5m의 거리를 좁힌 것과 동시에 입에서 독액을 뱉었다.

그 액체는 어마어마한 속도로 곧게 날아가 시릴 단장님의 눈을 노렸다.

바질리스크가 입을 벌린 게 보인 순간에는 이미 독액이 날아가고 있었으니 사전에 예측하지 못했다면 피할 수 없다. 그런데도 어떻게 된 건지 시릴 단장님은 고개를 살짝 틀어서 독액을 확실하게 피했다.

"대단해……."

무심코 탄성이 흘러나왔다.

감탄하며 보고 있자, 시릴 단장님은 단숨에 거리를 좁혀 크게 벌린 바질리스크의 입안에 검을 똑바로 찔러넣었다.

부드러운 구강 속으로 검이 푸욱 파고들었다.

시릴 단장님은 재빠르게 바질리스크의 입에서 검을 빼고는, 너무도 큰 고통에 무심코 뒷발에 힘을 주고 일어난 바질리스크의 왼쪽 가슴을 향해 수직으로 검을 꽂았다.

바질리스크의 몸은 딱딱한 비늘로 덮여있는데도 검이 쑥쑥 잘 들어갔다.

속도와 각도가 좋은 걸까?

검에 실려있을 힘으로는 상상하지도 못할 만큼 깊은 곳까지 바질리스크의 몸통을 뚫었다.

아니, 저 깊이는…….

시릴 단장님이 무표정으로 검을 빼는 것과 동시에 선혈이 튀며 바질리스크가 땅바닥으로 쓰러졌다.

네, 저 깊이는 치명상이죠.

시릴 단장님은 쓰러진 바질리스크를 거들떠보지도 않고, 검에 묻은 피를 털지도 않은 채로 남아있는 다른 마물을 향해 몸을 틀었다.

두 번째 바질리스크는 카티스 단장님과 파비안이 대치하고 있던 덕분에 처음 장소에서 움직이지 못하고 있었다.

시릴 단장님이 입안에서 무언가를 중얼거리자 바람의 칼날이 바질리스크를 썰어버렸다.

"어?!"

갑작스러운 사태에 놀란 건 나뿐만이 아니었던 건지, 바질리스크가 한 걸음 뒤로 물러났다.

하지만 시릴 단장님은 바질리스크가 물러나는 것과 동시에 거리를 좁히더니 한층 더 가까이 밀접하여 마물의 한쪽 눈에 검을 곧게 찔러넣었다.

"갸갸갸아아아!"

절규하면서 위협하기 위해 뒷발로 일어난 바질리스크의 왼쪽 가슴에 시릴 단장님은 첫 번째 바질리스크에게 했던 것처럼 수직으로 검을 찔렀다가 빼냈다.

바질리스크의 피보라가 사방으로 튀었다가 바닥으로 떨어지기도 전에 바질리스크 본인이 땅바닥으로 쓰러졌다.

시릴 단장님은 검을 털어서 피도 털어낸 후 말없이 검집에 돌려놓았다.

……어? 끄, 끝이야?

나는 시릴 단장님의 압도적인 실력에 입을 떡 벌리고 단장님을 쳐다봤다.

"아, 아파, 아파! 손이 아파!"

시릴 단장님이 전투하는 동안 남자아이의 손을 필사적으로 붙잡고 있었던 건지 아이가 아프다고 소리쳤다.

하지만 나는 그 목소리에 반응하지도 못하고 그저 놀라서 시릴 단장님을 바라보았다.

……어, 어어음.

시, 시릴 단장님? 잠시 괜찮으십니까?

보통 저런 식으로 바질리스크에게 접근하지 못하잖아요?

바질리스크는 확실하게 눈을 노리니까, 그리고 그 조준 솜씨도 뛰어나니까 마도사의 도력 없이 가까이 다가가는 건 지극히 어렵잖아요?

그리고 저 딱딱한 비늘은 검을 튕겨내잖아요?

전혀 발휘할 기회가 없었지만, 바질리스크의 악력도 턱 힘도 어마어마하니까 어지간한 기사로는 홀떡 날아가거나 몸의 일부가 뜯겨나가곤 하잖아요?

……그래서 본래대로라면 바질리스크는 아주아주 강한 마물이라, 결코 혼자서 쓰러트릴 수 있는 마물이 아닌데.

그런데 시릴 단장님의 실력이 하도 좋아서 최단 시간으로 쓰러트리는 바람에 얼핏 보면 바질리스크 토벌이 무척 간단해 보인다.

우와. 달인의 폐해구나.

너무 강해서, 너무 깔끔하게 쓰러트리니까 마물이 얼마나 강한지 전해지지 않다니.

하지만 오늘은 아이들이 같이 있었으니 그 폐해가 도움이 되었을 것이다.

그래, 그래. 이렇게 어릴 때부터 지나친 공포를 느낄 필요는 없잖아.

그나저나 시릴 단장님은 바람 마법을 쓸 줄 아는구나. 몰랐어…….

나는 남자아이의 손을 잡은 채로 다른 아이들이 숨어있는 나무 굴을 향해 걸어갔다.

중간에 바질리스크의 사망을 확인하던 파비안에게 '수고했어' 하고 말을 걸자 '수고할 새도 없었어'라는 대답이 돌아왔다.

어, 응. 그랬지. 이것도 시릴 단장님과 함께 싸운 폐해구나.

구멍 사이로 전투를 지켜보았을 아이들은 내가 말을 걸자 조심조심 구멍 밖으로 나왔다.

그리고는 흠칫거리면서 쓰러져 있는 마물에게 시선을 보냈다.

"괜찮습니다. 이제 일어날 일은 없어요."

시릴 단장님이 안심하게끔 말을 걸자 아이들은 입을 꾹 다문 채 작게 고개를 끄덕였다.

아직 긴장이 풀리지 않은 건지 굳어있는 아이들을 자세히 살펴보자 손에 작고 노란 꽃을 쥐고 있었다.

"……프리프리 풀? 프리프리 풀은 해열 효과가 있는 약초잖아. 누가 병에 걸린 거야?"

의아해하며 물어보자 아이들은 퍼뜩 놀란 듯 얼굴을 들었다.

"""어, 없어! 병에 걸린 사람 없어!"""

아이들은 일제히 부정하더니 프리프리 풀을 들고 있는 손을 등 뒤로 숨기고 고개를 푹 숙였다.

어린아이다운, 다 티가 나는 거짓말이다.

'피아와 수준이 같군요'라는 시릴 단장님의 중얼거림은 못 들은 척했다.

······아니 그렇지만요. 저는 근본이 정직한 사람이라서요. 그래서 기본적으로 거짓말을 못 합니다.

다만 분위기를 파악하고, 진실이 아닌 말을 해야만 할 때는 제대로 그게 진실로 보이도록 말하는 거죠. 이런 어린아이의 거짓말과 동일시하시다니, 정말 뜻밖이네요.

마음속으로 그렇게 종알거리면서 아이들을 한 명 한 명 세심하게 살펴보았지만 다친 아이는 아무도 없었다.

게다가 다리가 풀리거나 몸이 얼어붙은 아이도 없어서, 다들 자기 발로 걸어갈 수 있는 모양이었다.

'아이들은 참 기운이 넘치네요!'라고 말하면서 오른손과 왼손으로 각각 다른 아이들의 손을 잡았다.

그러자 나와 손을 잡지 않은 작은 여자아이가 내 배 부근의 옷자락을 붙잡았다. 내 손은 두 개밖에 없으니 어떻게 해야 할지 고민하며 시릴 단장님을 올려다보았다.

단장님은 쭈뼛쭈뼛 몸을 숙이더니 여자아이에게 말을 걸었다.

"지친 건가요? 괜찮다면 제가 안아 들고 갈까요?"

여자아이는 단장님을 힐끔 보고는 조심스러운 목소리로 말했다.

"나 지쳐서 이제 못 걸어. 하지만 기사는 아주 무서우니까 가까이 가면 안 돼."

"저는 무섭지 않습니다. 큰 목소리를 내지도 않고, 화내지도 않아요."

"……웅덩이에서 넘어져도 화 안 내?"

"제가 안고 가면 웅덩이도 뛰어넘을 수 있으니까 웅덩이에 빠지지도 않습니다. 그러니 아무도 화내지 않고, 저도 화내지 않아요."

여자아이는 잠시 고민했지만, 굳게 결심한 듯 내 옷에서 손을 놓더니 시릴 단장님을 향해 손을 뻗었다.

이때 시릴 단장님의 얼굴에 퍼진 부드러운 미소를 보고 잘됐다고 생각했다.

시릴 단장님은 용감하고 주민들을 위해 친절하게 행동할 수 있는 상냥한 기사다.

봐, 이런 식으로 단장님에 대해 알면 주민들이 단장님을 거절하지 않게 되잖아.

시릴 단장님이 한쪽 팔에 올리듯이 안아 들자 여자아이는 시선이 높아진 게 신이 난건지 환호성을 질렀다. 그리고는 원래 수다스러운 성격인지 눈에 보이는 걸 하나하나 단장님에게 알려주기 시작했다.

"저 노란 열매는 아주 맛있어. 하지만 새가 먹어버리니까 아직 녹색일 때 따야 해. ……그리고 저 커다란 나무는…….."

오오, 예상했던 것보다 더 좋은 느낌인데?

시릴 단장님의 정중한 행동거지는 어린아이에게도 먹힌다는 걸 실감하며 흐뭇한 기분으로 보는 사이에 금방 숲 입구에 도착했다.

◇ ◇ ◇

숲 입구 부근에는 주민들이 걱정하는 얼굴로 숲속을 들여다보고 있었다.

아이들의 모습을 보더니 기뻐하며 와아아 환호성을 지르고는 몇 명이 이쪽으로 달려왔다.

아이들도 아는 모습을 발견한 건지 내 손을 놓고 달려갔다.

시릴 단장님은 안아 들었던 여자아이를 바닥에 내려놓으려고 했지만, 그보다 먼저 주민 중 한 명이 단장님에게 다가와서는 단장님의 품속에서 여자아이를 빼앗아 갔다.

"도, 돌려주세요! 우리 애를 건드리지 마세요!"

시릴 단장님의 품에서 거칠게 떨어져나온 아이는 놀란 건지 자신을 안아 든 어머니로 추정되는 여성에게 매달려 울기 시작했다.

"그래, 무서웠지? 괜찮아! 이제 엄마가 있으니까."

필사적으로 여자아이를 다독이는 어머니를 힐끗 보자 카티스 단장님은 사람들에게 들릴 만큼 목소리를 키워서 보고하기 시작했다.

"여기서부터 5분 정도 거리에 바질리스크가 두 마리 출현했다! 기사단이 토벌했고 이미 안전은 확보되었어! 아이들은 전부 상처 하나 없고! 성녀님을 부르러 간 사람에게 이 사실을 전해줘."

바질리스크의 공포는 주민들 모두 이해하고 있을 터이다.

어린아이쯤은 통째로 삼켜버릴 수 있고, 어른도 수십 명 단위의 기사가 모여야 간신히 토벌할 수 있다.

그러니 카티스 단장님의 발언을 들은 주민들은 안도할 줄 알았는데, 어째서인지 미심쩍어하는 의견이 나왔다.

"바, 바질리스크라고? 왜 그런 흉악한 마물이 숲 입구 부근에 나타난 거야?"

"수, 숲의 신께서 화나신 거 아니야? 아니라고 해도 그런 흉악한 마물이 숲 입구에 나온다니 숲을 관리하지 못했다고 영주님에게 벌을 받겠지."

주민들에게 비난 어린 시선을 받은 시릴 단장님이 놀란 듯 뻣뻣하게 굳어버렸다.

무언가 말을 하고 싶은 듯이 입을 벌렸으나 단장님이 발언하기도 전에 주위 주민들이 말을 이어갔다.

"그래서? 기사인 당신들은 이번엔 무슨 소릴 하게? 바질리스크 같은 마물과 싸우게 해서 자기들을 위험에 처하게 했다고 우리에게 벌을 주려고?"

"당신들은 10년 전부터 변한 게 없어! 그냥 당신들이 수상하다고 말하기만 해도 뒤에 있는 공작님이 우리를 죽이려고 하겠지!!"

그 말을 들은 순간 시릴 단장님은 눈을 크게 뜨고는 무언가를 호소하듯이 입을 열었다.

"……저는 부당하게 누군가를 다치게 하지 않습니다."

하지만 그 입에서 나온 목소리는 잔뜩 갈라져 있어서 흥분한 주민들이 들을 수 있는 크기가 아니었다.

시릴 단장님의 작은 목소리를 들은 카티스 단장님은 답답한 듯 시릴 단장님의 말을 큰 목소리로 전달했다.

"서덜랜드 공작은 부당하게 누군가를 해하지 않아! 게다가 흉악한 마물과 싸우는 것은 기사가 되면서 각오하는 위험부담이다! 그걸 다른 사람에게 전가할 리가 없어! 내가 이 땅의 기사단장이 된 뒤로 서덜랜드 공작이 주민들에게 부당한 처우를 한 적은 한 번도 없어! 너희는 무슨 근거로 서덜랜드 공작을 규탄하는 거지?"

"10년 전에 부당한 행동을 저지른 사람은 당신들이잖아! 우리는 300년 전에 '아무와도 싸우지 않겠다'고 약속했어. 그래서 10년 전 사건에서도 절대 맞서려 하지 않았지. 하지만 그렇다고 수긍하고 받아들인 건 아니야!!"

10년 전 사건에 대한 상세한 사정은 모르겠지만, 주민들 다수가 살해당한 것은 사실이다.

소화할 수 없는 온갖 감정이 남아있다고 해도 이상하지 않다.

그런 마음을 느낀 건지 시릴 단장님은 한층 설득하려는 카티스 단장님을 한 손으로 제지한 뒤 주민들을 둘러보면서 조용한 목소리로 말했다.

"소란을 피워서 실례했습니다. 아이들이 무사해서 다행입니다."

영주란 그 땅의 권력의 정점이다.

무례한 말을 한 주민들은 크든 작든 벌을 받는 게 아닌지 흠칫흠칫 떨었지만, 시릴 단장님이 뜻밖에 부드러운 발언을 하자 순간 침묵이 흘렀다.

주민들이 규탄하는 건 시릴 단장님의 아버지인 전대 공작이다.

'귀적에 든 사람에 대해 함부로 말하지 마라'거나 혹은 오늘 일에 대해 '아이들을 구한 기사에게 무례한 태도를 보이지 마라' 등,

얼마든지 할 말이 있는데도 단장님은 모든 반론을 삼켜버렸다.

공작은 절대권력을 지녔으니 시릴 단장님이 한마디 하기만 해도 많은 사람이 붙잡히고 벌을 받을 것이다.

———그리고 그건 증오의 연쇄가 된다.

시릴 단장님은 그릇이 크구나.

그렇기 때문에 혼자서 전부 다 삼켜버린다.

자신이 지닌 힘이 얼마나 큰지 알기 때문에 조심해서 사용한다.

시릴 단장님의 부드러운 발언에 놀라서 허를 찔린 듯 침묵하는 주민들을 향해 나는 큰 목소리로 말해주고 싶은 기분이었다.

『여러분, 잘 살펴봐 주세요!』

『무척 친절하고 배려심 있는 영주님이에요!!』

하지만 이런 사실은 상대방 측에게———그것도 기사단의 일원에게 들어봤자 반발만 초래할 뿐이다.

스스로 눈치채지 못하는 한 받아들일 수 없다.

내 복장이 터지거나 말거나 시릴 단장님은 갑자기 조용해진 주민들을 향해 가볍게 고개를 끄덕인 뒤 발걸음을 돌려서 그 자리를 떠났다. 우리도 주민들에게 꾸벅 인사한 후 시릴 단장님의 뒤를 따라갔다.

영주관까지 돌아가는 길, 시릴 단장님은 무언가 생각에 잠긴 듯 한마디도 하지 않았다.

카티스 단장님도 시릴 단장님을 배려해서인지 침묵을 유지했기 때문에 무척 조용한 시간이 되었다.

저녁은 그랜드 홀에 모여서 먹었는데 멀리서 봐도 시릴 단장님은 기운이 없어 보였다.

10년 전의 단장님은 10대에다 영주도 아니었는데 주민들의 불만을 정면으로 받아들이며 생각하는 점이 단장님다웠다.

시릴 단장님이 신경 쓰이긴 했으나 그 이상 말할 계기도 없이 취침 시간이 되었다.

오늘은 많은 일이 있었기 때문에 푹 잘 수 있으리라는 내 예상이 빗나가, 어째서인지 한밤중에 눈이 떠졌다. 평소 잘 자는 나치고는 몹시 드문 일이다.

목이 말라서 주방을 찾아 터덜터덜 복도를 걸었다.

그러자 계단을 올라온 시릴 단장님과 마주쳤다.

잘 보자 단장님은 두 팔에 술병을 가득 안고 있었다.

아무래도 지하 저장고에서 슬쩍해온 모양이었다.

"한밤중에 술을 드시게요?"

시릴 단장님이 가져온 병의 개수에 질려서 물어보자 단장님은 난처한 듯 웃었다.

"이 시기는 매년 잠을 제대로 못 자서⋯⋯. 안 좋다는 건 알면서도 술의 힘을 빌립니다. 다만 저는 체질적으로 취하지 않다 보니 별로 효과는 없지만요."

그리고는 조금 민망한 듯 머뭇거린 후 조심스러워하는 눈치로 말을 이었다.

"이렇게 늦은 밤에 제안하는 게 비상식적이라는 건 이해하지만, 당신도 잠이 오지 않는다면 한 잔 어울려주시겠어요? 서덜랜드 고유 과일을 사용한 술도 풍부합니다."

"어, 그, 그럼 한 잔 부탁드립니다."

나는 즉시 고개를 끄덕였다.

서덜랜드에는 이곳에서만 자라는 과일이 많다. 그리고 그 과일은 다들 아주 달고 맛있다.

그걸 술로 담그면 어떤 맛이 날지, 누구나 확인하고 싶어 할 것이다. 물론 나도.

시릴 단장님의 뒤를 따라 걸어가자 커다란 문을 지나 개인실로 보이는 방에 들어갔다.

아무래도 집무실이었던 건지 넓은 방 한쪽에는 어려워 보이는 책으로 빼곡하게 채워져 있으며, 집무책상 위에는 한 장의 서류도 없었다.

음음, 이 머리 아파 보이고 정리된 방. 척 보면 알겠네요. 이건 시릴 단장님의 방이로군요.

더 안쪽으로 이어지는 문을 열자 거실로 꾸며진 듯한 방이 나타났다. 이쪽 방은 벽 한 면에 놓인 장식장 안에 술병이 깔끔하게 진열되어 있었다.

하지만 잘 보면 예쁜 색이나 모양을 한 과일주로 추정되는 병밖에 없고 그 외의 술은 보이지 않는다. 바닥에 빈 병이 잔뜩 놓여있는 걸 보면 시릴 단장님이 마셔버린 모양이었다.

변함없는 주당이구나……. 나는 감탄하면서 시릴 단장님이 권하는 자리에 앉았다.

자연스럽게 의자를 빼 주거나 밤중에 단둘이 있다는 것에 오해를 사지 않도록 복도로 이어지는 문을 살짝 열어놓는 등의 매너가 시릴 단장님을 신사로 만들어주는 부분이라고 본다.

나는 아름답게 커팅된 잔을 받아든 후 단장님이 따라준 술을 입에 가져갔다.

그것은 이 지역 특산물인 노란색 과일을 절여서 만든 술이라고 했는데, 무척 달콤하고 맛있었다.

"아아, 맛있어요……."

나는 황홀한 얼굴로 중얼거리면서 맛을 확인했다.

시릴 단장님은 '그거 다행이군요'라고 말하며 자신의 잔에 따른 독해 보이는 술을 단숨에 들이켰다.

새삼 보니까 시릴 단장님은 셔츠에 트라우저스만 입은 차림이었다. 나처럼 완벽한 실내복이 아닌 걸 보니 한 번이라도 침대에 누운 사람 같지 않았다.

"아직 한숨도 못 주무신 건가요?"

나와 마찬가지로 잠들었다가 중간에 깬 줄 알았는데, 그런 느낌도 아닌 듯했다.

"……잠을 못 잘 것 같아서요. 이 시기엔 통 못 자겠더라고요."

시릴 단장님은 난처해하는 표정으로 대답했다. 그 말을 들은 나는 퍼뜩 알아차렸다.

'서덜랜드의 비탄'이 일어난 시기라는 건, 시릴 단장님의 부모님의 기일이기도 하다는 뜻이다.

오늘 주민들이 쏟아낸 말에 더해 시릴 단장님에게는 부모님의 죽음을 추모한다는 아픔도 있었다는 걸 새삼 깨달았다.

분명 아직 부모님을 잃은 슬픔이 다 낫지 않은 거겠지.

고향에 돌아와 익숙한 풍경을 보았기 때문에 되살아나는 기억이 있는 건지도 모른다.

10년은 소중한 사람을 잃은 슬픔을 치유하기에는 짧은 게 분명하다.

"시릴 단장님의 어머니는 어떤 분이셨나요?"

물어봐도 괜찮은 건지 고민하면서도 가슴 밑바닥에 침전한 감정을 토해내면 편해지기도 한다는 걸 아는 나는 큰맘 먹고 질문을 던졌다.

적어도 주민들이 규탄했던 이야기를 꺼내는 것보다는 나은 화제일 것이다.

부모님 모두에 대해 물어볼 수도 있었지만, 막연히 어머니가 더 친근하고 쉽게 이야기할 수 있지 않을까 추측했기 때문에 어머니로 한정해서 물어보았다.

시릴 단장님은 잠시 생각에 잠기듯 내 얼굴을 바라본 후 내 붉은 머리카락으로 시선을 옮겼다.

"……으음. 어머니는 아름다운 분이셨습니다. 당신과 마찬가지로 대성녀님과 같은 붉은 머리카락을 지닌, 아름다운 성녀였죠."

───시릴 단장님은 의자에 깊숙이 앉은 후 잔을 쥐고 어머니에 대해 조금씩 이야기하기 시작했다.

【SIDE】 제1기사단장 시릴

어머니는 아름다운 사람이었다.

───전설의 대성녀와 같은 붉은 머리카락을 지닌, 무척이나 아름다운 사람이었다.

필두 공작가의 적남인 나의 어머니였던 사람.

즉 어머니는 최상위 공작가의 아내로 뽑힐 만큼 고위 성녀였다.

태어난 직후부터 나에게는 왕위계승권이 부여되었다.

그 때문에 어릴 때부터 많은 선생에게 다양한 것을 습득할 기회가 주어졌다.

가장 열심히 공부한 것은 성녀에 관련된 학습이었다.

왕가는, 그리고 귀족은 성녀를 지키기 위해 존재한다고 어릴 때부터 반복해서 교육을 받았다.

성녀는 국가의 초석이자 성녀들을 수호함으로서 나라가 성립된다고 배웠다.

성녀 학습 중에서 가장 큰 시간을 차지하는 건 300년 전의 대성녀에 대해서다.

마왕을 봉인하는 데 성공한 성녀이자 유일한 대성녀.

아무도 이루지 못한 위업을 달성한, 아름답고 존엄한 대성녀.

그 머리카락은 새벽하늘과 같은 붉은색이며, 눈동자는 풍작의 상징인 보리 이삭과 같은 금색이었다고 전해진다.

많은 상급 귀족의 집과 마찬가지로 우리 집에도 대성녀의 초상화가 걸려있다.

초상화 속에서 새빨간 머리카락을 나부끼며 금색 눈동자로 당당하게 바라보는 대성녀는 정말로 아름다웠다.

그래서…… 내 어머니가 대성녀와 같은 붉은 머리카락을 지닌 아름다운 사람이라는 게 무척 자랑스러웠다.

많은 상급 귀족이 그러하듯이 나는 유모의 손에서 자랐다.

어린 나는 부모님과 식사를 함께 하는 것도 허락받지 못했고, 어머니와는 거의 만나지도 못하는 생활을 보냈다.

때때로 우연히 복도나 정원에서 어머니를 볼 때가 있었지만 어머니는 내가 보이지 않는 것처럼 스쳐 지나갈 뿐이었다.

그래서 그럴 때면 반드시 어머니가 보이지 않게 될 때까지 그 뒷모습을 바라보며 붉은 머리카락와 아름다움을 망막에 각인했다.

5살 생일에 처음으로 부모님이 함께하는 만찬에 동석을 허락받았다.

생일 선물로 무엇을 갖고 싶냐는 질문을 받은 나는 천진난만하게 동생을 갖고 싶다고 대답했다.

같은 나이이기 때문에 교류가 있던 사비스 제2왕자가 제1왕자와 화기애애하게 대화하는 모습을 보고 부러웠기 때문이다.

하지만 내 말을 들은 어머니는 불쾌하다는 듯 눈썹을 치켜세웠다.

"멍청한 소리를."

어머니는 그렇게 말했다.

"나는 고작 공작가에 불과한 서덜랜드를 위해 시릴, 너를 낳았다. 왕족도 아닌데 왜 예비품이 필요하다는 말이냐. 너에게 무슨 일이 생긴다면 이깟 공작가 따위는 망해버리는 게 낫다."

그 후 어머니는 냅킨으로 입가를 닦은 뒤 테이블 위로 거칠게 내던졌다.

"너희들 일족은 성녀를 1회용으로 써버리지. 왕의 혈족과 혼인하면 남자아이밖에 태어나지 않아. 나의 이 붉은 머리카락은 아무에게도 물려주지 못하고 명맥이 끊어질 뿐. 시릴, 너를 봐라. 그 더러운 회색 머리카락을. 무엇 하나 나에게서 이어받지 못했구나. 네가 동생을 원해봤자 다음에 태어날 아이도 꾀죄죄한 머리색의 남자아이겠지. 그런 것이 필요하느냐?"

어머니와 인사 이상의 대화를 한 것은 이때가 처음이었다.

그래서 이때까지 나는 어머니가 나를 사랑해준다고, 어머니는 아름답고 자상한 사람이라고 믿었다.

그런 어머니에게서 갑작스럽게 날아온, 공격이라고도 표현할 수 있을 법한 말들에 나는 대답조차 하지 못한 채 멍하니 눈만 깜빡였다.

어머니는 그런 나를 열등한 것을 보는 눈초리로 바라보았다.

"대답도 못 하는 것이냐. 역시 공작가 정도로는 교육도 만족스럽게 하지 못하는군. 아아, 왜 나는 네 어머니가 되어야만 했는지! 애초에 나는 누구보다 힘이 강한 성녀다. 나아말로 국왕의 비가 되어야 했던 것을!"

그렇게 뱉어낸 어머니는 자리에서 일어나 만찬실에서 나가버렸다.

테이블 위에는 손을 대지 않은 요리가 산더미처럼 남아있었다.

이때의 나는 무슨 일이 일어난 건지 제대로 파악하지 못했다. 하지만 자신의 실언 때문에 어머니가 화난 것은 알았기 때문에 매달리듯 아버지를 쳐다봤다.

아버지는 무표정한 얼굴로 나를 바라보고는 입을 열었다.

"시릴, 네 실언이다. 나중에 사죄를 드리도록. 그리고 하다못해 상식도 모르는 발언을 하는 일이 없을 정도로는 공부해라."

나는 부끄러워져서 고개를 푹 숙일 수밖에 없었다.

자신이 무척 부끄러웠다.

그렇구나. 나는 공부가 부족해서 상식조차 제대로 몰랐구나.

그런 것도 눈치채지 못한 채 선생님들이 '어쩜 이렇게 똑똑하실까', '5살에 이 정도로 대답을 잘 하시는 분은 처음 봅니다'라고 말하는 걸 믿었던 자신이 진심으로 부끄러웠다.

그건 공작가 적남에게 아부하는 말이었는데.

⋯⋯결국 어머니에게 면회 허가를 받지 못했기 때문에 사죄를 드리지도 못했다.

그날 밤, 집사가 나를 찾아와 면목 없다는 듯 사과했다.

"죄송합니다, 제 실수입니다. 아직 이르다고 멋대로 판단을 내려 국왕 폐하와 서덜랜드 공작 각하, 그리고 성녀님들의 관계에 대해 설명을 드리지 않았습니다."

유능한 집사였기 때문에 설명이 늦어진 것에는 이유가 있고, 그건 분명 나에게 설명하기 어려웠기 때문이라는 걸 추측할 수 있었다.

집사는 설명했다.

대외적으로 알려진 사실과 공작가만이 아는 사실, 그리고 거기에서 추측할 수 있는 어머니의 감정을.

———한 번도 공표된 적은 없지만, 어머니는 당대 최고로 힘이 강한 성녀라고 했다.

즉, 일반적으로 생각했을 때는 왕비가 되어야 할 사람이었다고.

다만 왕족과 그 남자 혈족은 30살이 되기 전에 혼인해야만 한다는 불문율이 있다.

반면 성녀는 17살이 되지 않으면 결혼할 수 없다.

이것 때문에 당시 15살이었던 어머니는 28살이었던 국왕과는 도저히 결혼할 수 없었다.

어머니가 17살이 될 때까지 기다린다고 해도 국왕이 30살이 되어버린다.

그래서 교회와 왕의 충신들은 어머니 다음가는 힘을 지닌 성녀를 국왕의 비로 추대했다.

차석의 능력을 지닌 성녀는 어머니의 언니였다.

왕비는 가장 힘이 강한 성녀여야만 한다며, 국왕의 위광을 지키는 것을 최우선으로 생각한 충신들은 어머니에게 제2위라는 석차를 매겼다.

대신 어머니의 언니가 필두 성녀로 발탁되어 왕비가 되었다.

그것은 자존심이 강하고 실력도 있던 어머니에게는 견딜 수 없는 소행이었다.

국왕 외의 왕족은 왕제였던 아버지밖에 없었으므로, 그 왕제의 아내가 되어 이 자라에서 두 번째로 고귀한 부인이 되었다는 사실도 어머니에게는 아무런 위로가 되지 않았다.

어머니는 단 한 번도 필두 공작의 아내라는 지위에 긍지를 지닌 적이 없었고, 자신이 부당하게 저평가를 받고 있다는 것에 불만을 느꼈다.

그리고 아버지는 그런 어머니에게 죄책감을 느꼈다.

왕족이었던 아버지는 나보다 더 엄하게 성녀에 대한 가르침을 받았다.

누구보다, 무엇보다 고귀하고 정성을 다하여 모셔야만 한다고 배운 성녀.

그런 성녀 중에서도 가장 힘이 강하고 존엄하게 받들어야 하는 사람을 왕비가 아니라 자기 옆에 잡아두고 있다는 사실에 죄책감을 느끼고 마음 아파했다.

어머니에게 아버지는 남편이 아니라 그녀를 지키는 방패라는 인식이고, 아버지도 그런 어머니의 생각을 받아들이고 있다.

───집사는 나에게 그렇게 설명해주었다.

이야기를 끝까지 들은 나는 자신이 얼마나 어리석었는지 깨닫고 수치심을 느꼈다.

어머니를 어머니로 대해서는 안 되는 거였다.

그녀는 성녀님이자, 내가 공경하고 모셔야 할 존재였다.

우연히 나를 낳아주기는 했으나 그건 어머니에게 의미가 없는 일이고, 모자라는 관계에 매달리거나 요구해서는 안 되는 거였다.

어머니와의 관계를 올바르게 파악한 나는 그 뒤로 우리 집에 머무르시는 성녀님께 온 힘을 다해 예절을 갖추며 대했다.

결코 예의 바른 태도를 무너트리지 않기 위해서 정중한 말투를 유지하도록 세심한 주의를 기울였다.

그 노력 덕분인지, 그날 이후 어머니가 나에게 격양하는 일은 없었다.

그 사실에 나는 성녀님의 마음을 평안하게 유지하고 있다고 안심할 수 있었다.

다만, 감정이라는 것은 뜻대로 되지 않는 법이기에 화목한 모자지간의 모습을 봤을 때나 소소한 대화를 나누는 모자의 모습을 봤을 때는 가슴이 욱신거리기도 했다.

하지만 그것도 거듭되는 사이에 익숙해졌다.

가장 강한 성녀님께서 우리 집에 살고 계신다.

이 이상 무엇을 바랄 수 있다는 말인가.

◇ ◇ ◇

10살이 되자 나는 왕도와 영지를 오가는 생활을 시작했다.

그 무렵엔 아버지가 지닌 작위 중 하나인 백작위를 내가 이어받았기 때문에, 왕성에 출입하는 것에도 문제는 없었다.

어머니는 왕도가 싫은 건지 영지에서 생활했다.

분명 어머니가 왕비가 되었다면 손에 넣었을 많은 것들을 직접 보는 건 견딜 수 없었기 때문이겠지.

나는 정기적으로 어머니를 찾아가 부족한 것이 없는지 물었으나, 대부분은 대답조차 돌아오지 않았다.

어머니는 어머니에게 말을 거는 나에게는 시선도 주지 않고 차를 마시거나 정원의 꽃을 바라보는 등 나를 없는 존재로 대했다.

또, 어머니는 무척 성녀다운 성녀였다.

즉 자존심이 강하고, 자신의 바람을 늘 우선하며 물러나지 않는다.

누구보다, 무엇보다 자신이 위에 있다고 믿으며 한없이 정중한 태도로 대우할 것을 원했다.

이 때문에 어머니는 서덜랜드의 주민을 싫어했다.

이 땅의 주민 대다수는 낙도 출신으로 구성되어 있다.

낙도의 주민은 외관상의 특징이 있기 때문에 한눈에 낙도 출신임을 알아볼 수 있는데, 어머니는 그 차이점을 거절했다.

낙도 주민 특유의 갈색 피부와 푸른 머리카락을 더럽다고 멸시하고, 오랜 세월 바다에서 생활하였기 때문에 물갈퀴가 발달한 손을 저주받았다며 매도했다.

어머니에게는 왕도에서 불러들인 귀족 출신의 시녀와 시종이 많이 있었지만, 늘 그들과 서덜랜드 주민을 비교하며 주민들은 조심성이 없고 천박하다며 비웃었다.

본래 내륙에 살던 인간을 우월하다고 생각하는 어머니는 외모가 다른 낙도의 주민이 자기 주변에 있다는 것 자체를 모욕으로 느끼는 모양이었다.

한편, 다행인지 불행인지 이 땅의 성녀님들은 다들 성녀님답지 않은 분들이었다.

이 땅의 성녀님들은 대부분 낙도 출신으로 동족인 주민들의 치유에 정성을 들인 결과일지도 모르지만, 성녀님들은 거만하지도 않고 이기적이지도 않았다.

다만 안타깝게도 성녀로서의 힘은 약한 분들이 많아, 어머니의 힘이 몇 배는 더 강력했다.

그 때문에 크게 다쳤거나 무거운 병에 걸릴 때마다 주민들은 어머니에게 도움을 요청하러 달려왔지만, 어머니는 단 한 번도 그들을 치유한 적이 없었다.

어린 딸이 화상을 입었으니 살려달라고 달려온 남자에게는 '아아, 여전히 낙도민 특유의 사투리는 지독하구나! 무슨 말을 하는 건지 도무지 알아들을 수가 없어'라고 말하며 그의 이야기를 중간에 끊고 쫓아냈다.

늙은 아버지가 마물에게 공격을 받았다며 피투성이의 노인을 업고 온 장년의 남성에게는 만나주지도 않고 집사를 통해 바쁘다는 대답만 한 뒤, 본인은 정원에서 꽃을 구경하며 홍차를 마셨다.

그래도 그녀는 당대 최강의 힘을 지닌 성녀로, 이따금 변덕을 부리듯이 사람들을 치유하여 감사를 받았다.

하지만 치유를 받은 사람은 대부분 멀리 떨어진 곳에서 어머니를 찾아온 귀족이었지, 낙도 출신자는 한 명도 포함된 적이 없었다.

신기하게도 이렇게 심한 대우를 받으면서도 주민들은 어머니를 공경했다.

귀족이라면 어릴 때부터 성녀는 절대적인 존재라는 교육을 받을 테지만, 주민들은 그렇게까지 깊은 가르침은 받지 않았을 것이다.

무엇이 그들을 이렇게까지 성녀에 심취하게 만드는 걸까?

이곳은 본래 대성녀 신앙이 강한 땅이긴 했지만, 이 정도로 방약무인한 어머니를 받아들이는 주민들이 신기했다.

그러나 그런 주민들이 어머니에게 보내던 무상의 경애도 끝을 맞이했다.

———발단은 한 그루의 나무였다.

공작가의 현관 앞에는 넓은 정원이 펼쳐져 있는데, 그 중앙에 300살이나 된 거대한 나무가 심어져 있다.

높이는 30m나 되고, 푸르게 우거진 나뭇가지는 종횡무진으로 뻗어있다.

정면에서 들어온 손님은 먼저 이 나무에 시선을 빼앗겼다.

애초에 공작가는 이 나무에 가려져서 정문에서는 건물의 일부밖에 보이지 않는다.

공작가의 정원을 점령하는 이 나무는 대성녀를 기념하여 심은 나무다.

300년 전에 이 땅을 방문한 대성녀가 어린나무의 가지를 꺾어 이 땅의 주민들과 함께 손수 심었다고 한다.

그게 공작가의 랜드마크가 될 정도로 크게 자랐다.

이 땅에서는 1년에 한 번 대성녀의 방문을 기념하는 축제가 열린다.

그때 공작가의 정원을 개방하는데, 주민들은 이 나무를 중심으로 행사를 연다.

나무 앞에서 춤을 바치고 1년간 무사한 것에 대한 감사의 말을 읊는다.

어머니는 그것에 별다른 관심을 보인 적이 없었지만, 어느 날 주민들이 소중히 여기는 이 나무가 대성녀에게서 유래된 것임을 알아버렸다.

어머니에게 자신보다 우수하다고 불리는 대성녀에게서 유래된 것을 주민들이 아낀다는 사실은 참을 수 없는 일이었다.

어머니는 곧바로 그 나무를 베어버린 뒤 그 줄기로 테이블과 의자를 만들어 정원에 설치했다.

그리고 그 테이블과 의자에 앉아 차를 마시는 것으로 체증을 내려보냈다.

어머니에게는 별것 아닌 나무 한 그루였지만, 주민들에게는 대성녀의 상징이었다.

어머니가 그 나무를 베어버렸다는 것을 안 주민들은 노골적으로 어머니를 피하게 되었다.

어머니가 외출하면 주민들은 새끼 거미가 도망치듯이 순식간에 모습을 감추었고, 어머니를 찾아와 치유해달라고 부탁하는 사람도 없어졌다.

하지만 어머니는 이게 불만인 듯했다.

강력한 성녀의 존재 자체가 존중을 받아야 하며, 모든 이가 그녀 앞에 엎드려 숭상하고 떠받들어야 한다는 게 어머니의 지론이었다.

불만이 쌓인 어머니는 한층 더 주민들을 막대하게 되었다.

낙도 출신이라는 것만으로도 매도당하고 무시당하는 주민들.

그 무렵에는 어머니와 주민들의 관계에 결정적인 균열이 가 있었다.

──그리고, 그 사고가 일어났다.

그날, 어머니는 희귀한 약초를 찾기 위해 곳에 와 있었다.

바다를 향해 깎아지른 낭떠러지 위에서 주민들에게 지시를 내렸다.

"그 풀이 아니야! 더 아래까지 내려가야지. 네 발치에 있는 풀이다, 그걸 뜯어라."

낭떠러지 끝 아슬아슬한 곳에 서서 내려다보며 벽에 달라붙어 약초를 캐는 주민에게 직접 지시를 내리는 어머니의 팔에 주민중 한 명이 손을 댔다.

"공작부인, 그렇게 몸을 내미시면 위험합니다. 뒤로 물러나시……."

하지만 그 주민은 끝까지 말을 마칠 수 없었다.

어머니가 찰싹 소리가 날 정도로 세게 뿌리쳤기 때문이다.

"비천한 것이 나에게 손대지 마! 아아, 더러워! 잘 들어라. 나와 너희들 사이에는 하늘과 땅보다 더 큰 차이가 있다! 너희들은 나에게 말을 걸면 안 된다! 접촉은 말할 것도 없고! 어떠한 이유가 있다 한들, 어떠한 상황이라 한들 너희들 같은 비천한 자가 내 몸에 손을 대는 일은 존재해서는 아니 된단 말이다! 다음에 또 그리하면 그 손을 잘라버리고 네 부모·형제와 자식, 손주에 이르기까지 엄벌을 내리겠다! 알아들었으면 나에게서 떨어지도록!"

그 직후, 강풍에 발이 미끄러지는 바람에 아래로 추락했다.

화려한 드레스를 입은 어머니는 옷의 무게 때문인지 그대로 떠오르지 않았다고 한다.

어머니와 동행했던 시종과 기사들이 허둥지둥 바다로 뛰어들었으나, 물살이 빠르고 전날 내린 비 때문에 혼탁해졌기 때문에 어머니의 모습을 발견할 수 없었다.

우연히 그 장소를 지나가던 아버지가 본 것은 매서운 파도에 떠밀리면서 자신의 아내를 찾는 기사와 시종들, 그리고 낭떠러지 위에서 우두커니 서 있는 주민들이었다.

기사들은 바다에서 올라온 뒤 아버지에게 '공작부인을 바닷속에서 놓쳤습니다'라고 보고했다.

아버지는 자기도 모르게 보고를 올린 기사를 두들겨 팼다고 한다.

"너희들은 하늘에서 내려주신 성녀님을 그렇게 허망하게 물에 빠지게 한 것이냐!!"

그 후 아버지는 낭떠러지 위에서 바다를 바라보았다고 한다.

시야 가득 펼쳐진 바다는 탁해진 부분은 있어도 끝없이 푸를 뿐, 드레스의 흔적도 인영 하나도 보이지 않았다.

공작부인의 생존이 절망적인 상황이라는 건 누구의 눈에도 명백했다.

아버지는 비틀비틀 돌아보더니 허리에 차고 있던 검을 뽑아 그 자리에 있던 주민들을 베었다.

"너희들은 왜 아무도 성녀님을 구하러 들어가지 않은 게냐! 나라의 초석이신, 왕국의 차석 성녀님이시란 말이다! 이렇게 무책임할 수가! 여기에 있는 너희들과 그 일족 전원의 목숨으로 성녀님께 속죄해라!!"

그렇게 아버지는 기사에게 주민들을 토벌하라 명령했다.

이로 인해 이틀에 걸친, 기사와 주민들의 전쟁이 시작되었다.

운이 나쁘게도 아버지는 그 싸움 도중에 숨을 거두었다. 하지만 아버지의 죽음이 계기가 되어 항쟁은 종결되었다.

"……그 기괴한 부부의 형태는 본 사람밖에 이해하지 못할 겁니다. 아버지는 계속 어머니께 죄책감을 느끼셨습니다. 우리나라 제일의 성녀님이 올바른 평가를 받지 못하고 있다며 가슴 아파하셨죠."

나는 그렇게 말을 맺었다.

이야기함으로써 깊은 곳에 가둬두었던 기억과 감정이 되살아나 탁한 침전물처럼 가슴속에 쌓여갔다.

"저는 그 자리에 없었기 때문에 어디까지나 전해 들은 정보로 인한 판단이지만, 그 사건은 아버지와 어머니에게 원인이 있다고 생각합니다. 다만 그렇게 생각은 해도 국가의 판정이 나온 이상 제가 끼어들 수 없습니다. 잘못했다고 여겨도 사죄할 수 없는 거죠. 제 신분과 입장이 제 행동을 제한하니까요……."

무심코 속내를 흘리자 피아가 고개를 갸웃거렸다.

"맞는 말씀이네요. 단장님께서 사과하시면 선대 공작님의 명령을 받아 주민을 토벌한 기사들에게까지 죄가 미치게 되니까요. 현재는 양측 모두에 잘못이 있다는 판정이 떨어져 어느 쪽에도 추가로 벌을 내리지는 않았으니, 이대로 받아들이는 게 최소한의 피해로 끝나겠죠."

"................."

피아는 예리하다. 기본적으로 덜렁대고 시치미를 떼지만 중요한 순간에는 상황의 본질을 꿰뚫고 있다.

내가 침묵을 유지하자 피아는 뭐라 말하기 어려운 표정으로 입술을 깨물었다.

"……슬픈 이야기네요. 아마 무언가 하나가 달랐다면 일어나지 않았을 사건이 아닐까요."

피아는 작게 중얼거린 뒤 두 팔을 벌리고 그 손을 쳐다보았다.

"저는 성녀님이란 직업 중 하나라고 생각합니다."

"……직업 중 하나라고요? 성녀님이?"

생각지도 못한 발언을 들은 나는 진심으로 놀랐다.

신에게 선택을 받아 힘을 지닌 사람만이 될 수 있는 성녀님이, 직업 중 하나라니…….

"네. 요리를 잘하는 사람이 요리사가 되는 것처럼, 회복 마법을 쓸 수 있는 사람이 성녀님이 된다고 생각해요. 그러니 성녀님이 망가져 버린 것에 모든 원인이 있다고 봐요."

"아, 당신은 성녀님에 대해 독특한 논리를 갖고 있었죠……."

말을 하며 나는 들고 있던 잔을 테이블에 내려놓은 후 피아를 향해 몸을 틀었다.

"피아. 술에 취했을 때의 이야기이기 때문에 기억하지 못할지도 모르지만, 예전에 당신은 제 앞에서 성녀님이 지녀야 할 모습에 대한 의견을 설파했습니다. '성녀는 여신과 다르다. 먼 곳에서 변덕스럽게 구원을 주는 존재가 아니다. 성녀는 기사의 방패다' 라고요. 그 말을 들은 순간 저는 가슴을 푹 찔린 듯한 기분이 들었죠……."

그때의 광경을 떠올리면서 말하자 피아의 말을 들었던 순간의 감정이 되살아나, 다시 가슴이 에일 것 같았다.

나는 마음을 다잡기 위해 주먹을 꽉 움켜쥔 뒤 말을 이었다.

"제가 지금부터 하는 말은 당신에게는 공평하지 않습니다. 하지만…… 저는, 사람은 입장에 따라 말이 바뀐다고 생각합니다. 지금 당신이 한 말도, 그날 밤 성녀님에 대해 한 말도 당신이 기사이기 때문에 할 수 있는 말일 테죠. 만약 당신이 성녀님이었다면 결코 같은 말은 할 수 없습니다."

"………………."

플라워 혼 디어를 토벌한 밤, 피아가 성녀에 대해 말은 충격적인 발언을 들었을 때부터 나는 생각을 거듭했다.

피아가 한 말의 의미를. 피아가 왜 그렇게 생각하고 발언할 수 있었는지를.

……생각하고 또 생각한 끝에 나온 결론은 '피아가 성녀가 아니기 때문이다'였다.

기사이기 때문에 이상과 희망을 담아 '성녀는 기사의 방패'라는 발언을 한 거라고, 나는 그렇게 결론을 내렸다. 내가 아는 지식의 범위 안에서는 그것 말고는 떠오르지 않았다고 말할 수 있다.

───사람을 형성하는 것은 입장과 환경이다.

어머니에게 예절을 갖추기 위해 예의 바르게 말하던 것이 어느새 습관이 되어서 누구의 앞에서도 벗어던지지 못하게 된 것처럼.

"……네, 압니다. 제 발언은 당신에게 공평하지 않죠. 당신이 성녀님이 아닌 것은 당신 잘못이 아니니까요."

내 발언을 들은 피아는 나를 곧게 쳐다보았다.

그러더니 뭐라 표현하기 어려운 신비로운 표정을 짓고는, 당당한 목소리로 대답했다.

"……그러게요. 하지만 시릴 단장님, 만약 제가 성녀님이었다고 해도 저는 같은 말을 할 겁니다."

신기하게도 피아의 그 말은 내 가슴이 와닿았다.

……아아, 그럴지도 모르지.

피아라면 성녀님이라고 해도 같은 발언을 할지도 모른다.

어째서인지 순순히 그렇게 생각할 수 있었다.

그것과 동시에 마음속 깊은 곳에 침전되어 있던 더럽고 탁한 것이 조금씩 정화되어 사라지는 것처럼 느껴졌다.

나는 가벼워지는 마음에 등을 떠밀린 것처럼 농담 같은 말을 입에 담았다.

"……후후, 당신이 성녀님이 아니라서 다행입니다. 만약 당신이 성녀님이고, 그 힘을 지녔으면서도 지금 같은 발언을 한 거라면 저는 즉시 당신의 신봉자가 되어 무릎을 꿇었을 테니까요."

내 발언을 들은 피아는 가정인데도 불구하고 어째서인지 아주 질색하는 표정을 지었다.

"시, 싫어요! 저는 시릴 단장님 같은 신봉자는 필요 없어요. 저는 나중에 연인을 만들어서 결혼할 예정이니까, 신봉자인 시릴 단장님은 완전히 방해꾼이잖아요."

"후후, 그때는 제가 제 성녀님의 연인을 심사해드리겠습니다."

"거, 거절합니다! 누구든 심사할 때는 자기를 기준으로 삼는다고요! 시릴 단장님이 기준이 되면 아무도 살아남지 못해요!!"

필사적으로 주장하는 피아를 보고 나는 소리 내어 웃었다.

……아아, 피아는 정말 성녀일지도 모른다.

이 시기의 나는 기분이 가라앉아 우울함에 지배된다.

그런데 지금은.

이렇게 소리 내어 웃고 있지 않은가.

피아는 사람의 마음을 구할 수 있는 건지도 모른다.

그건 성녀님과 동등한 힘인 게 아닐까?

부드러운 기분으로 미소 짓는 내 앞에서 피아는 변함없이 얼굴을 찌푸렸다.

그런 피아를 바라보며 나는 오랜만에 평온한 심정으로 잔을 기울였다.

27 서덜랜드 방문 2

다음날, 나는 답답한 마음으로 눈을 떴다.

시릴 단장님의 어머니가 성녀라는 건 대충 예측하고 있었지만, 선대 공작부인이 전형적인 성녀의 모습이었다고 하니 내가 해 왔던 일은 대체 뭐였던 건지 허무해졌다.

전생의 나는 성녀는 기사의 방패여야 한다고 노력했다.

나보다 어린 성녀들에게도 그렇게 지도했다.

도중에 죽어버렸지만 내 유지는 크든 작든 이어지고 있을 줄 알았는데.

전생에서 호위 기사였던 카노푸스 같은 사람들은 성녀의 자세가 망가지는 걸 얌전히 지켜본 걸까?

아니면 300년이라는 세월 동안 조금씩 일그러진 것이고, 카노푸스가 살아있을 때는 올바른 모습을 유지하고 있었거나.

거기까지 생각했을 때, 그러고 보면 서덜랜드에 왔으니 카노푸스의 무덤을 찾아가 보려고 계획했던 걸 떠올렸다.

"맞아, 그랬지. 카노푸스는 이 땅과 이 일족을 아주 좋아했잖아! 분명 그의 무덤은 여기에 있을 거야. 그리고 내 손에 걸리면 그의 무덤을 찾아내는 것쯤은 쉽지!"

왜냐하면 그는 나의 호위 기사였기 때문이다. 전생에서는 누구보다 오랜 시간을 함께 보냈다고 해도 과언이 아니다.

즉, 나는 그에 대해 누구보다 잘 알고 있다는 뜻이다.

카노푸스가 이 땅의 어느 장소에 애착을 느끼고, 어디에 무덤을 세웠는지는 금방 찾아낼 수 있겠지.

……라는 생각을 했던 나는 얼마나 환상에 빠져 있었던 걸까.

탐사를 시작한 지 4시간이 지난 지금, 나는 거칠게 숨을 몰아쉬면서 진심으로 후회했다.

영주관의 정원, 바다를 내려다볼 수 있는 곳 등 짐작 가는 장소를 전부 찾아간 나는 어디에서도 카노푸스의 무덤을 발견하지 못해 난처해하고 있었다.

……어라라? 카노푸스를 이해하고 있다고 생각한 건 내 착각이었나?

300년 전의 무덤이니까 누군가에 물어본다고 알려줄 수 있는 사람도 없을 테고, 어떻게 해야 하지?

나는 '후우……' 하고 한숨을 한 번 쉰 다음 낭떠러지 위에서 바다를 내다보았다.

아래에는 푸른 바다가 끝없이 펼쳐져 있고, 바람이 짭짤한 냄새를 실어 왔다.

아아, 이게 카노푸스가 사랑한 서덜랜드의 바다구나.

그리고 이 바다보다 더 남쪽으로 간 곳에 카노푸스가 태어난 낙도가 있는 거야.

"카노푸스, 늦어졌지만 당신이 사랑한 바다를 나도 보러 왔어. 마치 하늘과 이어져 있는 것 같아서 무척 기분이 좋아."

바람에 나부끼는 머리카락을 손으로 쓸어내면서 혼잣말을 중얼거렸다.

"……피아. 지금 그건 제게는 보이지 않는 누군가에게 말을 걸고 있는 건가요? 아니면 당신의 마음속에 있는 말이 튀어나온 건가요?"

안 좋은 타이밍에 등 뒤에서 목소리가 날아왔다.

나는 하나, 둘, 셋하고 속으로 숫자를 셋까지 센 뒤에 돌아보았다.

"어머나, 시릴 단장님. 지금 이건 혼잣말처럼 보이지만 아는 사람에게 말을 건 것이랍니다. 그 아는 사람은 오래 전에 죽었지만, 이 땅을 좋아했으니 분명 이곳으로 돌아왔을 테니까요. 제 옆에 있으면 좋겠으니까, 있다고 여기고 말을 걸어보았습니다."

"……그렇군요."

시릴 단장님은 내 옆에 서더니 나란히 푸른 바다를 바라보았다.

"당신의 말대로라면 어머니도 이 바다로 돌아와 계실까요? ……어머니의 시신은 찾지 못했습니다. 그녀는 지금도 바다 밑바닥에 잠들어있을지도 모르죠."

"시릴 단장님……."

힐끗 시릴 단장님을 보자 단장님은 무언가를 회상하는 듯한 표정을 짓고 있었다.

아아, 아직 단장님 안에서는 부모님의 이야기가 해결되지 않은 건지도 모르겠구나.

"……피아. 친구로서 거리낌 없이 대답해주세요. 저는 부모님을 구해드릴 수 없었습니다. 10년 동안 계속 생각했지만, 아직도 어떻게 해야 했던 건지 모르겠어요. 서덜랜드 주민들에 대해서도 마찬가지입니다."

단장님은 바다를 바라본 채로 작게 이야기하기 시작했다.

"사건의 발단을 만든 일족 출신인 제가 책임을 져야 한다고 오랫동안 생각해왔습니다. 이 땅을 다스리며 주민들을 이해하고, 그들의 슬픔을 덜어줌으로써 처음으로 10년 전의 죄를 용서받을 수 있다고. ……하지만 제가 이곳을 다스리는 것 자체가 틀린 건지도 모르겠어요. 10년 동안 여러모로 노력해왔지만, 주민들의 태도에 변화는 없습니다. 저는, ……이 땅의 주민들을 구할 수 없어요."

단장님은 차분하고 조용한 목소리로 말하고 있지만, 완고하게 바다를 바라보면서 결코 나와 시선을 마주치지 않았다.

예의 바르고, 반드시 상대의 눈을 보면서 이야기하는 단장님답지 않은 행동에 위화감을 느낀 나는 단장님을 빤히 쳐다보았다. 그러다 굳게 움켜쥔 단장님의 손가락이 희미하게 떨리고 있다는 걸 알아차렸다.

……아아, 시릴 단장님의 발언은 어제오늘 생각한 것이 아니구나.

오랫동안 거듭해서 숙고해온 결론일 것이다.

10년 전 사건의 원인은 부모님에게 있다고 생각한다. 하지만 입장상 그것을 인정할 수도, 사죄할 수도 없다. 그렇다면 하다못해 현재 상황을 개선하려고 해도 주민들은 적대적인 태도를 거두지 않는다.

……음, 책임감이 강하고 착한 단장님이라면 주민들에게 오랫동안 부정적인 감정을 품게 하고 있다는 점에 죄책감을 느끼고,

자신이 영주 자리에서 물러나면 적어도 주민들의 감정은 개선될수도 있다고 생각하는 건지도 모른다.

"……시릴 단장님, 부모님 건과 이곳을 다스리는 건 별개예요."

살며시 대답하자 단장님은 숨을 삼켰다.

나는 일부러 단장님을 보지 않고 바다를 보면서 대답했다.

"……분명 풀 수 없는 문제는 있죠. 저에게도 하나, 도저히 풀수 없는 문제가 있거든요. 왜 그들은 그런 행동을 한 건지 생각하고 또 생각해도 알 수 없었죠."

왜 전생의 오빠들은 마력이 고갈된 나를 마왕성에 두고 가버렸는가…….

왜 그런 식으로 나를 마왕성에 두고 갈 수 있었는가…….

도저히 모르겠다.

"하지만 그들이 걸어온 인생을 모두 아는 것도, 어떻게 생각하는지 머릿속을 전부 들여다본 것도 아니니까 아무리 계속 생각해봤자 정보가 부족해서 그들을 이해할 수 없었거든요."

"피아……?"

내가 무슨 이야기를 하는 건지 모를 텐데도 걱정된다는 듯 살펴보는 시릴 단장님을 향해 나는 생긋 웃었다.

"그래서 생각을 그만뒀습니다! 지금의 저는 거기에서 시작했으니까, 자꾸 그 생각을 하게 되지만요. 그래도 생각해봤자 답이 나오지 않는 것에 사로잡혀봤자 헛수고잖아요! 저는 깨달았습니다. 아주아주 궁금하지만, 그 답을 몰라도 저는 앞으로 나갈 수 있고웃을 수 있다는 것을요."

그렇게 말한 뒤 나는 시릴 단장님을 올려다보았다.

"시릴 단장님은 무척 다정한 분이시죠. 하지만 만약 부모님 일로 고민하지 않으셨다면 이렇게 다정한 성격이 되지 않으셨을지도 몰라요. ……저는 다정한 시릴 단장님을 좋아합니다."

시릴 단장님은 내 말을 듣고는 놀란 듯 눈을 동그랗게 떴다.

나는 아랑곳하지 않고 말을 이었다.

"어쩌면 도저히 구할 수 없는 상대라는 게 있을지도 몰라요. 게다가 시릴 단장님께서 생각하는 구원과 상대의 구원에 차이가 있을지도 모르죠. 하지만, 그래도 단장님의 정의와 배려로, 열심히 구하려고 노력하는 시릴 단장님이 제 눈에는 멋져 보입니다. 제가 이 땅의 주민이라면 그런 단장님께서 이곳을 통치해주길 바랄 거예요."

"………………."

시릴 단장님은 놀란 표정 그대로 입을 벌렸지만, 그 입에서는 아무런 소리도 나오지 않은 채 다시 다물렸다.

나는 시릴 단장님을 정면에서 쳐다보며 말을 이었다.

"지금 주민들은 이런저런 이유가 있어 단장님께 매정하게 대할지도 모르지만, 괜찮습니다. 마지막엔 마음이 전해질 거예요."

시릴 단장님은 변함없이 얼떨떨한 표정을 유지하고 있었지만, 이윽고 눈을 가늘게 휘더니 작게 웃었다.

"후후후, 당신의 세계는 단순하고 아름답군요. ……무척 매력적이에요."

그리고는 한바탕 쿡쿡 웃은 후 그늘을 떨쳐낸 듯 개운한 표정으로 웃었다.

"당신의 말에는 아무런 근거도 없지만, 당신의 아름다운 세계를 저도 보고 싶어졌습니다. 네⋯⋯, 그래요. 약한 소리를 하고 있을 때가 아니죠. 저는 제가 할 수 있는 일을 하고, 이해받을 수 있도록 노력해야 해요. 감사합니다, 피아. 당신과 대화하자 기운이 나네요."

"천만에요?"

몹시 기뻐 보이는 표정으로 인사를 받는 바람에 나는 이유를 제대로 파악하지 못한 채 받아들였다.

그대로 잠시 둘이서 바다를 구경한 뒤, 시릴 단장님은 정신을 차린 듯 나에게 물었다.

"그런데 왜 이 곳에 온 건가요? 바다를 보고 싶었나요?"

"그게, '청기사'의 무덤이 있다면 성묘하고 싶어서 무덤을 찾고 있었습니다."

"아, 그러고 보면 당신은 서덜랜드 성을 쓰던 마지막 '청기사'에게 관심이 있었죠. ⋯⋯아쉽게도 이 땅에 그의 무덤이 있다는 이야기는 들은 적이 없습니다."

"네? 정말인가요?!"

나는 놀라서 음 이탈을 냈다.

어어어? 카노푸스는 여기서 잠든 게 아니야? 그렇다면⋯⋯ 어디에 있는지 모르겠어!

나는 어깨를 축 늘어트리고 시릴 단장님을 향해 몸을 돌렸다.

"그래요, 네. 바로 지금 제 용건은 전부 사라졌습니다. 시릴 단장님이야말로 바다를 보러 고신 건가요?"

"결과적으로는 그렇게 되는군요. 당신이 점심시간이 됐는데도 나타나지 않아서 찾으러 왔습니다."

"어? 헉! 실례했습니다! 하지만 한 끼 정도는 안 먹어도 괜찮은데요."

허둥지둥 단장님을 올려다보았는데, 단장님은 어린아이를 타이르는 것 같은 표정을 지으며 내 머리를 툭 토닥였다.

"무슨 말을 하는 건가요. 당신은 성장기니까, 제대로 식사해야죠. 게다가 오늘은 저녁을 가볍게 먹을 것이니 점심을 든든하게 먹어둬야 합니다."

"저녁을 가볍게? 아, 혹시 기사들이 생각했던 것보다 더 많이 먹어서 공작가의 식량이 떨어진 건가요?"

날카로운 추측이라고 생각하며 질문했는데, 단장님이 죽은 눈으로 쳐다봤다.

"……고작 100명이 며칠 사이에 다 먹어버릴 정도라니. 우리 공작가의 식량창고는 대체 얼마나 빈약한 겁니까? 아닙니다. 내일은 대성녀님께서 이 땅을 방문하신 것을 기념하는 축제의 날이에요. 제례는 일출과 함께 시작하므로 오늘은 평소보다 이른 시각에 저녁을 가볍게 먹고 취침할 겁니다. 내일은 새벽에 일어나야 하니까요."

"대, 대성녀, 님, 의, 방문 기념 축제!!"

나는 무심코 앵무새처럼 단장님의 말을 따라 했다.

대, 대체 무슨 축제가 열리는 거야?!

대성녀 방문 기념 축제라니, 그런 게 300년이나 이어지고 있었다고?

카, 카노푸스도 참. 왜 단속하지 않은 거야!

아니, 어쩔 수 없었을지도 모르지. 주민들에게 오락거리가 필요한 차에 대성녀의 방문쯤 되면 축제의 이유로 삼기에 간편하고 다루기 쉬웠던 건지도 모르지만.

그래도, 내가 죽었을 때 그만둘 수도 있었던 거 아니야?

······아, 알겠다.

300년이나 지났는걸. 많은 것들이 제대로 전해져 내려올 리가 없지.

대성녀는 아주 뚱뚱했다거나, 굉장히 얼간이 같은 짓만 했다거나, 사실과는 다른 이야기가 잔뜩 전해지고 있는 거야!

나는 고개를 푹 떨구면서 시릴 단장님을 따라 영주관으로 돌아왔다.

이른 아침에 나갔을 때와는 달리 영주관의 정원이 개방되어 많은 주민들이 정원에서 작업하고 있었다.

주민들은 정원 중심에 위치한 그루터기를 에워싸는 형태로 축제를 위한 장식을 설치하고 있었다.

"아, 아델라 나무구나. 정말 크게 자랐네."

그루터기의 크기를 보고 잘리기 전의 나무가 얼마나 컸을지 상상이 가서 무심코 중얼거리자, 시릴 단장님이 의아해하며 내려다보았다.

"피아, 어떻게 아델라 나무라는 걸 알았습니까? 어젯밤에 이

나무가 잘렸다는 이야기는 했지만 나무의 종류까지는 이야기하
지 않았는데요."

"저는! 나무를 좋아하거든요! 그…… 루터기를 보면 나무의 종
류를 알 수 있습니다!!"

"흐응……."

시릴 단장님은 무언가 할 말이 있다는 듯 나를 쳐다보았지만,
시선을 피하며 눈치채지 못한 척했다.

으, 큰일 날 뻔했다. 시릴 단장님은 너무 날카롭다니까.

이제 닥치고 있어야지.

나는 굳게 다짐한 뒤 식당까지는 입도 벙긋하지 않고 시릴 단
장님을 따라갔다.

재빨리 점심을 먹은 뒤에는 정원으로 나와 주민들을 도왔다.

축제 준비는 기사들이 돕는 것이 통례였던 건지, 주위의 기사
들도 익숙하다는 듯이 작업하고 있다.

주민들은 여전히 마음의 벽이 있는 모습이었지만 완전히 거절
하는 것은 아니라, 필요할 때는 기사들에게 조금씩 말을 걸었다.

후후, 축제는 참 좋다니까.

평소보다 개방적인 기분이 드니까, 적대적인 관계도 개선된다.

'대성녀님의 나무'라고 불리는 기념수(記念樹)가 잘린 뒤에도 주
민들은 이 나무가 심겨 있던 장소를 중심으로 축제를 개최하고

있는 건지 그루터기의 정면에 전용 공간을 설치하고 있었다.

그 주위에 색색의 장식천을 걸어서 축제다운 즐거운 분위기를 만들어내고 있다.

저녁이 되어 한바탕 준비가 끝났다 싶을 때쯤, 기사들이 기념수 그루터기를 에워싸듯이 정원 여기저기에 깃발 받침대를 설치하기 시작했다.

뭘 하는 건지 궁금해하며 보고 있었더니 기사들은 그 받침대에 나브 왕국의 국기를 걸었다.

"어? 저건 뭐 하는 거야?"

시끌벅적한 축제 풍경 속에 빨간 바탕에 흑룡이 그려진 국기라는 괴상한 조합에 놀라 옆에 있는 파비안에게 질문했다.

"아, 대성녀님을 기념하는 축제에는 국기 사용이 허가되어 있어. 즉 빨간색은 금색(禁色)이지만 국기에는 쓰고 있잖아? 국기의 빨간색은 대성녀님의 머리색과 똑같은 색이라고 하니까, 대성녀님의 이름을 딴 축제 때는 대성녀님을 그리는 의미로 국기를 게양할 수 있지."

"오오."

그러고 보면 사비스 총장님도 내 머리색이 국기와 같은 빨간색이라고 했던 걸 떠올렸다.

그래, 그때는 내 머리색과 국기의 색을 비교해보고 싶다며 성의 꼭대기 층까지 데려가셨지.

부정할 생각에 '같은 빨강으로 묶이지만 다양한 종류가 있으니까요'라고 대답했지만, '같은 색으로 보이는군'이라고 돌려주셨지.

후후, 국기의 색이 내 머리색과 같다니, 대단한 우연이구나.

재미있어하면서도 준비가 끝났으니 빨리 그랜드홀에 가서 서둘러 저녁을 먹었다.

내일은 일출과 함께 제례가 시작된다고 하니 그 전…… 즉, 아직 해가 뜨지 않은 어두운 시각에 일어나야만 한다. 일찍 자야지…….

그런 생각을 했기 때문에 순식간에 잠들어버린 모양이었다.

같은 방을 쓰는 기사들이 몸단장을 하는 소리를 듣고 눈을 떴다.

나는 서둘러 준비한 뒤 정원으로 향했다.

정원에는 이미 많은 기사들과 주민들이 모여서 시끌벅적한 분위기였다.

도열해있는 기사들 사이로 들어가 시간이 오기를 기다렸다.

이윽고 떠오르기 시작한 태양에서 한 줄기 빛이 드리우자 그것을 신호로 제례가 시작되었다.

먼저 영주인 시릴 단장님, 즉 서덜랜드 공작이 사람들 앞에 서서 붉은 꽃이 핀 아델라 나뭇가지를 그루터기 위에 바쳤다.

시릴 단장님이 머리를 숙이는 것과 동시에 그 자리에 있던 전원이 머리를 숙였다.

잠시 그 자세를 유지하고 있었더니 여기저기에서 흐느끼는 소리가 들리는 바람에 놀라서 시선을 들었다.

여러 명의 주민이 두 손으로 얼굴을 감싸거나 오열을 흘리고 있는 게 보였다.

"대성녀님……."

"가, 감사합니다, 대성녀님."

"아아, 부디, ……한 번 더 이 땅을 방문해주십시오."

나는 가슴에 따뜻한 것이 차오르는 듯한 기분을 느끼면서 한 번 더 깊이 머리를 숙였다.

———고마워. 딱 한 번 온 게 전부인 나에게 이렇게까지 해줘서 정말 고마워.

나는 마음속으로 인사한 뒤 이 땅의 주민들이 건강하고 행복하길 기도했다.

제례는 순탄하게 진행되어 주민들이 대성녀에게 춤을 바치는 시간이 되었다.

여기까지 오자 처음 시작할 때의 엄숙한 분위기는 사라지고, 다들 저마다 편하게 행동하고 있었다.

기사들의 절반 정도는 출점한 노점으로 돌격했고 성급한 사람은 이미 먹기 시작했다.

나는 무대 앞에 깔린 러그에 앉은 주민들 사이에 섞여 그들의 춤을 함께 보기로 했다.

춤이 시작될 때까지 시간이 남아 멍하니 기다리고 있었더니 뒤에 앉은 주민들의 목소리가 들렸다.

"아델라 꽃이 피는 계절이 되면 대성녀님이 방문해주시는 게 아닌지 기대하게 된다니까."

"맞아, 한 번이라도 좋으니까 만나 뵙고 싶어."

나는 깜짝 놀라 돌아보고 싶은 충동을 가까스로 눌렀다.

……어, 어라?

시릴 단장님이 여태까지 대성녀는 한 명밖에 없었다고 했으니까 저기서 말하는 대성녀는 전생의 나를 가리키는 거지?

어어? 전생의 저는 300년 전에 죽었는데요?

저는 성녀지 불사를 관장하는 마물 같은 게 아니거든요?

300년이나 되는 시간 동안 계속 사는 건 불가능하거든요.

……그런데 방문을 기다린다니, 무슨 뜻이지?

호기심이 자극되어 뒤에 있는 2인조의 이야기에 집중하고 있었더니, 그중 한 명이 작은 웃음소리를 냈다.

"대성녀님께서 이곳을 방문하셨을 때 말인데, 드레스도 엉망진창이었고 머리카락도 엉망진창이셨대. 후후, 그런 모습으로도 찾아와주시다니 멋진 분이시지."

자, 잠깐, 잠깐! 잠깐만!

나를 멋지다고 표현해주고 있긴 하지만 엉망진창이었다고 말한 시점에서 욕하는 거잖아!

그거 봐, 역시 처음 이 축제에 대해 들었을 때 걱정했던 것처럼 온갖 것들이 잘못 전달되거나 웃기는 내용만 전해지고 그런 거야!

고개를 푹 떨구면서도 조금쯤은 칭찬해달라는 마음으로 뒤에 있는 2인조에게 신경을 기울여봤지만, 대성녀 이야기는 끝나버린 건지 어젯밤에 먹은 식사로 화제가 넘어가 버렸다.

뭐, 그래. 그렇겠지.

300년 전의 대성녀 이야기는 저녁밥보다 중요도가 낮은걸.

그렇게 생각하며 시무룩해 하고 있을 때 음악이 울려 퍼졌다.

드디어 춤이 시작되는 모양이었다.

음악을 듣자마자 가슴이 두근거려서 목을 길게 빼고 기다리고 있었더니, 예쁘게 꾸민 여성이 10명 정도 나타나서 딸랑딸랑 방울 소리에 맞춰 춤을 추기 시작했다.

여성들이 입은 색색의 천이 보기에도 화사해서 무척 즐거운 기분이 들었다.

하지만…….

"흐음. 처음에는 어린아이들의 춤으로 시작할 줄 알았는데, 아주 본격적인 춤부터 시작하네."

무심코 혼잣말로 중얼거리자 옆에 앉아있던 여성이 내 붉은 머리카락을 힐끗 쳐다보며 가르쳐주었다.

"대성녀님께서 이 땅을 방문하셨을 때 우리의 춤을 한 곡밖에 보시지 않았거든……. 그래서 제례에서는 첫 번째 곡에 가장 중요한 춤을 바치는 관습이 생겼어."

"어……? 앗, 아니, 아니예요! 그건 불가항력으로!! 여러분의 춤은 무척 기대하고 있었지만 피곤해서 깜빡 잠들어버렸거든요!! 아니, 하지만 아이들은 귀여웠고 충분히 환대도 해주셨어요!!"

갑작스러운 이야기에 동요해서 나도 모르게 변명하고 말았지만, 잠깐만. 전생에서 있었던 이야기니까 지금의 내가 변명하는 게 더 이상하잖아?

실수한 것을 깨닫고 주위를 살펴보자 주민들이 경악한 얼굴로 쳐다보고 있었다.

네, 그렇죠. 영문을 알 수 없는 이야기를 하는, 정신이 이상한 빨간 머리 기사로 보이겠죠.

"……지, 지금 이야기, ……왜 대성녀님께서 관람하신 춤이 아이들의 춤이었다는 걸 아는 거야?"

"저 붉은 머리카락. 역시 대성녀님의……."

"새벽하늘의 머리카락과 금색 눈동자. 대성녀님의 증표야……."

"대성녀님……."

무언가 놀랐다는 듯 중얼거리고 있는데……. 네, 제 머리는 빨간색 맞습니다요.

……주민들이 조금 전 내 실언에 황당해하며 이런저런 발언을 하는 것인 줄 알았는데, '붉은 머리카락'이라는 단어가 계속 들리는 걸 보면 예의 '붉은 머리 거부 반응'인 게 아닐까.

'붉은 머리 거부반응.' ……이 땅은 대성녀 신앙이 강한 지역이기 때문에 기본적으로 붉은 머리카락을 받아들일 수 있지만, '서덜랜드의 비탄'을 경험한 주민들은 예외적으로 선대 공작 부인의 붉은 머리카락을 떠올리고 거부 반응을 보인다는 설명이었다.

주위를 휙 둘러보았을 때 대충 어른들만 보이니 다들 10년 전까지 살아있던 선대 공작 부인을 알고 있으며, 내 붉은 머리카락에 그 모습을 떠올리고 있는 건지도 모른다.

분명 '또 빨간 머리가 소동을 일으켰다. 이번에는 헛소리를 한다'라거나, 그런 거겠지.

나는 주민들의 감정을 자극하지 않도록 얌전히 있기로 마음먹고 자연스럽게 무대로 시선을 돌렸다.

하지만 내가 입을 다물었는데도 불구하고 주위의 웅성거림은 커지기만 할 뿐이어서 어떻게 대처해야 하는지 난감해졌다.

그러자 근처에 앉아있던 풍채 좋은 남성이 쭈뼛거리면서 나에게 물었다.

"붉은 머리카락의 아가씨는 저 무대에서 무슨 춤을 추고 있는 것 같아?"

"어······."

나는 무대에 집중하며 여성들의 춤에 대해 생각했다.

"이 하늘하늘거리는 느낌은········· 해파리, 인 것 같지만 돌고래! 후후후, 함정 문제였을 테지만 저는 안 틀리거든요."

득의양양하게 대답하자 주위에서 한층 경악한 눈으로 쳐다보았다.

"돌고래라니, ······전혀 돌고래 같은 움직임이 없는데 어떻게······?"

"역시······ 대성녀님의············."

여러 명의 주민이 벌떡 일어나며 관객석은 벌집을 쑤신 것처럼 소란스러워졌다.

이젠 여유롭게 무대를 감상할 수 있는 분위기가 아니었다.

소란을 듣고 달려온 카티스 단장님이 나를 발견하고는 놀란 표정을 지었다.

"피아, 무슨 일이야? 아주 소란스러운 데다 그 중심이 너인 것처럼 보이는데."

확실히 무대 주변은 좀 소란스러워졌다.

첫 춤은 끝난 모양이었지만 다음으로 넘어가지 않고, 무대는 일시 중단 상태가 되었다.

관객석은 어느새 모든 주민들이 일어나 나를 둘러싸듯이 서서 무언가를 수군거리고 있다.

포위된 나는 울상을 짓고 있었다.

"모, 모, 모르겠어요! 첫 춤이 어디서 따온 거냐고 질문을 받아서 돌고래라고 대답했더니 이렇게 되었거든요."

"뭐? 그런 일로?"

카티스 단장님이 전혀 이해할 수 없다는 얼굴로 고개를 크게 갸웃거렸다.

"네, 그런 일로요! 카티스 단장님, 서덜랜드에서는 돌고래 춤을 춘다고 하면 실례가 되는 겁니까?"

"아니, 그런 이야기는 들어본 적도 없는데. 멀리서 무대를 봤는데 그건 해파리에서 따온 거였지? 네가 너무 엉뚱한 대답을 하는 바람에 다들 황당해하는 건가?"

"카, 카티스 단장님! 황당하다거나 그런 분위기가 아니잖아요?"

나는 욱해서 카티스 단장님을 올려다보며 항의했다.

카티스 단장님은 '농담이야.'라고 안심시켜주듯이 웃으며 자연스럽게 나를 주민들에게서 보이지 않도록 등 뒤로 숨겨주었다.

그리고는 주민들을 둘러보며 온화한 어조로 말하기 시작했다.

"나는 이 땅을 관할하고 있는 제13기사단장 카티스다. 오늘은 대성녀님의 방문을 기념하는 축제라고 하여 기대하고 있었는데, 동료 기사가 무슨 잘못이라도 했어? 만약 문제를 일으켰다면 사과할게."

카티스 단장님은 이 땅의 주민들에게 받아들여지고 있다고, 시릴 단장님이 그렇게 말했었다.

그 말대로 카티스 단장님이 싱긋 웃으면서 하는 말을 들은 주민들은 굳어있던 표정을 풀고 대답했다.

"어, 어어, 아니, 문제가 아니라. 이 붉은 머리카락의 아가씨는, 그, 정체가 뭔가 하고……."

"그래, 그거야. 마치 새벽하늘과도 같은 붉은 머리카락을 지닌 이 사람은……."

"피아는 올해에 새로 입단한 왕국의 기사야."

카티스 단장님이 대답하자 주민들은 신중한 표정을 지었다.

"기사. 기사라고……."

"아니, 하지만 대성녀님께서는 기사를 믿고 아끼셨다고 들었어."

"그래. 기사는 원래 국가와 백성을 지키는 일을 하잖아? 대성녀님께서 선택하실 법하잖아?"

끊임없이 술렁거리는 주민들 사이로 한 명의 노인이 걸어 나왔다.

제례 때 낙도 출신 민족의 족장으로 소개된 남성이었다.

"처음 뵙겠습니다, 아가씨. 저는 낙도 출신 민족의 족장인 라덱이라고 합니다."

족장님은 그렇게 말한 뒤 머리를 꾸벅 숙였다.

"저, 정중한 인사 감사드립니다. 왕국 제1기사단에 소속된 피아 루드입니다."

나는 라덱 족장님에게 자기소개한 뒤 머리를 꾸벅 숙였다.

족장님과 카티스 단장님은 이미 아는 사이인 건지 서로 고개를 작게 끄덕여 인사했다.

족장님은 주름진 얼굴을 부드럽게 풀고는 근처에 있는 러그를 가리켰다.

"앉지 않으시겠습니까? 저도 앉는 것이 편하니, 괜찮으시다면."

셋이서 러그에 앉자 주민들은 흥미진진해 하며 주위에 모여들 었다.

라덱 족장님은 감탄했다는 얼굴로 내 머리카락을 보고는 입을 열었다.

"훌륭한 붉은 머리카락입니다. 입에서 입으로 전해지는 이야기 이지만, 전설의 대성녀님께서도 이렇게 선명한 붉은 머리카락을 지니셨다고 합니다. 무척 아름다운 붉은색입니다."

"감사합니다. 하지만 선대 공작부인도 붉은 머리카락이었다고 하고, 왕도에서는 특이하지 않은 색이에요."

지극히 당연한 대답을 하자 족장님은 차분하게 말을 이었다.

"그렇죠. 선대 공작부인의 머리카락은 저도 본 적이 있지만, 오 렌지색이 도는 붉은색이라 이토록 선명한 색은 아니었습니다. 일 이 있어 몇 번 왕도에도 가 보았지만, 다들 붉은 머리카락이라고 해도 노란 기가 돌거나 일부는 갈색이기도 하는 식이어서 당신처 럼 심홍색의 머리카락은 본 적이 없죠."

"그런가요?"

듣고 보니 그런 느낌도 든다.

새삼 생각해 보면 여태까지 다른 붉은 머리카락을 찬찬히 뜯어 본 적이 없었기 때문에, 내 붉은 머리카락이 희귀하다는 말을 들어도 아니라고 딱 잘라 말할 수가 없다.

족장님은 즐겁다는 듯 웃고는 들고 있던 아델라 나뭇가지를 내밀었다.

"하하하, 상위 성녀님일수록 전설의 대성녀님과 같은 붉은 머리카락이라는 것에 집착하시지만 당신처럼 진정으로 붉은 머리카락을 지닌 분은 전혀 개의치 않아 하시는군요. ……받으십시오. 대성녀님께서 심으신 아델라 나무는 지키지 못했지만, 그 나무가 쓰러졌을 때 나눠 받은 나뭇가지로 꺾꽂이를 하자 크게 자랐습니다. 그 나무의 나뭇가지입니다."

"아, 감사합니다."

나뭇가지에 피어있는 붉은 꽃을 보고 생긋 웃었다.

족장님은 그런 나를 보고 환한 표정을 지었다.

"다들 피아 씨가 이 땅에 대해 잘 알고 계신다고 말하던데, 아는 사람이라도 있습니까? 첫 춤을 보고 왜 돌고래 춤이라고 생각하신 거죠?"

"아는 사람, 이라기보다는…… 그, 예전에 서덜랜드의 영주였던 '청기사'에 관심이 있어서 언젠가 이 땅의 바다와 거리를 보고 싶다고 생각했습니다. 돌고래는…… 으음, 그, 크게 분류하자면 돌고래와 해파리는 같은 거니까요. 좀 착각해버린 모양입니다."

내가 말한 순간 주위에서 귀를 기울이고 있던 주민들이 숨을 삼켰다.

다들 믿어지지 않는다는 표정으로 나를 응시하는 바람에 민망해져서 몸을 꼼지락거렸다.

난처해져서 족장님을 쳐다보자, 족장님은 진지한 얼굴로 나를
마주 바라보았다.

"피아 씨, 저희 낙도민에게 오랫동안 이어져 내려온 '소생 신앙'
이야기를 들려드려도 괜찮겠습니까?"

"네? 앗. 네. 물론입니다."

도저히 거절할 수 있는 분위기가 아니었기 때문에 얌전히 받아
들였다.

"저희 낙도민은 사념이 강한 영혼은 되살아난다고 믿습니다.
깊디깊은 마음은 기나긴 시간이 지나 다시 저희를 만나게 해주는
거죠. ……당신이 관심이 있다는 서덜랜드의 영주였던 '청기사'는
대성녀님의 호위 기사였습니다. 당신이 조금 전에 말씀한 돌고래
와 해파리 이야기도, 대성녀님께서 같은 말씀을 하셨다고 전해집
니다. ……당신은 분명 대성녀님의 영혼을 갖고 환생하신 겁니다."

"………………."

나는 말문이 턱 막혔다.

난데없이 정곡을 찌르는 바람에 아무런 말도 할 수 없었다.

"………어, ………그…………."

말이 되다만 목소리밖에 내지 못하는 나를 보고 족장님은 걱정
스러운 듯 내 얼굴을 살펴보았다.

"괜찮으십니까? 갑작스러운 이야기라 놀라셨을 테지만, 그리
고 쉽게 믿기 어려운 이야기라 생각하지만 저희 일족은 영혼의
소생을 믿습니다. 강력한 사념과 역할을 지닌 영혼은 반드시 되
살아난다고. 이것은 저희의 소원이기도 합니다. 저희 일족은 대

성녀님께 크나큰 은혜를 입었고, 언젠가 반드시 대성녀님의 도움이 되자고 맹세했습니다. 하지만 결국 무엇 하나 갚아드리지 못했죠."

족장님은 슬픔에 젖은 눈으로 내 손에 들린 붉은 꽃을 바라보았다.

"대성녀님께선 이 땅에 돌아오시겠다고 약속하셨습니다. 그러니 저희는 언젠가 반드시 돌아오시리라고 믿어왔습니다. 당신은 분명 자신은 대성녀님의 환생이 아니고 저희 일족이 이상한 환상을 씌우는 것이라며 소름 돋으실 테지만, 일족의 대표로서 부탁드립니다. 부디, 부디 저희의 행동을 받아들여 주실 수 없겠습니까?"

"저기……."

입은 열었지만, 무슨 말을 해야 할지 알 수 없어서 뒷말이 나오지 않았다.

"우연이라기에는 당신의 행동은 대성녀님을 지나치게 연상시킵니다. 대성녀님의 호위 기사였던 '청기사'에 관심을 주시는 건 대성녀님이셨기 때문인 게 아니냐고, 저희는 희망을 품고 보게되죠. 저희의 착각이라고 해도 오랫동안 내려오면서 갈 곳을 잃어버렸던 저희의 마음을 받아들여 주실 수 없겠습니까?"

"그게……."

나는 두근두근 시끄럽게 시작한 심장 소리를 느끼면서 머리를 굴렸다.

어디 보자. 이건 내 전생이 대성녀였다는 게 들킨 건 아닌 모양이다.

다만 낙도민에게는 영혼 소생이라는 사상이 있어서, 내가 대성녀의 환생이 아닌지 의심하고 있다는 뜻이다.

　……정답입니다! 근거도 뭣도 없지만 정답을 맞추셨습니다!

　나는 마음속으로 '히이익' 하고 중얼거린 뒤 어떻게 해야 할지 궁리하기 시작했다.

　그러는 사이에 카티스 단장님이 말하기 껄끄럽다는 듯 족장님을 바라보며 입을 열었다.

　"피아가 붉은 머리카락이라 대성녀님과 유사한 점이 조금이라도 보이면 환생이라 믿고 싶어 하는 마음은 이해하지만……. 피아는 성녀님도 아닌데."

　"피아 씨가 기사인 시점에서 그 점은 알고 있습니다. 영혼의 소생이니 몸은 별개고, 힘은 이어받지 않으셨을지도 모르죠. …… 영혼의 소생을 믿기는 하지만 실제로 되살아난 분을 보는 것은 처음이므로 저희도 불분명한 부분이 많습니다."

　"……그래."

　영혼 소생을 본 것은 내가 처음이라는 족장님의 말을 들은 순간, 카티스 단장님이 사람들의 착각이라고 확신한 것이 보였다.

　하지만 일족의 마음에 상처를 주지 않기 위해 이해한 척하기 시작했다.

　"확실히 피아는 붉은 머리카락에 금색 눈동자를 지녔지. 음, '청기사'에게 관심이 있다는 것도 영혼 어딘가에서 과거의 생을 의식하고 있는 건지도 몰라."

　"잠깐, 카, 카티스 단장님!"

너무 과하게 편을 들어주는 말에 반박하려고 하자, 카티스 단장님이 작은 목소리로 속삭였다.

"피아, 이건 기회야. 너를 대성녀님의 환생이라고 믿는다면 기사인 너를…… 나아가 기사들을 받아들여 줄지도 몰라. 서덜랜드 공작가와 주민들이 화해할 수 있을지도 모르잖아."

"으윽……."

나는 카티스 단장님을 노려보았지만, 단장님은 애원하는 듯한 표정으로 살짝 고개를 숙였다.

끄으으으윽. 약점을 잡다니.

확실히 나도 시릴 단장님을 돕고 싶기는 하지만…….

나는 다시 족장님을 향해 몸을 돌린 뒤 손뼉을 짝 쳤다.

"아, 그러게요. 왠지 저는 대성녀님이었던 것 같은 느낌이 들기 시작했어요! 네, 카노푸스는 제 호위 기사였던 것 같네요."

"카노푸스 님의 이름까지 알고 계셔! 지, 진짜다!! 진짜 대성녀님이시다."

단숨에 시끌시끌해진 주민들을 보고 나는 창백해졌다.

……아차.

조절을 실수했다. 그래, 카노푸스의 이름은 꺼내면 안 되는 거였어.

하지만 침울해지는 나와는 대조적으로 카티스 단장님은 잘했다는 듯 활짝 웃으면서 나를 바라보았다.

크게 기뻐하며 '대성녀님'을 연호하기 시작한 주민들을 보고 나는 얼굴이 꿈틀거리는 걸 느꼈다.

………어, 어떡하지?

이거 시릴 단장님에게 혼나지 않을까? 칭찬받을 가능성이 있기는 할까?

◇ ◇ ◇

메인이벤트인 춤이 고작 한 곡만 하고 중단된 데다 그 주위에서는 주민들이 흥분하며 '대성녀님, 대성녀님' 하고 연호한다. 어딜 어떻게 봐도 이상 사태다.

그리고 이상 사태가 발생하면 즉시 책임자에게 보고가 올라가고, 책임감이 강한 책임자일수록 자신의 눈으로 현장을 확인하러 온다.

그래, 그렇지. ……참으로 유능한 책임자의 교본 같은 행동이시네요.

흥분의 도가니가 되어버린 최악의 상태라는 타이밍을 놓치지 않고 즉각 현장으로 달려온 시릴 단장님을 보고 역시 대단하다고 감탄했다.

대단하긴 한데, 조금 더 흥분이 진정되었을 때 오는 게 시릴 단장님의 정신건강에도, 내 정신건강에도 좋지 않았을까. 그렇게 상사의 지나친 유능함에 불만도 느꼈다.

아니나 다를까, 소란의 중심에서 나를 발견한 순간 시릴 단장님의 표정이 마왕의 그것으로 변했다.

히이이이이익.

분노하셨어! 극노하셨어! 틀림없이 혼날 거야!

나는 최소한의 저항으로 카티스 단장님의 등 뒤에 숨어보았다.

시릴 단장님은 일절 아랑곳하지 않고, 하지만 평소와는 다르게 조금 거친 걸음걸이로 우리가 있는 곳까지 일직선으로 걸어왔다.

"라덱 족장, 카티스. 대체 무슨 일입니까?"

시릴 단장님은 흥분해서 대성녀의 존칭을 불러대는 주민들을 빙 둘러본 뒤 어떤 것도 놓치지 않겠다는 듯한 관찰자의 눈으로 이쪽을 응시했다.

"오오, 서덜랜드 공작님. 조금 전 제례에서는 수고가 많으셨습니다."

족장님은 시릴 단장님을 향해 머리를 깊이 숙였다.

"아뇨, 라덱 족장. 이쪽이야말로 매년 신세 지고 있습니다."

질문이 불발된 시릴 단장님은 백이 풀린 듯한 표정이 되었지만, 더없이 예의 바른 기질에 따라 정중하게 답례했다.

하지만 그 힘이 빠진 순간을 노린 것처럼 족장님이 폭탄을 투하했다.

"실은, 공작님. 이번에 당신이 데려오신 피아 기사님이 대성녀님의 환생이라는 것을 알게 되었습니다."

"⋯⋯⋯⋯⋯⋯네?"

시릴 단장님은 대외용 미소를 지은 채로 굳어버렸다.

"저희 일족에는 영혼 소생이라는 사상이 있어, 300년 동안 대성녀님의 귀환을 기다리고 있었습니다. 피아 씨는 성녀의 힘을 갖고 있지 않고, 영혼의 소생이라는 사상에 당혹스러워하고 계시는 듯했지만 대성녀님의 기억을 일부 이어받으신 듯한 발언이 여러 번 있었죠."

"…………그렇군요."

시릴 단장님이 부자연스러운 미소를 유지하며, 살짝 굽힌 손가락 하나를 턱에 대고 대답했다.

아, 이건 단장님께서 기분이 아주 나쁠 때의 습관이잖아.

나는 도망치고 싶은 마음이 시키는 대로 살금살금 뒤로 물러났다.

"그러니 만약 가능하다면, 피아 씨를 되살아나신 대성녀님으로서 대하고 싶습니다만 괜찮겠습니까?"

"……그건, 제가 혼자서 정할 수 있는 일이 아니군요. 피아!"

"네, 넵, 단장님!"

나는 후퇴를 멈추고 허둥지둥 카티스 단장님의 등 뒤에서 달려나왔다.

시릴 단장님은 이 상황에서는 지나치게 부자연스러울 정도로 눈이 부시게, 활짝 웃으면서 나를 맞아주었다.

"피아. 당신이 대성녀님의 환생이라는 건 저도 처음 듣는 이야기인데요. 대체 어떻게 된 일이죠?"

"춤이! 주민들의 춤이 돌고래로 보인다고 했더니 대성녀님이라고 인식하셨습니다!!"

나는 필사적으로 이해하기 쉬운 설명을 시도했는데, 시릴 단장님은 생각에 잠긴 듯 미간을 찌푸렸다.

"……제 이해력이 부족한 걸까요. 당신의 설명을 전혀 이해하지 못하겠습니다."

"네? 그러니까, 제가 해파리 춤이라고 단언했다면 이런 문제가 일어나진 않았을 것이라는 뜻입니다!!"

나는 단장님이 이해할 수 있도록 한층 자세하게 바꿔 말해봤지만, 단장님의 얼굴은 한층 더 구겨졌다.

"카티스, 설명해주세요."

그러더니 시릴 단장님은 내 설명을 듣고 이해하는 걸 포기해버렸다.

"네, 이 땅에는 원래 부활 신앙이 있었던 모양입니다. 그로 인해 대성녀님의 부활을 열망하는 분위기가 조성되어 있었습니다. 피아가 무대를 보고 한 감상에 대성녀님을 연상하게 하는 말이 섞여 있었다는 점, 피아가 대성녀님의 호위 기사였던 '청기사'에 관심이 있다는 점에서 주민들은 피아를 대성녀의 환생이라고 인지한 것 같습니다."

시릴 단장님에게 지명을 받은 카티스 단장님은 미리 연습이라도 했던 것처럼 술술 설명하기 시작했다.

내 정성스러운 설명에는 고개를 갸웃거리던 시릴 단장님이었지만, 어째서인지 카티스 단장님의 설명은 이해한 듯 고개를 끄덕였다.

"그렇군요……."

카티스 단장님은 은근슬쩍 시릴 단장님에게 다가가 작은 목소리로 귓속말했다.

"시릴 단장님, 단장님의 신념에는 반할 테지만 주민들이 피아를 대성녀님의 환생이라고 믿는 상황을 받아들이셔야 합니다. 물론 저도 피아도 주민들의 착각이라고 생각합니다. 하지만 주민들은 300년이나 되는 세월 동안 환생을 기다렸고, 보은하고 싶다고 열망했습니다. 이건 기회입니다! 이게 바로 강심제입니다."

"……………."

시릴 단장님은 순간 아주 불만이라는 표정을 지었지만 최종적으로는 작게 고개를 끄덕였다.

그리고는 나를 힐끗 쳐다보았기에 동의하는 뜻으로 머리를 세로로 붕붕 흔들었다.

시릴 단장님은 내가 긍정한 것을 확인하자 천천히 족장님을 향해 몸을 틀었다.

"라덱 족장. 피아가 대성녀님의 환생이라는 건 쉽게 믿기 어려운 이야기이긴 하지만, 사람들이 그렇게 믿고 있다면 시간을 들여서 확인하는 것도 괜찮다고 봅니다."

"아아, 공작님. 감사합니다! 저희는 대성녀님께 은혜를 돌려드릴 순간을 간절히 기다려왔습니다!!"

족장님은 기뻐하며 시릴 단장님의 두 손을 붙잡더니 머리를 깊게 숙였다.

……춤을 본 뒤에는 데즈먼드 단장님에게 받은 전별을 군자금으로 배가 빵빵해질 때까지 이것저것 사 먹을 생각이었던 내 계획은 부득의하게 수정하게 되었다.

왜냐하면 생글생글 웃는 가면을 쓴 시릴 단장님에게 인정사정없이 저택 안으로 끌려갔기 때문이다.

뒤에서 카티스 단장님이 어쩔 수 없다는 표정을 지으며 따라왔다.

"그래서. 대체 어떻게 된 일이죠?"

그저께와는 다르게 목소리가 밖으로 새어나가지 않도록 문을 꽉 닫은 집무실에서 시릴 단장님이 나와 카티스 단장님을 번갈아 쳐다보았다.

카티스 단장님이 난처해하는 얼굴로 대답했다.

"조금 전에 설명해드린 게 전부입니다. 저도 소란을 들은 뒤에야 급히 그 자리에 가 보았는데, 아무래도 주민들은 피아와 고작 한두 마디를 나눈 것만으로도 대성녀님의 환생이라 믿은 모양입니다."

카티스 단장님이 말하면서 나를 힐끗 쳐다봤기 때문에 고개를 붕붕 끄덕였다.

맞습니다, 카티스 단장님! 저는 상식적인 대화를 조금 한 것뿐인데 다들 오해하기 시작한 거예요!

"즉, 주민들은 대성녀님의 환생을 열망하고 있었던 거겠죠. 실제로 진실인지 아닌지를 추구하기보다도, 조금이라도 대성녀님이라고 생각할 수 있는 인물을 대성녀님으로 받들고 보은하고 싶어 하는 것처럼 보였습니다. 분명 붉은 머리카락의 피아가 적임이었던 거겠죠. 성녀님도 아닌 피아를 대성녀님의 환생이라고 인지하다니, 상당히 조잡하고 무리수가 많다고는 생각하지만 반대로 보면 그만큼 우상을 원한다는 것일 테니까요."

"······그렇군요. 이 땅의 대성녀 신앙은 아주 강합니다. 어머니는 주민들에게 악독하게 대하셨지만 주민들은 붉은 머리카락의 성녀라는 이유만으로도 어머니를 받아들였죠. 그리고 '대성녀님의 나무'를 베어버리자 어머니를 거절하게 되었습니다. 주민들의 행동 원리에는 늘 대성녀님이 있어요."

시릴 단장님의 말을 카티스 단장님도 긍정했다.

"서덜랜드뿐만이 아니라 대성녀 신앙이 퍼진 곳은 많습니다. 대성녀님께서는 전투에서 많은 기사와 백성들을 구하셨으니 각지에 사는 그들의 친족이 감사와 함께 각각 대성녀님을 공경하고, 결과적으로 대성녀 신앙이 퍼진 것이겠지요. 그렇게 말해도 이곳처럼 300년이나 그 신앙이 이어지는 땅은 드물지만요. ……다만 실제로 대성녀님께서 방문하셨던 적이 있는 땅이니 친근감을 느끼고 경애가 지속된다는 가능성이 없지는 않습니다."

시릴 단장님은 카티스 단장님의 말에 고개를 끄덕이며 일어나더니 한쪽 벽을 가득 채우고 있는 책장으로 걸어갔다.

그리고 오래된 것으로 보이는 책이 꽂혀 있는 코너에서 멈춰서더니 손가락으로 책등을 어루만졌다.

"저도 여러모로 조사했지만 대성녀님께서 공식적으로 이 땅을 방문한 적은 한 번도 없습니다. 기념 축제가 열리고 있으니 방문하신 건 틀림없을 테지만 비공식으로 추정되니 중요한 역할로 방문하신 건 아니겠죠."

"조금 전 주민들의 말에 의하면 이 땅의 영주였던 '청기사'는 대성녀님의 호위 기사였다는 모양이니, 그 관련으로 찾아오신 건지도 모릅니다. 여하간 대성녀님의 공적은 누구나 알고 있죠. 주민들이 감사해하며 보은하고 싶어 하는 건 이해할 수 있는 감정입니다.”

눈앞에서 오가는 시릴 단장님과 카티스 단장님의 대화를 들으며 나는 고개를 주억거렸다.

……그렇겠죠. 그건 비공식 방문이 맞습니다.

제가 충동적으로 서덜랜드를 방문하고 싶다고 결심하고 강행했거든요.

“……즉, 시릴 단장님. 기본적으로 피아는 타인에게 나쁜 감정을 품게 하는 타입이 아니니 대성녀님의 환생이라고 믿고 싶은 주민들에게도 마음대로 행동하게 두면 될 것 같습니다. 잘 되면 주민들은 기사를, 그리고 공작가를 받아들일 수 있게 될지도 모릅니다. 본래 수십 년 전까지만 해도 양측의 관계는 험악하지 않았으니까요.”

“네, 압니다. 부모님께서 이 땅을 다스리기 전에는 주민과 기사의 사이가 양호했죠. 그렇기 때문에 제가 양호한 관계로 돌려놓아야 한다고 생각합니다.”

고지식하게 다짐하는 시릴 단장님을 보고 나는 고개를 끄덕였다.

시릴 단장님이 영주님이라면 괜찮을 거예요.

영주로서 책임감을 느끼고 잘못을 인정할 수 있으며 개선하려고 행동할 수 있는 시릴 단장님이라면, 분명 잘 될 겁니다.

“피아, 당신은 그래도 괜찮겠습니까? 처음 상정했던 것보다 더 크게 고생하게 될 텐데요…….”

마지막으로 시릴 단장님이 걱정하는 표정을 지으며 확인하듯이 물었지만, 나는 생긋 웃으며 힘차게 대답했다.

"당연하죠! 대성녀님의 환생이라니, 적임입니다."

뭐니 뭐니 해도 본인이니까요!

후후후. 저보다 더 이 역할을 연기할 수 있는 사람은 없습니다!

"……부탁하는 입장에서 말하기는 조금 그렇지만, 적당히 자중해주세요. 대성녀님께서는 아름답고 존엄한 존재이시니까요."

"호호호, 맡겨주세요. 시릴 단장님."

나는 자신만만하게 대답했지만 시릴 단장님에게서는 커다란 한숨을 돌아왔다.

어째서인지 카티스 단장님마저 한숨을 쉬고 있었다.

서덜랜드 방문 일정 도중 나는 아주 큰 역할을 맡게 되었다.

'아름답고 고상하고 자애로운 대성녀님'을 연기한다는 중대한 역할이다.

음음. 이건 내가 적임이지.

아무래도 본인이니까 나보다 더 이 역할을 소화할 수 있는 사람이 있을 리가 없다.

전생의 나는 '대성녀'라는 존칭을 받았을 정도이니 모두에게서 존경을 받았을 것이다.

그로부터 300년이 경과한 현재, 시간의 흐름과 함께 대성녀의 모습이 실제보다 더 미화되었는지, 있는 그대로 전해지고 있는지, 혹은 별로 대단하지 않은 존재였다고 전해지고 있는지는 모른다.

모르지만 이 땅은 대성녀 신앙이 강하다고 하니까 나쁘게 보진 않겠지?

……어라? 하지만 최근의 성녀는 자세가 영 엉망이 되었고 그래도 사람들이 받아들이고 있다는 건, 설령 왜곡된 대성녀의 이미지가 전해지고 있다고 해도 그런가 보다 하면서 받아들이고 있는 걸까?

잠깐, 잠깐! 나는 제대로 상식적이고 착한 사람이었다고.

호위 기사인 카노푸스나 친위기사단장 등에게 엄격한 교육을 받았으니까!

나는 의식적으로 등을 곧게 편 뒤 근엄한 표정을 짓고 거울을 보았다.

……어라? 나 의외로 위엄있는 얼굴이 잘 어울리나? 제법 날카로워 보이는데?

그렇게 생각하며 흡족해하는 기분으로 거울을 들여다보고 있었더니 뒤에서 목소리가 날아왔다.

"……피아, 당신 안의 대성녀님이 어떤 이미지인지는 모르지만 대성녀님께서는 조금 더 부드러운 표정을 짓지 않으셨을까요? 아니면, 무언가에…… 혹은 세상 모든 것에 화났다는 설정입니까? 당신의 표현을 빌리자면 '성녀님이 망가졌기 때문'에 그 일에 분노하고 있는 건가요?"

거울 너머로 나를 보고 있던 시릴 단장님이 떨떠름한 듯 끼어들었다.

"시릴 단장님, 트집 잡지 말아주세요! 저는 근엄하고 엄숙한 표정을 지은 겁니다. 어떤 일에도 화나지 않았어요. 어떤가요? 서 있기만 해도 기품과 고상함이 넘치죠?"

"……저는 그런 것에는 소양이 없으니 느껴지지 않지만, 카티스라면 적확하게 표현해주겠죠."

시릴 단장님은 대답을 회피하더니 카티스 단장님에게 나를 표현하는 역할을 슬쩍 넘겼다.

"무슨! 시릴 단장님! 당신이 표현하지 못하는 것을 제가 표현할 수 있을 리 없지 않습니까! ……아, 피아. 뭐라고 해야 하나……. 붉은 머리카락을 지닌, 분노한 기사가 보여."

"그냥 그대로잖아요! 카티스 단장님께는 눈에 보이지 않는 것을 상상력으로 읽어내는 힘이 부족합니다! 아니 그보다, 애초에 저는 화나지 않았거든요! 엄숙하게 표정을 굳히고 있는 것뿐이에요."

옳은 주장을 하고 있는데도 시릴 단장님과 카티스 단장님은 내 말을 긍정하지 않고 묘한 표정을 지었다.

……틀렸어. 이 두 사람. 감수성이 너무 부족해서 내 고상함을 전혀 느끼지 못하나 봐.

나는 빠르게 두 사람에게서 기대를 버리기로 했다.

예의상 실례지만 물러나겠다고 고하고 시릴 단장님의 집무실에서 나왔다.

그 후 내가 사용하는 방으로 돌아간 뒤 여행 가방에서 하늘색 원피스를 꺼냈다.

대성녀 역할을 한다면 기사복이 아닌 의상이 나아 보였기 때문이다.

입어보자 조금 구겨지긴 했지만 신경 쓰일 정도는 아니었다.

무릎 아래까지 내려가는 팔랑팔랑한 치마로, 평소에 신는 부츠에도 위화감 없이 어울렸다.

나는 한 번 그 자리에서 빙글 회전하여 치맛자락이 휘날리는 실루엣을 확인한 뒤 만족하면서 방을 나섰다.

시릴 단장님의 집무실 앞을 지나갈 때 안에서 작은 말소리가 들리는 걸 보아 아직 둘이서 대화하는 모양이었다.

방해하지 않는 게 좋을 것 같아 저택의 집사에게 '단장님께서 바쁘신 것 같아 말씀을 못 드리고 외출합니다. 마을에 다녀오겠습니다'라는 전언을 남기고 그 자리를 뒤로 했다.

물론 직접 말을 걸지 않은 이유는 그 두 사람이 감시자로 따라오면 돌아다니기 불편할 것 같기 때문이 아니다. 결단코.

……좋아, 드디어 데즈먼드 단장님의 군자금이 도움이 되겠어.

그렇게 생각하며 걸어가던 도중 나를 발견한 주민들이 기뻐하며 우르르 달려왔다.

"대성녀님! 잘 돌아오셨습니다, 대성녀님!"

"기다리고 있었습니다, 대성녀님!"

"돌아와 주셔서 기쁩니다, 대성녀님!"

다들 기쁨에 젖어 웃는 얼굴로 앞다퉈 말을 걸었다.

와, 족장님에게 대성녀의 환생일지도 모른다는 이야기를 들은 게 방금 전이었는데 벌써 이렇게 퍼진 거야?

조금 놀라면서도 역시 이 땅의 주민들에게는 웃는 얼굴이 어울린다고, 그들의 미소를 보면서 그런 생각을 했다.

쾌활하고 서글서글한 낙도의 주민들. 그들은 웃는 모습이 제일 잘 어울린다.

나도 덩달아 웃으면서 조금 난처한 듯 대답했다.

"환영해주셔서 감사합니다. 하지만 제가 대성녀님인지는 아직 확실하지 않아요. 저에게는 성녀의 힘도 없고, 대성녀님이었던 기억도 없으니까요."

여기서 어려운 게, 내가 연기하는 건 '대성녀'가 아니라 '대성녀였을지도 모르는 사람'이라는 점이다.

어디까지나 '가능성'의 범위 안에서 머물러야만 한다.

결말을 어떻게 할지는 상의하지 않았지만, 분명 '가능성'인 채로 떠나는 게 최선이 아닐까. 굳이 '대성녀가 아니었다'라는 결론을 내려서 실망하게 할 필요는 없다고 본다.

어차피 내가 대성녀의 환생을 완벽하게 연기한다고 해도 다들 지금의 나에게는 성녀의 힘이 없다고 생각하기 때문에 난처한 사태까진 일어나지 않을 것이다.

주민들은 '대성녀였을지도 모르는 사람'이 돌아왔다, 환영해드려서 보답했으니 다행이다, 하고 만족할 테고.

시릴 단장님과 카티스 단장님은 내가 대성녀의 환생이라는 걸 처음부터 믿지 않으니까, 이 영지를 떠나면 지금까지와 똑같을 것이다.

게다가 마인은 인간과는 전혀 섞이지 않고 생활하니까 이 땅에서 조금 소란이 일어난다고 해도 보통은 소문 정도에서 그칠만한 이야기가 거기까지 들어갈 리도 없다.

애초에 마왕의 오른팔이 한 말은 '성녀로 다시 태어나면 반드시 찾아내서 또 똑같이 죽이겠다'는 거였고.

그러니까 현재의 내가 성녀라는 걸 아무도 모르는 지금 상황은 전혀 문제가 없을 거다.

……그런 생각을 하면서 정말 괜찮겠지? 어디서 새어나가진 않겠지? 하고 고민하고 있었더니 가까이 온 주민들이 웃는 얼굴로 말을 걸었다.

"후후후후후, 너무 복잡하게 생각하지 않으셔도 괜찮습니다. 물론 저는 틀림없이 대성녀님이라고 생각하지만요."

"맞아요, 저도 대성녀님이라고 생각합니다. 그나저나 머리카락이 아름다우세요! 정말로 새벽하늘 같은 색이예요!"

주민들은 햇빛을 받아 반짝반짝 빛나는 붉은 머리카락을 칭찬해주었다.

"어, 그, 그런가요? 감사합니다."

기뻐져서 무심코 사람들과 함께 생글생글 웃고 있었더니 나이가 지긋한 여성이 떨리는 손으로 내 손을 붙잡았다.

"대성녀님, 잘 돌아와 주셨습니다. 이러한 시기에 정말, 감사합니다."

"이러한 시기?"

고개를 갸웃거리자 눈물이 그렁그렁한 표정이 돌아왔다.

"……아뇨, 아무것도 아닙니다."

축제 시기, 즉 300년 전에 방문했던 것과 같은 시기라는 의미인 걸까. 나는 그녀의 손을 마주 잡았다.

"여기는 아름다운 곳이더군요. 바다도 숲도 마을도 전부 아름다워요. 오길 잘한 것 같습니다."

"⋯⋯⋯저희도 대성녀님을 맞이할 수 있어서 행복합니다."

나이 든 여성은 한 번 더 손을 꽉 붙잡은 뒤 깊이 허리를 숙여 인사한 후 떠나갔다.

멍하니 그쪽을 바라보고 있었더니 이번에는 같은 방향에서 아이들이 달려오는 게 보였다.

그저께 바질리스크에게서 구출한 아이들이었다.

"대성녀님!"

아이들이 소리치면서 답삭답삭 안겼다.

"후후후, 애들아! 그 후로 숲에는 안 갔지?"

아이들 중 한 명을 안아 들며 묻자 아이가 고개를 크게 붕붕 끄덕였다.

"대성녀님이 구해주셨으니까 이 목숨은 소중히 할 거야! 위험한 짓은 안 해!"

"어머나, 착하구나."

안고 있던 아이를 땅에 내려놓자 다른 아이들이 다리에 달라붙은 채로 방긋방긋 웃었다.

"대성녀님! 진짜 대성녀님이었구나! 나는 바다에서 봤을 때부터 알았어!"

"나도! 나도 알았어! 새빨간 머리카락이니까. 새벽? 세벽? 의 색이면 대성녀님이라고 엄마가 그랬어."

……그래. 거의 머리카락 색만으로 대성녀라고 인식하고 있구나.

그리고 그게 정답이라니. 세상은 참 단순하게 이뤄져 있는 건지도 모르겠다.

나는 후후후 웃은 후 아이들과 손을 잡고 걸어갔다.

"좋아, 그럼 쑥쑥 크기 위해 대성녀님과 밥을 먹자! 자, 뭐가 맛있는지 가르쳐줘."

"응! 제일 맛있는 건 저거! 다양한 과일을 구워서 설탕을 뿌린 거! 모든 과일이 다 맛있으니까 좋아하는 걸 골라!"

아이들이 손가락질한 곳에 있는 가게에는 빨강, 노랑, 녹색 등 색색의 과일이 놓여있었다.

"와, 정말 맛있어 보여!"

나는 아이들에게 동의한 뒤 가장 처음 눈에 띈 새빨간 과일을 먹기로 했다.

그 후 데즈먼드 단장님의 군자금이 넉넉히 있다는 걸 떠올리고 아이들에게도 성대히 대접하기로 했다.

"자, 너희들도 고르렴. 이건 내가 발견한 건데, 혼자 '맛있어!' 하고 먹는 것보다는 다 함께 '맛있어!!' 하면서 먹는 게 더 맛있어 지거든."

그렇게 말하자 아이들은 신이 나서 저마다 과일을 고르기 시작했다.

빨강, 노랑, 녹색, 주황……. 과일의 색이 맑고 선명해서 보기만 해도 즐거워진다.

아이들이 전부 받은 것을 확인한 뒤 주인에게 가격을 물었다.

"얼마인가요?"

"네? ……아, 아닙니다. 필요 없습니다! 대성녀님께 돈을 받을 수는 없어요!!"

주인은 호들갑스러울 정도로 손을 내저으며 거절했다.

하지만 나는 돈을 안 낼 수도 없었다.

"아니, 그렇지만요. 아직 제가 대성녀님의 환생이라고 확정 난 것도 아니고, 내게 해주세요."

"안 됩니다, 못 받습니다! 돈을 받는다면 집사람이 저를 집에 들여보내지 않을 겁니다!"

"아니, 그럴 리가……. 그보다 이러면 저는 대성녀님의 이름을 내세워서 물건을 뜯어가는 사기꾼이잖아요! 저야말로 단장님께서 저택에 들여보내 주지 않으실 거예요!"

청렴한 시릴 단장님의 얼굴을 떠올리고 필사적으로 항변하고 있었더니 주위 주민들에게서 반대 지원사격을 받았다.

"포기하세요, 대성녀님. 청과점 댁 부인은 정말로 무섭습니다!"

"여기 주인장은 데릴사위거든요! 정말로 집에서 쫓겨날 겁니다!! 지금은 주인의 체면을 세워주세요."

"네에?!"

하지만 다수결에 밀려버린 나는 데즈먼드 단장님의 군자금을 쓰지 않고 그 가게를 떠나게 되었다.

아이들은 싱글벙글 웃으면서 '대성녀님, 맛있어!' 하고 있으니 좋은 게 좋은 걸로 쳐야 하나?

미묘한 기분으로 설탕을 입힌 과일을 깨물었는데, 그 순간 눈을 부릅떴다.

아삭한 감촉에 시원하고, 새콤달콤한 게 아주 맛있었다.

"흐아아, 정말로 맛있어! 우와. 과일 맛도 좋아."

아이들과 맛있음에 대해 대화를 나누면서 걷고 있었더니 이번에는 아이들이 노란색 간판이 달린 가게를 가리켰다.

"대성녀님, 호박엿! 호박엿 가게예요!"

"여기 아저씨는 호박엿을 아주 잘 만들어요! 어떤 모양이든 다 만들 수 있어요!"

"으응?"

호박엿이란, 호박색 엿을 말하는 건가?

어린 시절에 참가한 축제는 전부 규모가 작았기 때문에 한정된 가게밖에 없어서 처음 보는 가게였다. 나는 신기해하며 주문해보기로 했다.

"대성녀님! 그럼 외람되오나 대성녀님을 만들도록 하겠습니다!"

주인의 의욕이 넘치는 목소리에 나는 고개를 갸웃거렸다.

나를 만든다고……? 무슨 소리지?

의아해하며 지켜보자 주인은 등을 펴고 팔을 뻗더니 냄비에 들어있는 끈적한 액체 상태의 엿을 철판 위에 붓기 시작했다.

아무래도 액체 엿으로 철판 위에 그림을 그리는 모양이었다.

주인은 냄비에서 흐르는 엿의 양을 절묘하게 맞춰가며 선의 강약을 조절하더니 순식간에 박력이 넘치는 그림을 그려냈다.

잠시 후 손을 멈춘 주인은 자신의 작품을 보고 만족스럽게 고개를 끄덕이더니 엿 위에 막대를 올렸다.

엿은 식은 철판 위에서 금방 굳어버린 모양이었다. 주인이 득의양양하게 갓 만들어진 호박엿을 나에게 건넸다.

"대성녀님, 완성입니다! 대성녀님께서 조금이라도 많이 드셨으면 해서 크게 만들어보았습니다!"

"………………."

나는 손잡이인 막대를 잡고 방금 막 받은 호박엿을 빤히 쳐다보았다.

……확실히 솜씨가 좋으십니다. 짧은 시간에 대성녀를 그린 엿을 만들다니, 대단한 실력입니다.

하지만, ……크게 만들 필요는 없지 않았나?

드레스를 입은 긴 머리의 여성이 곧게 서 있는 모습을 그린 엿은 정말로 훌륭한 조형이었지만, 유감스럽게도 체형이 통통을 넘어서 퉁퉁했다.

"……저는 가끔 배가 튀어나올 때가 있긴 하지만 기본적으로는 말랐거든요."

"네? 뭐라고 말씀하셨습니까?"

"……아, 아주 잘 만드셨다고 말했습니다. 감사합니다."

어른인 내가 웃는 얼굴로 인사하자 주인은 기쁘다는 듯 미소 지었다.

그 자랑스러운 듯한 미소를 보고 어쩔 수 없다며 슬쩍 웃었다.

그래요. 저는 지금 자비로운 대성녀님이니까요. 이런 사소한 일에는 눈을 감겠습니다!

그리고 나는 대성녀님 역할도 고생이 많다고 생각하며 엿을 든 아이들과 함께 호박엿 가게를 뒤로 했다.

◇ ◇ ◇

그런 식으로 아이들과 함께 다양한 가게를 돌아보았는데, 결국 어느 가게에서도 내가 주는 돈을 받지 않았다.

매번 가게 앞에서 '드리겠습니다', '받을 수 없습니다' 하는 실랑이가 반복되었지만 최종적으로는 주위 주민들이 주인의 마음을 받아들여달라고 말해서 내가 꺾였다.

훌륭한 연계 플레이라고 감탄하며 나는 몇 번째인지 모를 패배를 만끽했다.

나와 함께 가게의 상품을 계속 먹은 아이들은 배가 가득해진 건지 '대성녀님, 맛있었어요'라고 인사하더니 눈을 비비면서 돌아갔다.

아무래도 낮잠 시간인 모양이었다.

때마침 나를 에워싼 주민들 사이에서 빠져나온 나는 새 가게를 찾아 골목 안쪽을 향해 걸어갔다.

스쳐 지나가는 주민들은 신기하다는 듯 내 붉은 머리카락을 쳐다보았지만, 다음 순간에는 아무 말도 하지 않고 시선을 돌렸다.

……아무래도 이 근방에는 아직 내가 대성녀의 환생이라는 이야기가 퍼지지 않은 모양이구나.

좋아, 그렇다면 이쯤에서 쇼핑하고 이번에야말로 돈을 내야지.

그렇게 생각하며 주위를 둘러보다가 장년의 남성과 눈이 마주쳤다.

그 남성은 흠칫 놀란 듯이 다가오더니 '저쪽에 맛있는 게 있습니다'라며 뒷골목의 더 안쪽을 가리켰다.

딱 봤을 때 가게가 있을 법한 분위기도 아니고, 어째서인지 불쑥 '맛있는 것을 준다는 사람을 따라가면 안 됩니다'라는 시릴 단장님의 가르침이 머릿속에 되살아났다.

아, 이거 따라가면 안 되는 패턴인 거 아니야?

그렇게 생각한 나는 천천히 고개를 저어 거절했다.

"감사합니다. 하지만 마침 쉴 생각이었기 때문에 괜찮아요."

그러자 남성은 마음이 급한 듯 내 팔을 붙잡았다.

"화, 환자가 있습니다! 살려주세요!!"

환자! 그런 거라면 사정이 다르지!!

급히 남성과 함께 뒷골목 안쪽으로 달려갔는데, 모퉁이를 돈 곳에 여러 명의 남성이 기다리고 있었다.

건강해 보이는데 이 사람들이 환자인 걸까? 의아해하며 쳐다봤더니 옆에서 뻗어온 손이 얼굴의 아래쪽 절반을 눌렀다.

놀라서 입가를 보자 천이 입 주변을 덮고 있었다. '어라?' 하면서 내 입을 천으로 틀어막은 남성을 쳐다봤다.

그대로 1초, 2초, 3초······.

"어, 어째서 정신을 잃지 않는 거야? 이건 즉효성의 마취 효과가 있는 거 아니었어?!"

나를 붙잡고 있던 남성은 견딜 수 없다는 듯 나에게서 시선을 돌리더니 동료를 향해 노성을 질렀다.

······어째서긴요. 제가 성녀니까 그렇죠.

173

그런 약한 상태 이상은 자동으로 해제한답니다.

나는 내 입을 누르고 있던 팔을 단단히 잡은 뒤 입에서 천과 팔을 치웠다.

그리고 그 자리에 있던 다섯 명의 남성을 한 명 한 명 바라보며 물었다.

"그래서 환자는 어디에 있는 거죠? 만약 당신들의 착각이고, 환자가 없었다는 거라면 저는 다시 쇼핑하러 갈 건데요."

"어…… 그건, 있긴…… 한데………."

"……그게…………."

어째서인지 남성들은 말하기 어려운 듯 입을 다물었다.

나는 고개를 갸웃거리며 그들에게 물었다.

"어……, 저를 기절시킨 뒤에 환자가 있는 장소로 데려가려고 하신 거죠? 지금이라면 안내해주시면 제 발로 따라갈게요. 뭐, 저는 몸무게가 많이 나가는 편도 아니니까 그렇게까지 득을 봤다고 할 정도는 아닐 수도 있지만, 조금은 편해졌죠?"

조금 전 호박엿의 인상이 남아있었던 건지 물어보지도 않았는데 무심코 가벼움을 어필해버렸다.

"그건 그렇지만, ……어, 어째서 그렇게 친절한 거야? 우리는 당신을 납치하려고 했는데? 보통은 여기서 도망쳐야 하지 않아?"

말을 늘어놓는 남성을 보며 나는 수긍했다.

……역시, 이 다섯 명은 아직 내가 대성녀의 환생이라는 이야기를 듣지 못한 거다.

조금 전 주민들의 태도를 봐도 알 수 있듯이, 내가 대성녀의 환생이라는 걸 들었다면 더 정중하게 대할 것이다.

그리고 현재 나에게는 성녀의 힘이 없다는 것도 들었을 테니까 애초에 환자를 치료하기 위해 납치하려 들지도 않을 테고.

즉 그들의 행동은 내 머리색만 보고 충동적으로 저지른, 무계획적인 행동인 게 분명하다.

'전설 속 대성녀와 같은 머리색이니까 어쩌면 성녀의 힘이 있을지도 모른다'거나, 그 정도의 희박한 가능성에 건 충동적인 행동이겠지.

그나저나 성녀인지 아닌지도 확인하지 않고 붉은 머리카락만 보고 도움을 요청하다니, 이 다섯 명은 대체 얼마나 덜렁이인 거지?

아니면 심각한 궁지에 몰려있는 건가?

그렇게 고민하며 솔직하게 대답했다.

"환자가 있다고 들었으니 제가 할 수 있는 일이 있다면 도와드리려고요. 으음, 아니면 저를 납치해서 나쁜 짓을 하려고 하신 거예요? 그런 거라면 도망치고요."

말하면서 남성들이 허리에 찬 검을 힐긋 쳐다봤다.

……확실히 기사도 아닌데 좋은 검을 휴대하고 있네.

""""아, 아닙니다! 절대 나쁜 짓은 하지 않습니다!!""""

남성들은 당황한 듯 손을 내저으며 부정하더니 다들 난감해하는 얼굴로 한 명의 남성을 바라보았다.

그러자 사람들의 시선을 받은 남성은 잠시 주저한 후 내 앞으로 걸어 나와 정중하게 머리를 숙였다.

"난폭한 짓을 하려고 해서 죄송합니다. 족장의 손자인 에리얼이라고 합니다. 환자라는 건 제 딸인데, 진찰해주신다면 감사합니다."

에리얼이라고 이름을 밝힌 남자는 20대 중반 정도였다.

갈색 피부에 짙은 파란색 머리카락이라는, 낙도민의 특징을 짙게 이어받은 외모를 지녔으며 긴장한 것처럼 뼈가 두드러진 손가락으로 턱을 붙잡고 있었다.

……긴장이라기보다는 나쁜 짓을 하고 있다는 자각이 있는 거겠지.

그렇게 생각하며 나도 답례로 자기소개를 했다.

"처음 뵙겠습니다, 피아 루드입니다. 네, 같이 가겠습니다. 다음부터는 먼저 설명부터 해주세요."

내 말을 듣자 다섯 명의 남성은 면목이 없다는 듯 머리를 꾸벅 숙였다.

……예의도 바르고, 그리 나쁜 사람들은 아닌 모양이네.

나는 다섯 명의 남성을 힐긋힐긋 쳐다보면서 입을 열었다.

"어디 보자, 앞으로를 위해 한마디만 하자면요. 저는 (당신들이 악당이었다고 해도 성녀의 힘으로 도망칠 수 있으니까) 동행하지만, 보통은 처음에 입을 틀어막힌 시점에서 무서워하며 안 따라가거든요."

남성들은 묵묵히 내 이야기를 들은 후 '당신이 특이한 사람이라는 건 압니다'라고 대답했다.

─────남성들이 안내해준 곳은 해안에 있는 동굴이었다.

입구는 좁지만 안으로 갈수록 넓어졌다.

계속해서 깊은 곳으로 들어가자 널따란 공간이 나왔다.

눈에 힘을 줘서 살피자 그 공간의 절반 정도에 50명쯤 되는 사람이 누워있었다.

멀리서 봐도 환자임을 알 수 있는 그들은 고통스러운 듯 거칠게 숨을 몰아쉬고 있다.

무심코 가까이 다가가자 힘없이 늘어진 팔다리에 선명히 보일 정도로 노란 무늬가 보였다.

"이건……."

나는 놀라서 무의식중에 중얼거렸다.

환자의 팔다리에 난 노란 무늬, 거친 호흡, 발열. 이 증상은…….

침묵하는 내 옆에서 에리얼이 걱정하는 표정으로 힐끔힐끔 쳐다보다가, 별안간 깜짝 놀란 듯 동굴 입구를 향해 몸을 틀었다.

그리고는 눈을 가늘게 뜨더니 크게 소리쳤다.

"누구냐!"

에리얼의 위협적인 목소리에 돌라서 돌아보자 15m 정도 앞, 입구 방향에 검은 인영이 보였다.

어둑한 동굴에서는 누군지 판별하기 어려웠지만, 횃불의 불빛을 받아 반짝 빛나는 어깻죽지는 기사복인 것 같았다.

무심코 몸을 내밀어 살펴보자 그 인영은 천천히 바위 뒤에서 모습을 드러냈다.

얼굴은 그늘이 져서 잘 알 수 없었으나, 어깨에 닿는 길이의 엷은 파란색 머리카락은 낯이 익었기에 반사적으로 이름을 불렀다.

"카티스 단장님?!"

······어? 어, 어째서 여기에 있는 거야?

혹시 어디선가 내가 에리얼 일행과 함께 있는 걸 보고 걱정되어 따라오셨나?

놀라서 눈을 동그랗게 뜬 내 시선 끝에서 카티스 단장님은 긴장한 얼굴로 검을 빼 들더니 말없이 걸어왔다.

"어? 카, 카티스 단장님. 진정하세요! 검을 거두세요!"

갑자기 위압적인 행동에 나서는 바람에 놀라서 허둥지둥 말렸지만 카티스 단장님은 내 목소리가 들리지 않는 것처럼 검을 쥔 채 굳센 발걸음을 놓렸다.

그 평소와는 다른, 호전적인 태도에 위화감을 느끼고 카티스 단장님을 빤히 살펴봤다.

그러자 카티스 단장님은 무언가를 결의한 표정으로 조금 초조한 듯 이쪽을 힐끔 보았다.

그 시선을 받은 나는 흠칫 놀랐다.

······그러고 보면 카티스 단장님은 이 땅의 기사단장이었지.

즉 이 땅의 책임자다. 그런데 단장이 모르는 곳에 주민들이 모여서 무언가를 하고 있다면 수상하다고 느낄 법하다.

카티스 단장님이 걱정하는 일과는 전혀 상관이 없다고 안심시켜주려고 했지만 내가 뭐라고 말을 하기도 전에 에리얼의 목소리를 들은 주민들이 우글우글 모여들었다.

나를 안내한 다섯 명에 더해 동굴의 보초를 서고 있던 남성들까지 여럿이 모였다.

그들은 빠른 걸음으로 다가온다 싶더니 허리에 찬 검에 손을 댔다.

"기사 한 명이 뭘 할 수 있다고! 이쪽은 다들 자경단에서 오랫동안 실전을 쌓아왔어!!"

남성들은 호전적인 표정으로 소리치더니 간격을 좁히기 시작했다.

"어? 어라? 싸우지 않겠다는 맹세는 어디로 간 거예요?!"

허둥지둥 주민들을 향해 물었지만, 주민들은 들리지 않는 것처럼 카티스 단장님만을 똑바로 응시했다.

……크, 큰일이다.

아무래도 많은 환자가 뒤에 있다보니 주민들은 이 환자들을 지키는 게 제1의 목적이 되어버린 모양이다.

그리고 환자를 지키려는 마음이 너무 강해서 아무와도 싸우지 않겠다는 맹세마저 잊어버린 것처럼 보였다.

나는 초조해져서 카티스 단장님을 향해 달려갔지만, 몇 걸음 떼기도 전에 에리얼에게 붙잡혔다.

바다 남자라 힘이 강한 건지 기사단에서 단련한 내가 움직일 수 없어졌다.

"에리얼, 이거 놔!"

나는 날카로운 눈빛으로 에리얼을 바라보며 강한 어조로 말했다.

이대로 카티스 단장님과 에리얼 일행을 싸우게 하면 안 된다.

어떤 결과가 나오든 서로에게 상처가 남을 거야.

그 생각에 에리얼의 팔에서 도망치려고 하는 사이에 여러 명의 주민들이 카티스 단장님을 향해 달리기 시작했다.

주민들은 순식간에 카티스 단장님을 포위한 뒤 말없이 검을 빼들었다.

카티스 단장님도 말없이 검을 거머쥐었다.

순식간에 긴장을 품은 침묵이 동굴 안에 고였다.

귀가 따가운 침묵을 깨트리듯 처음으로 움직인 사람은 카티스 단장님의 등 뒤에 있던 주민이었다.

순식간에 간격을 좁히더니 위에서 아래로 검을 내리그었다.

몸을 돌리면서 직각으로 흘려내듯이 상대의 검을 쳐낸 카티스 단장님이었지만, 그 타이밍을 노린 것처럼 좌우에 있던 두 주민이 동시에 검을 찔러넣었다.

캉! 캉! 검과 검이 부딪치는 쇳소리가 동굴 안에 울려 퍼졌다.

카티스 단장님의 사각을 노리듯 앞에서, 옆에서, 뒤에서 검을 찌르고, 혹은 휘둘렀다.

1대 다수의 상황이란 압도적인 실력 차가 나지 않는 한 어떻게 해볼 수가 없다.

그리고 카티스 단장님은 기사단장이긴 하나 다른 단장님들처럼 압도적인 실력을 지닌 것처럼 보이진 않았다.

결국 카티스 단장님은 주민들이 날리는 모든 공격을 피하는 건 불가능했다. 몇 번째인지 모를 공격을 막은 뒤, 왼쪽 팔을 베여서 선혈이 튀었다.

"카티스 단장님!!"

나도 모르게 큰 목소리로 부르면서 에리얼에게 잡혀 있던 팔을 억지로 뿌리친 뒤 카티스 단장님을 향해 달려갔다.

그러는 사이에도 카티스 단장님을 향한 공격이 이어져 그중 하나가 단장님의 등을 찔렀다.

이어서 어깨와 목을 베여 허공으로 핏방울이 흩날렸다.

"그만! 그만해!!"

내가 카티스 단장님에게 달려갔을 때는 이미 단장님의 몸에 여러 자루의 검이 박혀, 피를 흘리면서 천천히 땅바닥으로 쓰러지고 있었다.

그 눈동자가 혼탁해지기 직전과도 같은, 흐릿한 색으로 바뀌었다.

"카티스 단장님, 정신 차리세요!!"

필사적으로 소리치자 단장님은 검을 땅바닥에 찔러 세워서 기울어지는 몸을 기댔다.

하지만 이미 의식이 흐려지기 시작했는지, 나를 바라보는 카티스 단장님의 눈동자는 제대로 초점을 맞추지 못하는 모양이었다.

"……피…… 님, ……물러나십……."

카티스 단장님은 띄엄띄엄 중얼거리고는 그 이상은 버틸 수 없다는 양 스르륵 무너져내렸다.

"카……, 카티스 단장님!!"

내 비명과 카티스 단장님이 바닥으로 쓰러지는 소리가 동시에 울렸다.

전신을 선혈로 물들이고 쓰러진 카티스 단장님에게서는 피가 자꾸만 흘러나왔다. 그 피가 주변의 땅을 새빨갛게 물들이기 시작했다.

나는 창백해진 카티스 단장님의 눈꺼풀을 향해 손을 뻗었다.

"카티스 단장님!! 눈을 뜨세요!!"

———내 외침이 동굴 안에 메아리쳤지만 돌아오는 대답은 없었다.

【SIDE】 호위 기사 카노푸스 (300년 전)

　　———나의 죄는 내가 제일 잘 알고 있다.

　　남겨진 긴 시간 동안 거듭 반복하며, 그때 그분 곁에 없었던 자신을 후회한다.

　　하지만 후회해도, 한탄해도, 애원해도, 기도해도 아무것도 변하지 않는다.

　　소중한 것을 잃는 것은 순식간이다.

　　다시는, 절대로 되찾을 수 없다.

　　그 찬란한 새벽하늘의 머리카락도, 자애로 가득한 미소도, 부드러운 목소리도, 전부 잃어버리고 말았다.

　　나의 인생에는 이미 구원은 없다———……….

　　———꿈을 꾸었다.

　　여기와는 조금 다른 세계에서 다시 그분을 모시는 꿈이다.

　　………아, 이건 꿈이구나. 스스로도 뚜렷하게 자각했다. 혹은 나는 드디어 죽었구나, 하고.

　　그분은 변함없는 붉은 머리카락과 금색 눈동자로 즐겁게 웃고 있다.

그것을 본 내 두 눈에서 눈물이 흘러내렸다. 그럴 자격은 없는데도.

······아아, 이건 내가 지키지 못했던 광경이다.

다시는 되찾을 수 없는, 잔혹하고 아름다운 광경.

───거듭 반복하며 맹세해온 같은 말을, 한 번 더 되풀이한다.

『한 번 더 당신을 모실 수 있다면 이번에야말로 누구에게서든, 어떤 것에서든, 이 세상 모든 것으로부터 당신을 지키겠습니다.』

꿈속의 그분은 내 말을 듣더니 기뻐하며 웃어주셨다.

"───카노푸스!"

이름을 부르는 목소리가 눈을 번쩍 떴다.

상반신을 일으키자 땀 때문에 잠옷이 축축하게 젖어있다는 걸 깨달았다.

심장이 미친 듯이 빠르게 뛰었다.

"너 우는 거냐?"

놀란 듯한 질문에 눈가로 손을 가져갔다.

손가락이 닿은 눈가는 정말로 젖어있었다. 그 사실에 놀랐다.

───울었던 기억은 벌써 몇 년이나 없었으니까.

"······꿈이라도 꾼 건지도 모르겠어. 기억은 안 나지만······."

같은 방을 쓰는 기사에게 그렇게 대꾸한 뒤 침대에서 일어났다.

실제로 눈물을 흘렸는데도 꿈의 내용은 전혀 기억나지 않았다.

"하하, 오늘 밤의 너를 암시하는 거 아니야? 어차피 제2왕녀 전하에게 차여서 밤에는 베갯잇을 적실 테니까."

2살 연상의 룸메이트는 재미있다는 듯 말을 걸었다.

나는 기사복으로 갈아입으며 어깨를 으쓱한 뒤 평탄한 목소리로 대답했다.

"그건 나만 그런 게 아니지. 오늘은 100명이 넘는 기사가 차일 테니까."

"그건 그래. 차일 권한이 있다는 것만으로도 너는 복 받은 거야."

농담을 주고받으며 방에서 나와 식당으로 향했다.

오늘은 제2왕녀가 호위 기사를 선발하는 날이다.

나는 감사하게도 100명이나 되는 후보 중 한 명으로 뽑혔다.

후보인 채로 끝날 것은 누가 봐도 명백했지만······.

──나는 나브 왕국의 기사로, 이름은 카노푸스 블라제이라고 한다.

이 대륙의 남쪽에 있는 낙도 출신 일족이다.

성인이 될 때까지 일족과 함께 서덜랜드에서 자랐으나, 꼭 기사가 되고 싶은 마음에 13살에 왕도로 나왔다.

왕도는 서덜랜드와 다르게 낙도민이 거의 없었다.

그래서 갈색 피부에 물갈퀴 같은 손을 지닌 외모는 징그럽다며 차별을 받았다.

처음에는 분노를 느끼고 반박도 했지만, 차별도 반복되니까 익숙해졌다.

반박해봤자 아무것도 변하지 않았다. 그 때문에 침묵하는 습관이 생겼다.

감사하게도 내 검 실력과 예의범절은 좋은 평가를 받아 왕도에 올라온 해에 기사로 임용되었다.

하지만 낙도출신의 평민이라는 이유로 '기타 세력'의 기사들에서 빠져나올 수는 없었다.

———그런 나에게 기회가 찾아온 것이 17살 때.

그날, 나는 많은 기사와 함께 성의 홀에 모이라는 호출을 받았다.

제2왕녀가 호위 기사를 뽑기 위해서다.

100명을 넘는 기사들이 홀에 모여있고, 왕녀는 그중에서 한 명을 호위 기사로 고른다고 하지만 이미 뽑히는 기사는 정해져 있다고 했다.

그것도 당연하다.

늘 왕녀를 옆에서 모시며 유사시에는 목숨을 걸어 지켜야 하는 역할이다.

신원이 확실한 자를 미리 골라두는 것도 당연한 일이다.

다만, 그 역할이 고위 귀족의 자제에게만 주어진다는 게 아쉬웠다.

신분이 낮은 사람 중에도 충성심이 강하고 실력이 좋은 자가 있다.

나는 언젠가 그런 사람들이 뽑히는 세상이 되길 바랐다.

그런 식으로 시시껄렁한 생각을 하고 있었더니 시간이 된 모양이었다. 정면의 거대한 문에서 수많은 인간이 입실했다. 그 자리에 있던 전원이 머리를 숙였다.

잠시 후, 고개를 든 우리 앞에 나타난 사람은 어리고 사랑스러운 왕녀 전하였다.

제1왕녀와 마찬가지로 심홍색 머리카락을 지닌 제2왕녀는 그 머리색을 보건대 강력한 힘을 지닌 성녀임이 틀림없었다.

높은 단상 위에 선 왕녀는 그 자리에서 희망하는 호위 기사의 이름을 부를 줄 알았는데, 모두의 예상과는 달리 단상에서 뛰어내리고는 우리를 향해 총총 걸어왔다.

그러더니 얼굴을 반짝반짝 빛내며 귀엽게 인사했다.

"처음 뵙겠습니다. 제2왕녀 세라피나입니다. 오늘은 제 호위 기사를 고를 겁니다."

쿡쿡 웃으면서 우리 앞을 이리저리 걸어 다니는 왕녀는 무척이나 사랑스러웠다.

흐뭇해하는 마음으로 보고 있었더니 왕녀는 내 앞에서 걸음을 뚝 멈추고 놀란 얼굴로 올려다보았다.

"……당신, 굉장히 강하네. 이름이 뭐야?"

"네, 카노푸스 블라제이라고 합니다."

갑자기 말을 거는 바람에 놀라긴 했으나, 냉정함을 가장하며 대답하자 왕녀는 기쁘다는 듯 방긋 웃었다.

"카노푸스, 내 호위 기사가 되어줄래?"

나는 놀라서 굳어버렸다.

다른 기사들도, 떨어진 곳에서 대기하고 있는 고위 문관들도 놀란 듯이 굳어있었다.

하지만 곧바로 문관들이 왕녀에게 달려왔다.

"저, 전하, 아닙니다. 전하의 호위 기사는 이 자가 아닙니다. 자, 외우신 이름을 말씀해주십시오."

"아버지께선 마음에 드는 사람을 골라도 된다고 말씀하셨는데."

"그, 그, 그럴지도 모르지만 저희가 알려드린 이름은 **참고**이긴 하나, 지금까지 전하들께선 다들 그 **참고**대로 고르셨습니다. **참고**대로 고르시는 것을 추천드립니다."

"애, 애초에 그자는 낙도민이 아닙니까. 왕녀 전하의 기사가 되기에는 가문의 격이 부족합니다."

문관들은 필사적으로 주장했지만 왕녀는 아랑곳하지 않고 생긋 웃었다.

"조언 고마워. 하지만 나는 카노푸스가 좋아. ⋯⋯카노푸스, 내 호위 기사가 되어줄래?"

왕녀는 한 번 더 같은 말을 반복하더니 반짝반짝 빛나는 눈으로 쳐다보았다.

문관에게 힐끗 선을 주자 험악한 표정으로 고개를 붕붕 내저었다.

하지만 그게 오히려 비현실적이지 않나.

왕녀의 호위 기사에 발탁될 목적으로 집합한 내가 왕녀의 요청을 듣고 거절할 수 있을 리가 없다.

나는 한쪽 무릎을 꿇고 기사의 예를 취했다.

"저, 카노푸스 블라제이는 세라피나 나브 제2왕녀 전하의 기사로서 저의 모든 것을 바치겠습니다. 부디 저의 왕녀 전하께 영광과 축복을."

그렇게 말하며 머리를 숙인 뒤 왕녀의 드레스 자락에 입맞췄다.

왕녀는 내 말을 끝까지 듣고는 생긋 웃으며 뒤를 돌아보았다.

그러자 왕녀의 후견인인 기사단 부총장이 훌륭한 검 한 자루를 들고 다가왔다.

"왕족의 호위는 목숨을 걸어야 하는 일이다. 결코 목숨을 아끼지 마라."

부총장은 그렇게 말하더니 나에게 검을 건넸다.

"이 검과 함께 너를 세라피나 제2왕녀 전하의 호위 기사로 임명한다."

받아든 검은 묵직하게 손을 눌렀다.

노려보는 듯한 부총장의 강렬한 시선에서도 제2왕녀를 얼마나 소중히 여기는지 짐작할 수 있었다.

——나는 무척이나 중요한 역할을 배명받은 것이다.

전신이 팽팽하게 긴장되는 기분과 함께 이 역할을 내려주신 왕녀 전하에게 진심으로 고마움을 느꼈다.

어리기 때문에 세상이 어떻게 돌아가는지 이해하지 못하고 있는 건지도 모르지만, 그래도 지금까지 이어진 관습을 끊고 내정되어있던 고위 귀족의 자제가 아닌, 아무런 배후세력도 없는 나를 선택해주신 것에 대하여.

그것은 방금 전 '언젠가' '그런 세상이 오면 좋겠다'고 바란, 이상적인 미래상이었다.

현시점에서는 도저히 실현할 수 없다고 생각했던 것을 이 어린 왕녀 전하는 눈앞에서 현실로 이루어내셨다.

……아아. 내가 모시는 분은 현실을 개척하는 힘을 지니신, 존경받아 마땅한 왕녀 전하시다.

그렇게 생각하자 뭐라 말할 수 없는 고양감이 몸속에서 끓어올랐다.

『성심성의껏 왕녀 전하를 모시자.』

나는 마음속으로 그렇게 맹세했다.

———이렇게 생각지도 못하게도 나는 왕족의 호위 기사로 발탁되었다.

그리고 그로부터 10년 동안 나는 세라피나 님의 호위 기사로 일하였고, 왕녀 전하는 16살이 되셨다.

세라피나 님은 쑥쑥 자라서 심홍색 머리카락에 금색 눈동자를 지닌 아름다운 여성으로 성장하셨다.

15살에는 그 막강한 능력과 여태까지 이룬 공헌이 인정받아 우리나라가 세워진 뒤 처음으로 '대성녀'라는 칭호를 받으셨다.

그 때문에 대성녀가 된 세라피나 님은 지금까지보다 더 밀도 높은 일정을 수행하실 수밖에 없게 되었다.

세라피나 님의 생활은 아침부터 저녁까지 철저하게 관리된다.

그중에는 매일같이 마물 토벌이 섞여 있거나, 하루 만에 10곳이 넘는 구호원을 도는 일정이 섞여 있는 등 지나치게 가혹하다는 생각이 드는 것도 있었지만 세라피나 님은 불평하지 않았다.

그리고 세라피나 님의 스케줄은 1년 전에 전부 정해져 있다.

그 때문에 유력자의 요청이든 급한 용건이든 직전에 새 일정을 끼워 넣는 것은 거의 불가능했다.

──그날, 나는 내 방에서 서덜랜드의 특사와 대화하고 있었다.

내용은 서덜랜드에서 '황문병(黃紋病)'이 유행하기 시작했으니 대성녀님의 방문을 절실히 바란다는 내용이었다.

황문병은 원래 어린아이일 때 흔히 걸리는 병으로, 팔다리에 노란색의 동그라미 무늬와 가벼운 발열이 특징인 병이었다.

드물게 성인이 된 뒤에 걸리는 경우도 있지만 그 경우 어린아이일 때보다 가벼운 증상으로 끝난다.

……그런 병이지만, 낙도민이 걸리면 상황이 달랐다.

낙도민이 황문병을 앓으면 팔다리에서 시작된 노란색 동그라미가 전신으로 퍼지게 되고, 고열이 계속된 뒤에는 의식이 혼탁해지며 그대로 사망해버리는 무시무시한 증상을 동반했다.

서덜랜드의 의사는 낙도민은 독자적인 진화 과정을 이루었기 때문에 내륙 민족과는 병에 대한 내성이 달라서 황문병 항체가 전혀 없는 것 같다고 추측했다.

실제로 황문병에 걸린 환자는 거의 전원이 약 한 달 만에 사망했다.

심지어 전파 속도가 어마어마하게 빨라서, 특사가 서덜랜드를 출발한 시점에 이미 1할의 주민이 병에 걸렸다고 했다.

"대성녀님의 출동은 고위 문관들의 회의로 정해진다. 나도, 그리고 족장님도 병이 돌기 시작한 반년 전부터 몇 번이고 요청했지만 아직까지 선정되지 못했지. 우리가 할 수 있는 일은 계속 요청을 넣고 선택되길 기다리는 것뿐이다."

나는 반년 전부터 계속해서 해온 말을 또 반복했다.

"내륙 인간은 우리를 동등한 인간으로 보지 않습니다! 이런 상황에서는 아무리 시간이 지나도 선정될 리 없습니다! 현지의 성녀들도 강하다고 유명한 각지의 성녀들도 누구 한 명 우리에게 걸린 황문병을 치유할 수 없었습니다! 우리의 희망은 이미 대성녀님뿐입니다!! 아니면 뭡니까! 나라는 우리 일족에게 죽으라고 하는 거냐고?!"

특사는 격양하며 소리쳤다.

"……나는 매일 대성녀님과 동행하고 있지만, 다들 목숨이 위급한 사안들이다. 우열을 나눌 수 없는 것에 고위 문관분들이 순서를 매기고 계시는 거지. 맡길 수밖에 없어."

동포로서 특사의 마음을 이해할 수 있는 나는 어떻게든 특사를 설득하려고 했다.

실제로는 세라피나 님의 일정 중엔 의식이나 상위 귀족을 위한 행사 등도 포함되어있지만, 그러한 정치적 행사의 무게도 이해할 수 있게 되었으니 뭐라고 대답할 수가 없었다.

다만 서덜랜드는 치명적으로 멀다.

세라피나 님이 서덜랜드까지 출동하실 경우, 왕복에 걸리는 시간도 포함하면 3주는 필요할 것이다.

그렇게 긴 시간 동안 대성녀님을 독점하는 것이 얼마나 비현실적인지, 대성녀님의 귀중함을 두 눈으로 똑똑히 목격해온 나는 이해할 수 있었다.

하지만 특사가 그걸 이해할 수 있을 리가 없다.

내 멱살을 잡더니 거칠게 언성을 높였다. 말투도 격식이 무너졌다.

"카노푸스, 너는 왕성에서 기르는 개로 전락해버린 거냐! 그 남의 일 같은 발언은 뭐냐고!! 너는 무엇을 위해 대성녀님의 호위 기사가 된 거야? 네가 부탁하면 대성녀님이 들어주시는 거 아니야?!"

"그래. 자비로우신 대성녀님이시니 내가 탄원하면 고위 문관들을 움직여 이후 일정에 추가해주실지도 모르지. ……하지만, 그런 선례는 만들면 안 된다. 대성녀님께 편애나 특별한 대상이 존재해서는 안 돼. 적어도 대성녀님께서 진심으로 바라시는 게 아닌 이상은. ……나는 대성녀님의 호위 기사다. 그분을 위한 일이 아닌 한 움직이지 않아."

"카노푸스!!"

특사는 이글거리는 눈으로 노려보았지만, 나는 말 없이 마주 바라볼 수밖에 없었다.

……어차피 지금부터 일정에 추가된다고 해도 빨라야 1년 뒤다.

이 병의 전파 속도를 보면 그때는 이미 늦을 것이다.

1년 뒤에 세라피나 님이 서덜랜드를 방문하신다고 해도, 남아 있는 사람은 자력으로 병을 극복한 수십 명이나 수백 명 정도의 생존자뿐일 것이다.

고작 그 정도의 숫자로는 민족으로서의 전통이나 자긍심을 이어가는 것도 어렵다.

민족의 죽음── 그것이 명확한 미래로서 눈앞에 들이닥쳤다.

……그렇게 족장님에게 호소하여 주민들의 이주를 제안했다.

다들 한 곳에 모여있는 현재 상황으로는 병이 폭발적으로 전파되는 걸 막을 수 없다.

잇달아 질환자가 나오는 상태로는 환자를 완전히 격리하는 것도 어렵다.

그리고 세라피나 님에게 치료받기 위해 질환자를 전원 왕도로 데려오는 것도 현실적이지 않다.

그래서 서덜랜드를 버리고 북으로, 동으로, 서로 흩어지는 게 어떻냐고 족장님에게 제안했지만.

아무리 거듭 주장해도 족장님은 받아들이지 않았다.

황문병은 흔히 퍼져 있는 병이다.

장소를 옮긴다고 해도 그곳에서도 위험은 있다.

낙도민은 화산의 분화 때문에 오랫동안 살아온 낙도를 떠났다.

이미 터전을 버렸다.

고향을 버리는 건 한 번으로 충분하다.

게다가 흩어져버리면 민족으로서 성립되지 않는다.

……그렇게 조용히 이야기하는 족장님에게 나는 그 이상 설득할 수 없었다.

나는 암울한 기분으로 방에서 나와 특사와 헤어졌다.

"어라? 카노푸스. 뭐 하고 있어?"

운이 나쁘게도, 세라피나 님과 마주치고 말았다.

내심 후회하면서도 인사했다.

"세라피나 님. 아는 사람을 배웅하고 있었습니다. 세라피나 님이야말로 이런 깊은 밤중에 외출이라니, 부주의하신 것 아닙니까?"

"어머나, 근무시간도 아닌데 나를 신경 쓰다니 참 열성적이구나. 걱정하지 않아도 기사들에게 동행해달라고 했어."

세라피나 님은 재미있다는 듯 웃으며 뒤에 대기하고 있는 기사들을 힐끗 돌아보았다──붉은 기사복을 입은, 대성녀 전속 근위 기사들을.

"당신이야말로 이런 밤늦은 시각에 누구와 이야기하고 있었던 거야? 남몰래 사귀는 연인인가 했는데, 남성인 것 같더라. 서덜랜드 사람?"

세라피나 님은 반짝거리는 눈으로 흥미진진하다는 듯 물었다.

세라피나 님이 목격한 건 특사와 헤어진 뒤였지만, 특사의 뒷모습에서 갈색 피부와 짙은 파란색 머리카락을 보신 거겠지.

세라피나 님에게 이런저런 사정을 들키기 전에 이야기를 끝내기 위해 나는 평소와 같은 표정을 지었다.

"네, 감사하게도 세라피나 님께서 대성녀가 되신 타이밍에 저도 백작위와 서덜랜드를 영지로 받았습니다. 그 후 정기적으로 그곳의 특사가 보고하러 옵니다. 이번에도 여느 때와 같은 정기 보고였습니다."

"그렇구나. 후후, 하지만 서덜랜드 사람도 동향인 당신이 영주가 되어서 든든할 거야. 그것도 왕국의 파란색과 하얀색 국기에 기반하여 선발되는, 단 두 명의 기사 중 하나인 '청기사'잖아."

세라피나 님의 말을 들은 나는 얼굴을 찌푸린 뒤 현재 입고 있는 내 기사복을 내려다보았다.

대성녀 전속 근위 기사임을 보여주는 붉은 기사복이 아닌──

파란 기사복을.

"확실히 명예로운 일이기는 합니다만, 저는 근위 기사단의 기사복을 빼앗겨버렸으니 복잡한 기분입니다."

나는 솔직한 심정을 늘어놓았다.

『'청기사'로 선정되었으니 그것을 자랑하기 위하여 파란 기사복을 입어라.』

근위 기사단장에게 그런 명령을 받은 뒤로 나는 파란 기사복을 착용하는 게 의무가 되었다.

나로서는 세라피나 님의 색인 붉은 기사복을 입는 게 몇 배는 더 명예로운 일인데.

그렇게 생각하는 내 마음을 정확하게 간파한 것처럼, 세라피나 님이 쾌활하게 웃었다.

"후후, 명예로운 '청기사'임을 드러내는 것보다 근위 기사단이라는 걸 드러내고 싶다니, 카노푸스 답네. ……서덜랜드 주민은 당신 같은 성실한 사람이 영주라서 행복할 거야."

"과분한 말씀입니다."

"아, 서덜랜드의 바다는 특히나 푸르다고 들었어. 언젠가 나도 가 보고 싶어."

천진난만하게 눈을 반짝이는 세라피나 님은 16살이라는 나이에 맞게 보였다.

"저도 꼭 전하께 서덜랜드를 안내해드리고 싶습니다."

"그래, 약속이야. 카노푸스."

세라피나 님은 기쁘게 웃은 뒤 기사들과 함께 당신의 방이 있는 방향으로 걸어갔다.

◇ ◇ ◇

서덜랜드에서 맹위를 떨치는 병은 나쁜 예상대로 수습되는 기색을 보이지 않았다.

특사에게서는 세 번 더 세라피나 님의 출동을 요청하는 편지가 왔고, 지난 방문에서 고작 2주 후에 다시 방문을 받았다.

"사태는 악화 일로를 걷고 있습니다! 더는 한 시의 유예도 없습니다!! 부디, 부디 대성녀님의 출동을 부탁드립니다!!"

잘 시간을 아끼며 말을 타고 달린 모양이었다. 특사의 눈은 밤눈에 봐도 핏발이 서 보였다.

"네 마음은 이해해. 나도 대성녀님께서 출동해주시길 바라는 마음은 같다. 하지만 대성녀님께서는 너무 다망하시다. 3주나 되는 기간 동안 점유하는 건 어려워. 그리고 어떠한 방법으로 요청이 이뤄진다고 해도 실제로 출동하시는 건 빨라도 1년 뒤지. 그래서는 늦어. ……다른 방법을 찾아야 해."

"국내에서 고명한 성녀를 초빙했습니다! 하지만 누구 한 명 낫게 하지 못했습니다! 대성녀님이 계신다고 반드시 낫는다는 보장은 없지만, 달리 방도가 없단 말입니다!!"

특사는 필사적으로 말했다.

"황문병의 전파 속도는 기이할 정도로 빠릅니다. 이대로는 1년도 버티지 못하고 우리 일족은 멸망해버릴 테죠. 제발, 제발 부탁입니다. 대성녀님의 출동을 부탁드립니다."

특사는 바닥에 무릎을 꿇고 매달리듯이 애원했다.

그의 마음을 뼈저리게 아는 나는 그 이상 무어라 말을 이을 수가 없어서 침묵했다.

특사의 말이 맞다.

이대로는 우리 일족은 멸망할 것이다.

그리고 유일한 희망이 세라피나 님이라는 것도 맞을 것이다.

하지만 세라피나 님은 이 나라에서 너무 중요한 인물이다.

세라피나 님밖에 대응하지 못하는 전투, 세라피나 님밖에 치유하지 못하는 부상, 저주.

세라피나 님밖에 하지 못하는 일이 너무 많다.

3주 씩이나 세라피나 님을 점유한다는 건 정말로 불가능하다.

손 쓸 방도를 찾지 못하고 고개를 숙이고 있었더니 멀리서 조롱하는 듯한 목소리가 들렸다.

"뭐야, 복도를 가로막는 사람이 있다 했더니 너였냐, 카노푸스. 너희 낙도민은 그렇지 않아도 피부가 검어서 밤에는 잘 보이지 않는다고. 방해하지 말고 썩 비켜라! 아니면 왕족의 길을 가로막은 불경죄로 죽고 싶은 거냐?"

급히 목소리가 들린 쪽을 돌아보자 카펠라 제2왕자가 세라피나 님과 몇 명의 고관을 데리고 복도를 걸어오는 도중이었다.

자신이 저지른 실태에 무심코 작게 신음한 뒤 특사를 부축하여 함께 복도 구석으로 기동했다.

……실수했다.

서두르는 특사에게 휘말려 방에 들어갈 시간을 아끼다 복도에서 이야기하고 말았다.

머리를 숙이고 지나가길 기도했으나, 그렇게 잘 풀리지는 않았다. 카펠라 왕자는 우리 앞에서 멈춰 섰다.

"낙도민이 남들 앞에서 작전 회의냐? ……아, 그건가? 민족이 전멸한 뒤에 어떻게 해야 할지 사후 처리에 대해서? 하하, 너희들도 카노푸스를 본받아 세라피나의 구두라도 핥든가. 그렇게 하면 왕성에서의 자리를 약속받고 그런 촌구석의 병에서 도망칠 수 있을 테지."

처음으로 왕족을 본 특사는 부들부들 떨면서 이보다 더할 수는 없을 만큼 머리를 낮게 숙였다.

나는 뭐라고 대답해야 하는지 순간 주저했으나, 그 빈틈을 찌르듯이 세라피나 님이 입을 열었다.

"카펠라 오라버니. 민족이 전멸한다는 건 무슨 뜻이죠?"

나는 흠칫 놀라 얼굴을 들었으나 시야에 들어온 것은 히죽히죽 비열한 미소를 짓고 있는 카펠라 왕자의 모습이었다.

"그래? 너는 몰랐구나. 카노푸스의 영지인 서덜랜드에서 병이 창궐하고 있어. 카노푸스에게선 네 출동을 의뢰하는 요청이 세 번이나 올라왔지만, 매번 회의에서 쳐냈고. 물론 나도 그 회의에 출석하지만 서덜랜드 출동 같은 건 아무도 지지하지 않는다고. 네게 전달되는 일정은 결정된 사항만 알려주니 중간에 잘라낸 요청은 일절 알지 못했겠지."

"어떤 병이 유행하고 있는 거죠?"

"하하하, 그게 황문병이란다! 내륙 인간이라면 아기도 자력으로 이겨낼 정도로 약한 병이지. 그런 게 낙도민의 경우에는 병에 걸리면 거의 죽는다고 하니까 놀랍지 뭐냐! 심지어 보기 드물 정도로 전파 속도가 빠르다더군. 그런 유아용 병에조차 죽어버리다니, 얼마나 허약한 일족인 건지! 즉 낙도민은 이 세계에서 살아남기에 적합하지 않은 몸을 지녔다는 거다. 발버둥 치지 말고 얌전히 도태당하는 게 옳은 길이지."

카펠라 왕자의 이야기를 묵묵히 듣고 있던 세라피나 님은 이상하다는 듯 고개를 갸웃거렸다.

"낙도 출신자는 이미 수만 명의 민족을 이루었다고 들었습니다. 그 정도로 증상이 심하고 전파 속도도 빠른 병이 수만 명의 백성에게 위협이 되고 있다면 제가 출동해도 이상하지 않다고 보는데요?"

"하하, 여전히 너는 머리가 나쁘구나! 서덜랜드까지는 편도 10일 가까이 걸려. 머무르는 기간을 생각하면 3주 정도의 여정이 되지. 왕도에는 많은 환자들이 있잖아. 그들을 제쳐놓고 네가 3주나 왕도를 비울 수 있겠냐!"

그래도 이상하다는 듯 고개를 계속 갸웃거리는 세라피나 님을 보고 카펠라 왕자가 말을 이었다.

"너는 정말 하나부터 열까지 설명해주지 않으면 이해하지 못하는 얼간이로군. 예를 들어, 이게 내륙민 이야기였다면 또 달랐겠지만, 상대는 낙도민이지 않으냐. 우리보다 급이 떨어지고 멸망해봤자 아쉽지 않은 일족이지. 녀석들을 위해 너를 움직일 일은 절대 없다. 왕성의 인간은 누구 한 명 찬성하지 않아. 왜냐하면 왕성에 있는 자는 전부 내륙민이니까."

"……그래요, 이해했습니다. 감사합니다."

세라피나 님은 카펠라 왕자를 향해 머리를 꾸벅 숙였지만, 나는 어금니를 꽉 깨물었다.

매번 그렇지만 왕자들이 세라피나 님을 대하는 태도는 아주 거슬린다.

세라피나 님이 왕족으로서 교육을 거의 받지 않고, 그 시간의 대다수를 성녀로서 정진하는 것에 들이는 것은 국왕이 결정한 일이다.

하물며 모든 국민에게 자애롭게 대하시는 세라피나 님에게 민족에 따라 대우를 달리 한다는 발상이 있을 리가 없다.

그런 걸 전부 알면서도 세라피나 님을 무시하고 조롱하는 왕자들의 태도가 짜증이 났지만, 세라피나 님은 아랑곳하지 않고 제2왕자에게 등을 돌리더니 특사를 마주 보았다.

"서덜랜드 분, 들은 대로 나는 내 행동을 직접 정할 수 없어. 나도 서덜랜드에 출동할 수 있도록 말을 해둘게. 그게 얼마나 효과가 있을지는 모르겠지만, 희망을 버리지 마."

"가, 감사합니다! 저희 일동은 대성녀님께서 방문하시기를 기다리겠습니다!!"

특사는 머리 위에서 두 손을 모아쥔 뒤 무릎을 꿇고 세라피나 님에게 비는 자세를 보였다.

세라피나 님의 한마디는 희망을 준다.

그건 언제나 백성들과 함께하며 그들이 원하는 말을 주기 때문이다.

카펠라 왕자와의 대화를 들은 특사는 이해했을 것이다.

그 말이 세라피나 님이 할 수 있는 최선이었다는 걸.

세라피나 님이 진심에서 우러난 자비심으로 서덜랜드 주민을 생각하고 있다는 걸.

——그런 생각을 하고 있던 당시의 나는 진정으로 얼간이였다.

특사가 돌아가고 사흘 뒤.

그날의 세라피나 님은 아침부터 이상했다.

공무 도중에 짬을 내서는 잠깐잠깐 수면을 취하셨다.

처음에는 잠을 제대로 못 주무셨나 했지만, 전날은 평소에 비해 특별히 바쁜 것도 아니었다.

지금까지 피로가 많이 누적되었던 건지 걱정하던 차에 다음 날은 아침 해가 뜨는 것과 동시에 출발한다는 이야기를 듣고, 일찍 일어나기 위해서 미리 잠을 자두신 거였다는 걸 알고 안심했다.

내일부터는 닷새간의 여정으로 왕도 옆에 있는 바르비제 공작령에 가기로 되어 있었다.

바르비제 공작가는 제1왕녀 전하이셨던, 세라피나 님의 언니가 혼인한 가문이다.

방문 목적의 반 이상은 정치적인 것으로, 귀족들이 견학하는 가운데 세라피나 님과 기사들이 마물을 토벌하여 대성녀의 힘을 보여주기 위함이었다.

남은 목적은 휴일이 거의 없는 세라피나 님의 휴식을 겸하여 언니인 바르비제 공작 부부와 친목을 도모하기————— 즉, 자매간에 마음껏 대화를 나눌 수 있는 시간을 마련하는 것이었다.

본래 사이가 아주 좋았던 두 분이다.

일출과 함께 출발하시다니, 필경 바르비제 공작령 방문을 기대하고 계신 것이라 추측했다.

다음 날 아침, 세라피나 님은 하늘색 드레스를 입고 나타났다.

잘 어울리긴 했지만 너무 간소한 디자인이라 프릴이나 레이스가 전혀 달려있지 않았다.

언니를 찾아갈 때는 늘 왕녀다운 프릴과 레이스로 가득한 호화로운 드레스를 착용하셨기 때문에 위화감을 느꼈다.

하지만 나는 여성의 드레스에 대해 어떠한 견해를 말할 수 있을 만큼 해박하지 않으므로, 지금은 그런 게 유행하는 건지도 모른다고 혼자 수긍했다.

세라피나 님은 왕녀 전하를 모시는 궁녀들과 함께 사뿐사뿐 마차에 타셨다.

그때 한 번 더 위화감을 느꼈다.

그래. 졸리면 마차 안에서 자면 그만인데, 왜 세라피나 님은 어제 그렇게 자투리 시간을 모아가며 주무셨던 걸까?

답은 바로 나왔다.

왕성을 출발하여 가장 번화한 거리를 지나간 뒤, 갑자기 세라피나 님이 타고 계신 마차가 멈췄다.

마차를 에워싸듯 배치되어 있던 호위 기사들도 당황하며 자신이 탄 말을 세웠다.

나는 즉시 말에서 내려 마차의 문을 열었다. 그 순간 마치 회오리바람처럼 세라피나 님이 기세 좋게 뛰쳐나오셨다.

그리고는 눈앞의 기사를 올려다보고는 생긋 웃었다.

"미안하지만 잠깐 내려와 줄래?"

영문을 알 수 없었지만 어쨌든 왕녀의 요청이니 말에서 내린 기사를 바라보던 세라피나 님은 다음 순간 등자에 발을 힘차게 걸고는 훌쩍 말 위로 올라가셨다.

그때 드레스 자락 밑으로 드러난 발이 굽이 뾰족한 구두가 아니라 승마용 부츠를 신고 있어서 놀랐다.

세라피나 님은 즐겁게 웃고는 낭랑하게 소리 높여 선언했다.

"바르비제 공작령도 좋지만 바다가 보고 싶어. 그러니까 이번엔 바르비제 공작령 방문을 빠질래. 마차 안에 언니에게 드릴 편지와 선물이 있으니까 기사의 절반은 바르비제 공작령에 그걸 전달해줘. 언니도 강력한 힘을 지닌 성녀니까 귀족들에게 보여줄 시범은 언니가 해도 충분해. 오히려 강력한 성녀가 공작부인이라는 걸 이해시키기 위해서도 언니가 대응해야지. 그런 내용을 편지에 적어두었으니까 잘 부탁해. 나는……… 음, 어디로 갈까?"

그렇게 말하고는 보란 듯이 한쪽 손을 뺨에 올린 뒤 고개를 갸우뚱 기울였다.

이때 이미 그 자리에 있던 모든 기사가 눈을 가늘게 떴다.

왕녀 전속이 될 정도의 기사다.

전원이 신물이 날 정도로 유능하고 우수하다.

그렇기에 다들 세라피나 님의 다음 말을 미리 파악했지만, 현명하게도 하나같이 침묵을 지켰다.

"······그래! 바다 하면 서덜랜드지! 좋아, 나는 서덜랜드로 갈 거야!! 바르비제 공작령에 가지 않는 절반의 기사는 나를 따라와!"

그렇게 세라피나 님은 연기하듯이 큰 동작으로 두 손을 짝 마주한 뒤 다들 예상하고 있던 지명을 입에 담았다.

전원이 뭐라 말할 수 없는 표정으로 세라피나 님을 바라보았다.

하지만 이때, 세라피나 님은 딱 하나 실수를 저질렀다.

절반이 바르비제 공작령, 절반이 서덜랜드 백작령이라고 말했지만 구체적으로 누가 어디에 가라는 지시는 내리지 않은 것이다.

그래서 그 자리에 있던 기사는 대부분 세라피나 님을 따라갔다.

극소수의 기사만 동행한 마차가 바르비제 공작령에 도착했을 때, 공작 부부가 '고작 이 정도의 인원만 동행했다니, 홀대하는 거야!'라고 오해하여 분개하지 않으면 좋겠는데.

───세라피나 님의 단점은 본인이 얼마나 인기가 많은지 이해하지 못했다는 점이다.

서덜랜드로 가는 여정은 동행한 모든 기사가 상상했던 것보다 더 혹독했다.

세라피나 님은 서덜랜드로 가는 일정으로 5일밖에 준비하지 못했기 때문이다.

우리는 전령용 파발이 사용하는 루트를 이용했다.

용의주도하게도 세라피나 님은 미리 파발이 말을 교환하는 포인트에 통상보다 많은 말을 준비해놓았다.

하지만 세라피나 님이 명령한 말의 수는 원래 행사에 동행할 예정이었던 기사 수의 절반밖에 없었다. 나는 세라피나 님의 실제 동행자는 절대 절반으로 끝나지 않으리라고 짐작하고 많은 말을 준비해둔 담당자를 칭찬하고 싶다.

세라피나 님 앞에는 몸집이 크고 기마술에 능한 기사를 배치했다.

앞서 달리는 기사가 세라피나 님에게 가는 바람을 막아주어 세라피나 님이 조금이라도 덜 지치도록 하는 것과 동시에, 그 기사과 같은 위치를 지나감으로써 안전한 길을 확보할 수 있기 때문이다.

놀랍게도 세라피나 님은 거의 쉬지 않으셨다.

말을 바꿀 때 재빨리 물을 마시거나 간단한 식사를 드실 뿐, 안장을 바꾸면 바로 출발했다.

아무리 대성녀라고 해도 체력은 평범한 영애와 비슷하다.

도저히 버틸 수 있을 법한 행군이 아니었는데도 세라피나 님은 우는 소리 한번 없이 계속해서 고삐를 잡았다.

———서덜랜드에 도착한 것은 새벽에 가까운 둘째 날의 밤이었다.

황문병이 발병한 사람은 다른 사람에게 옮기지 않도록 전원 영주관에 모여있다고 했기에, 우리는 곧바로 영주관으로 향했다.

도저히 저택 안에 전원이 들어갈 수는 없었기에 저택 앞 넓은 정원에 수많은 주민이 빼곡하게 누워있었다.

심상치 않은 말발굽 소리를 들은 주민들이 불안해하며 일어났다.

한밤중에 말을 달리는 위험한 행동을 하는 인간은 거의 없다.

그런데 몇 마리나 되는 말발굽 소리가 들린다면 다들 불안해질 것이다.

주민들이 잇달아 일어나 불안해하며 바라보는 가운데 저택의 정문이 열리고 여러 마리의 말이 들어왔다.

정원 곳곳에 설치된 몇 없는 화톳불의 빛으로는 기사들이 입은 옷의 색까지는 판별할 수 없으리라. 즉 대성녀 전속 근위 기사단이라는 것을 보여주는 붉은 기사복을 입고 있다는 건 이 어둠 속에서는 못 알아볼 게 틀림없다.

그렇게 생각하고 신원을 밝혀 사람들을 안심시켜주려고 했는데, 입을 열기도 전에 세라피나 님이 말에서 훌쩍 내려갔다.

그리고는 익숙하지 않은 분위기에 놀라서 울음을 터트린 아기를 향해 손을 내밀었다.

아기의 어머니는 놀란 듯 세라피나 님을 쳐다보았지만, 왕녀의 온화한 미소를 보고는 아기를 내밀었다.

세라피나 님은 소중히 아기를 안아 들더니 노래하듯이 중얼거리셨다.

"어머나, 이렇게 어린데도 열심히 버텼구나. 잘 참고 열심히 하는 훌륭한 아기네."

그 말을 들은 어머니는 순식간에 눈물을 글썽거렸다.

"가, 가, 감사합니다. 내, 내륙인들은 병이 옮으니까 다가오지 말라고, 이 아이를 아무도 안아주지 않았습니다⋯⋯."

그때 주민 중 몇 명이 횃불을 들고 다가왔다.

불빛을 받아 세라피나 님의 머리색이 빛났다.

"대, 대성녀님?!"

"서, 설마⋯⋯."

붉은 머리카락의 여성은 세라피나 님 말고도 여럿 있었지만, 족장님이 대성녀님의 출동을 요청하고 있다는 건 다들 알고 있었고 한밤중에 말을 타고 달려온다는 이상한 상황에서 다들 대성녀님을 연상한 모양이었다.

웅성웅성 경악과 당혹이 전파되었다.

그 무렵에는 그곳에 있는 모든 이들이 잠에서 깨어났다.

저마다 상체를 일으키거나, 완전히 일어나서 무언가를 기대하듯이 세라피나 님을 바라보았다.

세라피나 님은 그러한 시선을 전부 받아내며 생긋 웃는 얼굴로 입을 열었다.

"네, 대성녀 세라피나 나브, 지금 막 서덜랜드에 도착했습니다."

그리고는 세라피나 님은 안고 있던 아기의 뺨에 입 맞추셨다.

그러자 그 장소에서 반짝반짝 빛이 빛나더니 아기의 전신에 퍼져 있던 노란 무늬가 순식간에 사라졌다.

"⋯⋯⋯어? 나, 나았어⋯⋯?"

어머니는 어안이 벙벙해져서 무늬가 사라진 아기를 받았다.

다들 멍한 얼굴로 아무런 말도 못 하는 사이에 세라피나 님은 한쪽 팔을 높게 들어 올려 고고한 목소리를 냈다.

"비옥하고 풍요로운 서덜랜드여, 성실하고 순종적인 이 땅의 백성에게 그 힘을 나누어라. 불은 정화하고, 바람은 휩쓸고, 물은 씻어내고, 땅은 품어라. ————『병마근절』."

세라피나 님의 말이 끝나자 들어 올린 손가락 끝에서 반짝거리는 빛이 발생하기 시작했다.

————화톳불과, 횃불과, 별빛.

그러한 작은 빛밖에 없는 밤의 어둠 속에서 별안간 붉은 빛을 띤 반짝이는 빛이 나타나 우두커니 서 있는 주민들의 머리 위로 펼쳐지기 시작했다.

"……어? 뭐, 뭐지……?"

주민들은 놀라면서도 하늘을 우러러보며 천천히 쏟아지는 빛의 입자를 경악한 얼굴로 쳐다보았다.

————그것은 마치 빛나는 별빛이 내리는 것 같은, 신비롭고 압도적인 광경이었다.

이윽고 하나, 둘, 떨어진 빛의 입자가 주민들의 몸에 닿자 그들은 놀란 듯이 소리쳤다.

"따, 따뜻해……."

빛의 입자는 주민들의 몸에 닿자 스며드는 것처럼 스으윽 사라졌다. 그 장소에서 주민들의 몸에 뭐라 말할 수 없는 따뜻함이 퍼져나갔다.

어느새 주민들은 하늘을 올려다보더니 물을 떠올리듯 마주 댄 두 손을 내밀어 하늘에서 떨어지는 반짝반짝한 빛을 받기 시작했다.

───따뜻하고 맑은, 대성녀님의 자애의 마음.

진정으로 그 대성녀님의 자애로운 마음을 받아내고 있는 것이라고, 주민들은 느꼈다.

반짝이는 빛의 입자는 몸에 닿으면 뭐라 말할 수 없는 아늑함과 안심감을 준다.

그리고 홀린 듯이 빛의 입자를 받는 것에 전념하고 있던 주민들은 마지막 빛이 사라져 원래의 암흑으로 돌아온 순간, 흠칫 놀란 듯이 정신을 차렸다.

눈을 깜빡깜빡 움직이며 자신들의 몸에 일어난 변화를 깨닫기 시작했다.

"……사, 사라졌어……?"

"……화, 황문이 사라졌어. ……여, 열도 내렸어."

"세상에……. 이렇게, 순식간에 산 거야……?"

한바탕 자신들의 몸을 확인한 주민들은 멍하니 세라피나 님을 바라보았다.

누구 한 명 낫게 하지 못했던 자신들의 병을 아주 짧은 시간에 치유한 세라피나 님의 존재를 믿어지지 않는다는 듯한 표정으로 응시했다.

───다들 아무 말도 하지 못했다.

너무도 놀라운 일이기에 아무도 현 상황을 제대로 파악하지 못하고 있는 모양이다.

그런 주민들의 시선 속에서 세라피나 님은 변함없는 미소를 지으며 서 있었지만, 순간 몸이 휘청 기울어졌다.

……아아, 분명 마력을 다 써버리신 것이로군.

나는 세라피나 님에게 달려가면서, 세라피나 님의 등이 땀으로 푹 젖어있는 것을 보고 알아챘다.

조금 전 세라피나 님은 병을 치료할 때 늘 그러하셨든 정령을 부르지 않았다.

정령의 힘 없이 이렇게 많은 사람을 치유했다면 마력이 텅 비어버렸을 것이다.

비틀거리는 세라피나 님을 걱정하며 횃불을 든 주민들이 연이어 가까이 다가갔다.

그 불빛을 받아 세라피나 님의 모습이 어둠 속에서 흐릿하게 두드러졌다.

───새삼 보자 세라피나 님의 모습은 빈말로도 단정하다고 할 수 없었다.

드레스 자락은 흙탕물이 튀어 더러웠고, 이틀 동안 계속 입었기 때문에 잔뜩 구겨져 있었다.

세라피나 님의 언니이신 제1왕녀님이시라면, ……아니, 왕족 출신이 아니어도 귀족 영애라면 이런 모습은 보여줄 수 없다며 갈아입기 전에는 사람들 앞에 나오지 않을 것이다.

하지만…….

마침 그때, 일출 시각이 된 건지 태양이 고개를 내밀기 시작했다.

햇빛이 캄캄하던 하늘을 비추기 시작했다.

빛이 한 줄기, 두 줄기 뻗어 나가며 하늘을 붉게 물들였다.

쏟아지기 시작한 빛을 등 뒤로 받자 세라피나 님의 등이 후광처럼 밝아졌다.

해돋이의 빛이 대성녀의 붉은 머리카락과 어우러지며 어디까지가 아침노을의 붉은색이고 어디서부터 대성녀의 붉은 머리카락인지 경계가 애매모호해졌다.

"새벽하늘의 대성녀……."

주민 중 한 명이 떨리는 목소리로 중얼거렸다.

"빛이야……. 암흑을 가르는 붉고 아름다운 빛 그 자체……."

다른 주민이 감격에 겨운 듯 중얼거렸다.

───그것은 말 그대로 어둠 속에 서서 빛을 받는, 자비로운 대성녀 그 자체였다.

너무나도 신성한 모습에, 그 자리에 있던 모든 이가 무심코 숨을 삼켰다.

마치 신화 속 한 구절과도 같은 광경에 전신의 털이 곤두서는 것을 느끼며 한 명, 또 한 명 그 자리에 무릎을 꿇었다.

────────그래, 나의 대성녀는 아름답지요.

아름답고, 자비롭고, 모든 것을 구원하는 자────────.

여기에 있는 모든 이가 이해했다.

낙도민은 죽음을 면치 못하고 일존 전체가 죽어갈 운명이었음을.

이 대성녀는 그 운명을 홀로 찢어발기고 갓난아기부터 노인에 이르기까지 남김없이 살려냈다.

그리고 그 구원은 세라피나 님의 자비로운 마음이 있었기 때문에 실현되었다.

……본래 불가능한 일정이었다. 마차로 약 10일이 걸리는 거리를, 기마라고는 해도 이틀 만에 이동하다니 일반적인 속도가 아니다.

그런데도 세라피나 님은 한탄 한번 없이 이를 악물고 말에 매달려, 졸음 및 체력과 싸우면서 이틀 내내 말을 계속 달렸다.

낙마로 인해 죽을 위험도 일절 고려하지 않고, 그저 이 땅의 백성을 구하고 싶다는 마음 하나로.

분명 전신이 뻐근하고 아픔을 호소하고 있을 것이다.

하지만 세라피나 님은 자신의 몸에는 일절 상관하지 않고 백성들에게 달려가 모든 마력을 쏟아부어 그들의 목숨을 구했다.

이미 세라피나 님의 의식은 몽롱해져 있을 것이다.

체력도 마력도 한계에 달해 서 있는 게 신기할 정도이니까.

그런데도 세라피나 님은 진심으로 웃고 있다.

자신이 그들을 구했다는 것이 기뻐서, 그들이 살아서 웃고 있다는 것이 기뻐서.

───이것이 만인에게 숭배받는 대성녀다.

정신을 차리자 그 자리에 있던 수백, 수천 명의 주민들이 전부 무릎을 꿇고 있었다.

황공한 존재를 숭상하듯이, 어떤 자는 머리를 숙이고 어떤 자는 폭포 같은 눈물을 흘리며, 어떤 자는 기도하고 있다.

누구 한 명 말을 하지도 못하고, 그저 감동과 감격과 감사를 담아 절대적인 대성녀 앞에 엎드리고 있다.

─── 아아, 오늘은 시작이 날이 될 것이다.

이 땅의 주민은 무슨 일이 있다 한들 앞으로 100년, 1,000년…… 민족이 멸망하지 않는 한 세라피나 님을 구세주로서 숭배할 것이 분명하다.

──── 누구보다도 아름답고 자비로운 대성녀.

──── 당신은 이렇게 전설이 되어간다.

◇ ◇ ◇

─── 그 후 흥분이 식지 않은 주민들에게 양해를 구한 뒤 나는 피로가 극에 달한 세라피나 님을 응접실로 안내했다.

나에게는 하나 더, 중대한 일이 남아있었기 때문이다.

대성녀님의 스케줄을 변경한 것에 대한 책임 문제의 명확화다.

이번에 세라피나 님은 엉터리 연기를 하면서까지 서덜랜드를 방문한 책임을 혼자 뒤집어쓰려고 했다.

하지만 실제로는 호위 기사이면서도 진심으로 막지 못했던 내 책임으로 귀결되는 것은 명백하다.

세라피나 님이 서덜랜드를 방문하겠다고 말했을 때, 나는 놀라면서도 동시에 기쁨과 감사를 느꼈다.

서덜랜드의 주민은 동포다.

가능하다면 어떻게든 구하고 싶었다.

하지만 방도가 무엇 하나 떠오르지 않았기 대문에 나로서는 어떻게 할 수도 없었다.

그런 때에 세라피나 님이 움직여주신다고 하셨다.

나는 환희했고, 아무리 생각해 봐도 진심으로 막지 않았다.

나는 응접실 의자에 세라피나 님을 앉힌 뒤 그 앞에 서서 기사의 예를 취한 후 입을 열었다.

"전하, 우매한 기사가 말씀드립니다. 이번 서덜랜드 방문은 전하를 막지 못했던 저에게 모든 책임이 있습니다. 동포의 목숨을 구하기 위해 위험한 일정임을 알면서도 전하를 강하게 말리지 못한 것은 명백한 저의 잘못입니다. 대단히 죄송합니다."

세라피나 님은 힐끗 이쪽을 올려다보고는 고개를 갸웃 기울였다.

"뭐? 내가 바다를 보고 싶다고 했는데? 그러니까 억지를 부린 내 잘못이잖아? 카노푸스가 책임질 것은 하나도 없어."

"무슨 말씀이십니까! 전하의 그 어설픈 연기에 속은 기사는 한 명도 없습니다!"

"에이, 그렇게 말하면 상처받는다고. 이렇게 된 거 반대로 연기라고 인정 안 할 거야. 나는 바다가 보고 싶었어."

"아직도 그렇게 말씀하시는 겁니까! 전하, 몇 번을 말씀드리면 이해해주실 겁니까!!"

세라피나 님은 한 번 더 나를 힐끗 쳐다보고는 명백하게 거짓임을 알 수 있는 온순한 표정으로 슬픔에 잠긴 목소리를 냈다.

"몇 번을 말해도 모를 것 같아. ……이해력이 부족해서 미안해, 카노푸스. 당신이 고생이 많구나."

"전하!! 그러한 연기는 필요 없습니다! 아아, 정말. 진짜로. 희대의 대성녀가 대체 뭘 하시는 겁니까!!"

어디까지나 당신 혼자의 책임이라며 양보하지 않는 세라피나 님을 향해 무심코 날카로운 목소리가 나갔다.

이 이상 어떻게 대응해야 할지 알 수 없어서 난처해진 나를 향해 세라피나 님은 생긋 웃었다.

"뭘 하는 거냐니, ……그야 카노푸스의 영지를 조금이라도 빨리 보고 싶었는걸. 그래서 살짝 서둘렀을 뿐이야."

"살짝? 살짝입니까? 하하하하하하하, 말을 몇 마리씩 갈아타시면서 휴식도 없이 꼬박 이틀 동안 달려오신 것을 '살짝'이라고 표현하시는 겁니까?! 무슨 망발이십니까!!"

서덜랜드 방문의 책임에 대하여 이야기하고 있었던 게, 나도 모르게 세라피나 님의 화제로 넘어가 버렸다.

오는 길에 세라피나 님의 뺨이 가지에 긁히거나 말이 진창에 발을 헛디디는 등 몇 번이나 가슴이 철렁해지는 일이 있었다는 걸 떠올렸기 때문이다.

"……잘못했어."

내 말투는 내가 생각했던 것보다 더 강했던 모양이다. 진심으로 화낸다고 생각하신 건지 세라피나 님이 시무룩해졌다.

자신의 미숙함에 무심코 한숨을 쉰 다음 세라피나 님 앞에 무릎을 꿇었다.

"전하, 저에게 전하보다 더 중요한 존재는 이 세상에 하나도 없습니다. 그러니, ……부탁이니 무모한 짓을 하시기 전에 제가 무엇을 위해 이곳에 있는지를 생각해주십시오. 저는 전하의 호위 기사입니다. 전하를 돕고, 지키기 위한 존재입니다."

"……알아. 충동적인 행동을 저질러서 미안해."

진심으로 미안하다고 생각하신 듯 세라피나 님은 한 번 더 사과하셨다.

시무룩하게 고개를 숙인 세라피나 님을 보고 작게 한숨을 쉬었다.

……세라피나 님이 진심으로 잘못했다고 여긴다는 건 안다.

하지만 같은 일이 일어나면 세라피나 님은 또 같은 행동을 취하실 것이다.

그때 결코 사전에 상담하실 리도 없다.

왜냐하면 나는 반드시 막을 테니까.

이번 건도 사전에 상담을 받아 냉정하게 판단할 수 있는 시간과 기회가 주어졌다면 나는 막았을 것이다.

나에게는 세라피나 님이 무엇보다 소중하니까.

그래서, 그러한 모든 것을 알면서 세라피나 님은 혼자 결단을 내리고 나에게 책임이 가지 않는 범위에서 무모한 짓을 행하신 것이다.

나는 크게 한숨을 쉰 다음 세라피나 님을 정면으로 바라보았다.

오늘은 여기까지 해 두어야겠지.

이 이상 이야기해봤자 평행선을 달려서 아무것도 개선되지 않을 테고, 세라피나 님은 몹시 지치신 상태다.

나는 일단 대화를 마무리 짓기 위해 다시 입을 열었다.

"이해해주신 것 같아 안심했습니다."

그리고는 머리를 땅에 닿을 정도로 푹 숙였다.

"지엄하신 대성녀이자 왕국의 제2왕녀이신 세라피나 나브 전하께서 제 영지를 방문해주신 것을 마음 깊이 감사드립니다. 저희 영지민 일동은 전하의 방문을 진심으로 환영합니다."

물론 이런 말로는 우리 일족의 감사는 눈곱만큼도 전해지지 않는다.

나는 무례하게도 등 뒤의 문을 살짝 열어서 웃는 얼굴로 이쪽을 들여다보고 있는 주민들에게 말했다.

"서둘러 환영 연회 준비를 해 줘. 우리의 감사의 마음을 대성녀님께 전달해야지."

내 말을 듣자 문 주변에 있던 주민들은 쏜살같이 달려갔다.

다들 몹시 기뻐하면서 서둘러 연회를 열 것이 분명하다.

나는 한쪽 손을 내밀어 세라피나 님을 일으켜 세운 뒤 조금 전 지나온 정원으로 다시 안내해드렸다.

"괜찮으시다면 한 번 더 주민들 앞에 모습을 보여주실 수 있겠습니까? 다들 당신의 모습을 다시 보고 싶어 합니다."

"어머나, 기뻐라! 나도 주민들을 만나고 싶어."

세라피나 님이 극도로 피로한 상태인 건 틀림없지만, 주민들의 흥분과 환희를 생생하게 느끼는 이 상황에서는 쉬라고 해봤자 얌전히 들을 리가 없다.

그렇다면 반대로 자리에 앉히고 먹을 것으로 배를 채우며 여유로운 시간을 보내는 상황을 만들어드리는 게 상책이다.

녹초가 된 세라피나 님은 말씀드리지 않아도 잠들어버리실 테지.

정원으로 나오자 세라피나 님을 발견한 주민들이 앞다퉈 모여들었다.

"대성녀님, 저희를 구해주셔서 감사합니다!"

"대성녀님, 동생을 살려주셔서 감사합니다!"

"대성녀님, 무척 바쁘시다고 들었는데 그렇게 엉망진창인 모습으로 와주시다니. 감사합니다!"

"자, 잠깐! 마지막 사람 잠깐! 어, 나 엉망진창이야? 어, 어떡해. 보기 흉해서 미안해라."

당황하며 손으로 머리카락을 빗는 세라피나 님을 보고 다들 웃음을 터트렸다.

"엉망진창인 대성녀님은 그렇지 않은 대성녀님보다 몇 배는 아름다우십니다! 저는 대성녀님만큼 아름답고 고상하고 저희를 사랑해주시는 왕족을 달리 모릅니다."

"저희 일족은 사멸한다 해도, 마지막 한 명이 될 때까지 대성녀님께 충성을 맹세합니다."

주민들의 말을 들은 세라피나 님은 난처한 듯 웃었다.

"어어, 나는 내가 할 수 있는 일을 한 것뿐이야. 요리사는 요리를 만들잖아? 나는 성녀니까 사람들을 치료한 거지. 그게 다야."

하지만 당연하게도 아무도 세라피나 님의 말에 동의하지 않았다.

……네, 그렇죠. 성녀라면 치료하려고 하겠죠.

하지만 세라피나 님처럼 목숨을 걸며 이틀 밤낮을 말을 달린다는 어마어마하게 무모한 짓을 하면서까지 치료하려고 하는 성녀는 또 없을 겁니다.

변이해버린 이 황문병을 치유하기 위해서는 병의 구조를 이해하고 새로운 술식을 만들어내야만 하니, 지금 이 시점에선 세라피나 님 말고는 치유할 수 없을 겁니다.

———세라피나 님, 당신이 성녀의 힘을 성장시키기 위해 얼마나 많은 노력과 결의를 하셨는지.

주민들은 실제로 세라피나 님의 노력을 목격하지 못했지만, 이토록 탁월한 능력이 가만히 있어도 저절로 생긴다고 생각하는 사람은 아무도 없을 것이다.

당신의 능력은 당신이 노력해온 산물입니다.

당신이 한 것은 당신 말고는 아무도 할 수 없는 일입니다.

하지만 그 기적을 발동시킨 대성녀는 자신의 공적을 모른다는 듯 아이들에게 둘러싸여 방긋방긋 웃고 있었다.

"대성녀님! 대성녀님은 바빠서 금방 돌아가신다고 들었어요. 꼭 또 와주세요."

"서덜랜드의 바다는 아주 기분 좋아요! 다음에는 꼭 바다에 들어가 보세요."

"다음에야말로 햇빛을 반짝반짝 반사하는 하얀 벽이 즐비한 거리 풍경을 천천히 돌아봐 주세요!"

'와주세요!', '와주세요!'라며 아이들이 연호했다.

세라피나 님은 작게 고개를 기울인 후 즐겁다는 듯 후후후 웃었다.

그리고는 정원을 한 바퀴 둘러본 뒤 정원 구석에 심겨 있는 나무 앞으로 걸어가 어린 가지를 뚝 꺾었다.

"내가 방문했다는 기념으로 이 가지를 심어도 괜찮을까?"

세라피나 님이 묻자 다들 기뻐하며 눈을 빛냈다.

"중앙에, 정원 중앙에 심어주세요!"

"다들 이 나무를 알아볼 수 있도록 정원 한가운데에 심어주세요!!"

"어? 그건 아무래도 방해되지 않을까?"

난처한 듯 중얼거리는 세라피나 님에게 내가 옆에서 끼어들었다.

"세라피나 님, 부디 중앙에 심어주십시오. 이 저택 부지의 소유자인 저도 꼭 부탁드립니다."

"카노푸스도 참! 당신은 내 지나친 행동을 막는 역할 아니었어?"

웃음을 터트리는 세라피나 님을 보며 나도 웃었다.

"언제나 자중하지 않으시는 전하께서 그런 말씀이라니……. 부디 훗날 많은 사람이 그 나무를 에워쌀 수 있도록 정원 중앙에 심어주십시오."

조르는 아이들과 내 말에 꺾여버린 듯, 세라피나 님은 아이들과 함께 정원 중심에 나무를 심으셨다.

아이들은 기뻐하며 막 심어진 어린나무 주위의 흙을 탁탁 두드리기도 하고 물을 주기도 했다.

세라피나 님은 만족스러운 듯 그 모습을 바라본 뒤 아이들을 향해 물었다.

"이 작은 나무는 아델라 나무의 가지인데, 아델라 나무가 뭔지 아니?"

"알아요! 아주 예쁜 붉은색 꽃이 피어요!"

"지금이 꽃이 필 계절이예요. 저기 보세요! 활짝 펴서 아주아주 예뻐요!"

아이들의 말에 돌아본 세라피나 님은 가지를 꺾었던 그 나무에 시선을 주고는 기쁘다는 듯 웃었다.

"그래, 만개했구나. 여기는 따뜻하니까 왕도보다 개화 시기가 빠르네. 후후, 딱 좋은 시기에 왔어."

기뻐하며 아델라 꽃을 바라보는 세라피나 님을 향해 아이들은 잇달아 자기가 아는 정보를 피로했다.

"붉은 꽃은 좋은 향기도 나요!"

"붉은 꽃은 대성녀님의 머리카락과 같은 예쁜 붉은색이에요!"

세라피나 님은 아이들의 머리를 쓰다듬며 감탄한 듯 고개를 끄덕였다.

"와, 다들 똑똑하구나. 그래. 아델라 나무에는 저렇게 붉은 꽃이 피지. 이 어린나무가 크게 자라서 예쁜 꽃이 필 무렵에, ……붉은 꽃의 색을 보고 나를 떠올려줄 때 한 번 더 서덜랜드에 올게."

""""대성녀님!!!""""

모든 아이들이, 그리고 아이들의 뒤에서 귀를 기울이고 있던 어른들마저 기쁨이 큰 나머지 커다란 목소리로 존칭을 불렀다.

세라피나 님은 생글생글 웃으면서 장난스럽게 새끼손가락을 얼굴 높이까지 들어 올렸다.

"여러분과 내가 나눈 약속이야."

이보다 더 밝을 수 없을 미소를 지으며 환희하는 서덜랜드 주민들과 그걸 웃으면서 바라보는 세라피나 님.

……이때, 세라피나 님은 틀림없이 주민들과 진심으로 약속하고 이 땅을 다시 찾아오실 생각이셨을 것이다.

하지만 그 약속이 이뤄지는 일은 끝내 없었다……….

◇ ◇ ◇

그 후 바로 연회가 열렸다.

세라피나 님은 바쁘기 때문에 이번 방문에서는 이 연회 말고는 대접해드릴 기회가 없다는 걸 이해하고 있는 주민들은 서둘러 세라피나 님의 자리를 마련했다.

정원 한구석에 색색의 예쁜 천을 깔고, 그 위에 고운 자수를 놓은 쿠션을 여럿 겹쳐놓았다.

세라피나 님은 그 쿠션을 보고 눈을 반짝반짝 빛냈다.

"와, 낙도의 전통 기술이구나. 아름다워!"

고향의 기술을 칭찬해주는 것이 기쁘지 않을 리 없다.

주민들은 싱글벙글 웃으면서 세라피나 님을 자리로 안내했다.

세라피나 님이 막 자리에 앉으려고 하는 타이밍에 잇달아 요리를 가져오기 시작했다.

우선은 빨리 준비할 수 있는 것을 모은 모양이었다.

오늘의 아침 식사로 먹기 위해 어젯밤 구워둔 빵에 아침에 캔 야채로 만든 샐러드, 하룻밤 숙성시킨 수프와 갓 구워낸 고기.

보통은 오랫동안 끓여서 흐물흐물하게 만들어 먹는 생선도 담백하게 구운 상태로 내놓았다.

세라피나 님은 그 요리를 보더니 들뜬 목소리를 냈다.

"어머나, 정말 맛있어 보여! 지난 이틀간 제대로 된 식사를 못 했으니 오늘은 얼마든지 먹을 수 있을 것 같아! 고마워, 다들."

"대성녀님께서 드셔주신다니 이보다 기쁘고 명예로운 일은 없습니다! 주방에서는 요리사가 실력을 발휘하고 있으니 앞으로 더 많은 요리가 나올 겁니다."

"와, 기뻐라!"

세라피나 님은 그렇게 말하며 눈앞에 놓인 달걀 요리를 입에 쏙 가져갔다.

흠칫 놀라서 반사적으로 달려간 나를 눈짓으로 제지하더니 세라피나 님은 '마력 회복약을 먹었으니까 괜찮아' 하고 작게 소곤거렸다.

왕족은 언제든 독살당할 위험이 있다.

제2왕녀인 세라피나 님도 마찬가지다.

단, 세라피나 님은 강력한 성녀이기 때문에 독에 당해도 문제가 없다.

독이 체내에 들어온 순간, 의식하지 않아도 성녀의 힘이 알아서 해독하기 때문이다.

그러나 마력 고갈 상태일 때는 예외다.

확실히 세라피나 님은 마력 회복약을 먹었지만 그건 방금 전이다.

그것도 마력이 천천히 회복되는 타입의 약을 복용하셨다.

만약 독을 먹었을 경우, 스스로 해독할 수 있을 만큼 마력이 회복되었는지는 판단할 수 없다.

내가 걱정을 하거나 말거나 세라피나 님은 다양한 요리를 한 입씩 열심히 맛보셨다.

……네, 압니다. 알고 있습니다.

이런 짧은 시간에 요리가 나온 것을 봐도 분명 각 요리는 다른 요리사가 만들었을 테고, 요리에 사용된 재료도 다른 사람이 제각기 모아온 것일 테지.

그러니 사람들의 마음을 받아들이기 위해서도 다양한 요리를 드시는 건 압니다.

하지만 그만큼 독이 들어있을 위험은 높아지는 셈인데…….

"카노푸스, 미간에 주름이 자글자글해. 당신도 이쪽에 앉아."

나도 모르게 식사하는 세라피나 님을 눈 한 번 깜빡하지 않을 만큼 뚫어져라 쳐다보고 있었더니 가까이 오라는 부름을 받았다.

평소에는 사양할 테지만 더 가까운 곳에서 경호하고 싶다는 마음이 이기는 바람에 세라피나 님의 대각선 뒷자리에 자리를 잡았다.

이 땅에서는 영주라는 지위이기 때문에 세라피나 님을 곁에서 모신다고 해도 불경하진 않을 것이다.

마침 자리에 앉았을 때 주민들 너머에서 족장님이 달려오는 게 보였다.

족장님은 황문병을 앓지 않았기 때문에 이 저택에는 머무르지 않았을 것이다.

아마 자택에서 허둥지둥 달려온 거겠지.

족장님은 세라피나 님의 조금 앞에서 멈춰선 후 지면에 이마를 문지를 기세로 넙죽 엎드렸다.

"대성녀님, 일족을 구해주셔서 진심으로 감사드립니다. 저희 일족은 미래영겁 대성녀님께 감사와 충성을 맹세합니다."

"족장인 거지? 괜찮아, 머리를 들어줘. 고마워해야 할 사람은 나야. ……일족을 이끌고 이 나라를 지탱하는 한 축이 되어주어서 고마워. 내가 국민을 구하는 건 당연한 일이야. 우리는 서로 도우면서 살아가는 거니까, 할 줄 아는 사람이 할 수 있는 일을 하는 것뿐인걸."

생긋 웃는 세라피나 님을 보고 족장님은 순간 말문이 막히더니, 감격에 겨운 듯 입을 열었다.

"이, 이, 이렇게 존엄하신 말씀을……. 저, 저희를 국민이라 불러주시다니……. 서, 서로 돕는다고……. 아아, 야, 약속드립니다! 저희 일족은 결코 이 나라에서 누구와도 싸우지 않겠습니다. 모든 이와 서로 도우며 살아가겠습니다."

"……으음, 마음에 안 드는 일이 있다면 제대로 싸우는 것도 좋다고 보는데. 나도 종종 참지 못하고 카노푸스와 말싸움을 하거든."

족장님의 열의에 기가 죽은 세라피나 님은 동요하신 건지 필요 없는 정보까지 입에 담았다.

그 말을 들은 내 미간에 깊은 주름이 파였다.

……왜 여기서 나와 말싸움한 걸 예시로 드시는 거지?

모처럼 세라피나 님께서 근사한 이야기를 하셨는데 감동이 반감되어버리잖아.

나도 모르게 눈을 흘기며 바라보자 세라피나 님은 즐겁다는 듯 후후후 웃었다.

"이거 알아? 족장. 카노푸스는 참 상냥해. 나와 말싸움을 한 뒤에는 반드시 반성하면서 자기가 잘못했다고 사과하거든. 가끔 말이 부족해서 '왜 이런 짓을 하는 거지?'라는 생각을 하지만 매번 결과를 보면 날 위한 일이더라. ……분명 이 평온하고 풍요로운 땅이 카노푸스를 키운 거겠지. 고마워, 족장. 이렇게 멋진 기사를 나에게 보내줘서."

"………………."

"………………."

……세라피나 님은 정말 비겁하다.

이렇게 갑자기, 아무런 맥락도 없이 경애하는 주인에게서 최상급의 칭찬을 받으면 나는 어떻게 해야 하지?

족장님은 진심으로 부러워하는 눈빛으로 나를 보았다.

"세, 세라피나 님……."

해야 할 말이 떠오른 것도 아니었지만, 이 상황을 견딜 수 없어서 이름을 불렀다.

그러자 세라피나 님은 무언가가 떠올랐다는 듯 '아' 하고 짧은 감탄사를 흘렸다.

"맞다, 족장. 조금 전 주민들의 황문병을 치료했으니까, ……사람들의 몸속을 회복 마법이 지나가는 과정을 체험했으니까 이 병을 완전히 이해할 수 있었어. 그러니까 나는 전용 회복약을 만들 수 있게 되었거든? 왕성에 돌아가면 약을 만들어서 보낼게. 앞으로도 발병자가 나올 테지만, 발병 직후의 가벼운 시기라면 약으로 충분히 나을 거야."

"가, 감사합니다! 하, 하나부터 열까지, 정말로 감사드립니다!"

족장의 머리는 완전히 바닥과 밀착해버렸다. 지나친 수준이다.

하지만 그것도 어쩔 수 없다는 생각이 들었다.

누구보다도 존엄하고 나라의 보배라 불리는 대성녀님.

그 대성녀님이……

───자신들을 위해 무리해가면서, 비틀비틀거리면서 멀리 서덜랜드까지 달려와 주었다.

───아무도 낫게 할 수 없었던 병을 치유하고 멸망이 예정되어 있던 일족을 구해주었다.

───천시당하며 동급으로는 절대 인정받지 못했던 우리를 같은 국민으로 부르고 자비를 베풀어주었다.

───더군다나 우리의 미래까지 염려하여 앞으로 발병할지도 모르는 사람을 위해 약까지 만들어서 보내주신다니.

……아아, 나에게는 미래가 보인다.

여태껏 세라피나 님이 치유하신 다른 사람들과 마찬가지로 족장을 비롯한 일족 모두가 이 고귀하고 자비로운 대성녀님에게 빠지고, 심취하고, 숭상할 미래가.

작은 한숨을 뱉은 그때 악기 소리가 울리기 시작했다.

세라피나 님에게 보여드릴 춤이 시작되는 모양이었다.

우선은 개막 무대로서 아이들이 화려한 색의 민족의상을 입고 열을 맞추며 춤을 추었다.

세라피나 님은 귀여운 아이들의 모습에 매료된 듯 눈을 반짝반짝 빛내며 보고 있다.

"세상에, 귀여워라! 으으음, 저건 해파리 춤이구나?"

번뜩였다는 듯 입을 연 세라피나 님 앞에서 나는 냉정하게 대답했다.

"수중생물을 본떴다는 발상은 훌륭하십니다. 단, 저건 해파리가 아니라 돌고래입니다."

"어, 으응, 크게 분류하면 해파리와 돌고래는 같은 거니까."

"……죄송합니다. 그러한 분류법은 제가 이해할 수 있는 범주가 아니군요."

한층 입을 열려고 한 세라피나 님을 가로막듯이 주민들이 끼어들었다.

"대성녀님, 새 요리가 완성되었습니다! 이건 저희의 전통 요리인데, 심해에 사는 조개를 밀가루와 함께 구운 거예요!"

"와, 처음 보는 요리야. 심해라면 얼마나 깊은 거지?"

"성인 중에서도 특히 잠수가 특기인 사람만이 도착할 수 있을 만큼 깊은 바다입니다. 저희의 손에는 물갈퀴가 있기 때문에 깊은 바닷속으로 잠수할 수 있죠. 저희 일족 말고는 이 조개를 캐올 수 있는 사람이 없습니다."

"어머나, 그럼 이 조개는 아주 귀중한 거구나…… 합. 헉, 뭐야. 이게 뭐야! 맛있어! 독특한 식감에 조금 씁쓸하지만 맛있어! 아아, 이런 요리라면 매일이라도 먹을 수 있겠는데? 이 요리는 이름이 뭐야?"

세라피나 님은 반짝이는 눈으로 흥미진진하게 주민들에게 물었다.

주민들은 기쁘다는 듯, 자랑스럽다는 듯 대답했다.

"오아춘입니다."

"와츄란 말이지. 외웠어."

"후후후, 대성녀님. 조금 틀렸어요."

다 함께 웃고 있었더니 어린아이들이 다가왔다.

"대성녀님, 꽃! 꽃 받으세요!"

"대성녀님, 저는 화관을 만들었어요. 노란색 꽃이니까 붉은 머리카락에 잘 어울릴 거예요."

아이들의 손을 보자 틀림없이 영주관의 화단에 피어있었던 것 같은 꽃들이 산더미처럼 들려있었다.

……음, 못 본 걸로 하자.

순간 이마에 핏줄이 돋아난 정원사의 모습이 떠올랐지만 고개를 저어서 쫓아냈다.

세라피나 님은 즐거워 보이시고, 주민들도 더없이 행복해 보인다.

오늘은 무언가를 혼내는 날이 아니다.

아이들의 춤이 끝나고 다음으로 춤을 출 무용수들과 교대한 그때, 우리는 세라피나 님이 쿠션에 파묻혀 있는 걸 알아차렸다.

세라피나 님은 아이들에게 받은 꽃을 쥐고 머리에는 화관을 놀려놓은 채 기절하듯이 잠들어있었다.

"생각했던 것보다 더 버티셨군. ……이틀 밤낮을 계속 말을 타고 달리셨고, 마력 고갈을 일으킬 때까지 힘을 사용하셨다. 한계셨던 거지. 깨우지 마라."

내 말에 주민들이 반대할 리가 없었다.

그 후 나는 세라피나 님에게 바치는 춤을 세라피나 님 대신 여러 곡 감상했다.

적절한 시기를 봐서 세라피나 님을 안아 들자 주민들이 깜짝 놀란 듯 달려왔다.

"너희들에게는 미안하지만 대성녀님께서는 돌아가실 시간이다. 남은 시간은 이틀 반나절밖에 없어. 세라피나 님께선 앞으로 반나절 더 머무르고 싶다고 하셨지만, 그렇게 했다간 세라피나 님은 돌아가실 때도 오실 때와 마찬가지로 목숨을 걸고 이틀 내내 말을 달리셔야만 하지."

거기까지 설명한 뒤 나는 말의 등자에 발을 걸치고 세라피나 님을 안은 채 말에 올라탔다.

"오실 때는 속도가 느려진다고 나와 합승하는 것조차 거부하셨지만, 지금 대성녀님께서는 몹시 피곤하시다. 분명 꼬박 하루 동안 눈을 뜨지 않으시겠지. 그러니 그동안은 나와 함께 이동하면서 쉬게 해드리려고 한다."

"아아, 그렇다면 남은 이틀 반나절 동안은 카노푸스 님께서 대성녀님을 태우고 성으로 돌아가시는 거죠? 카노푸스 님, 절대로 대성녀님을 떨어트리면 안 됩니다!"

주민의 말을 들은 나는 무심코 얼굴을 찌푸렸다.

……이게 대체 무슨. 벌써 시작된 건가.

나는 얼굴을 잔뜩 찡그리고는 주민들에게 말을 걸었다.

"내 이야기를 제대로 들었어? 나는 하루 동안 대성녀님을 태우고 이동한다고 했다. 이틀 반나절이 아니라. 너희들은 눈치채지 못한 것 같지만 나도 지금까지 이틀 반 동안 한숨도 못 잤어. 나를 너무 부려 먹는 것 아닌가?"

"하지만 카노푸스 님은 기사잖아요! 기사는 왕녀님을 지키는 법이에요!! 게다가 카노푸스 님께서 대성녀님은 몹시 피곤하다고 말씀하셨잖아요! 대성녀님을 쉬게 해주세요! 카노푸스 님이라면 앞으로 이틀 정도는 안 주무셔도 괜찮습니다!"

……왔군.

나는 주민들의 극단적인 변화에 부루퉁한 표정을 지었다.

지난번에 방문했을 때까지는 '카노푸스 님, 카노푸스 님' 하면서 따르고 존중해주던 주민들이 세라피나 님을 앞에 두자마자 나를 막 대하기 시작했다.

익숙한 광경이긴 하지만, 설마 나의 동포이자 내 영지의 주민들마저 이렇게 될 줄이야…….

나는 기가 막힌다는 듯 작게 고개를 내저은 후 한 번 더 발버둥 쳐보기로 했다.

"그──, 뭐냐. 아무리 나라고 해도 닷새 동안 자지 않고 이틀 이상 대성녀님을 계속 안고 가는 건 불가능할 거다. 그러니까……."

영지의 영주님이 발언하는 도중인데도 주민들은 가차 없이 발언을 끊었다.

"무슨 한심한 말씀을 하시는 거예요! 이렇게 어리신 대성녀님이 자지도 쉬지도 않고 이틀이나 열심히 달려오셨잖아요! 대성녀님의 두 배는 더 무게가 나가는 카노푸스 님이라면 두 배는 더 오래 움직일 수 있을 게 분명하지 않습니까!"

"……진정하고 들어봐. 너희는 모르는 것 같지만 체중과 노동량 사이에 상관관계는 없어."

지극히 타당한 말을 하고 있는데 아무도 들어주는 사람이 없다.

"실망입니다, 카노푸스 님! 조금 못 잔 정도로 약한 소리를 하시다니, 사람을 잘못 봤군요!!"

"조금이라니, ……꼬박 이틀 동안이었고 계속 말을 타고 달렸다고. 너, 너희들은 자지 않고 똑같은 걸 한 번 더 하라는 말을 하는 거야."

주민들의 상식에 호소하려고 해봤지만 내 말은 아무에게도 가닿지 않은 모양인지, 다음 방문 이야기로 화제가 넘어가 버렸다.

"카노푸스 님, 다음에 돌아오실 때는 꼭, 꼭 대성녀님을 데리고 와주세요!"

"약속입니다!"

"아, 아니, 대성녀님은 바쁘신 분이야. 게다가 저 나무도 그렇게 금방 꽃이 피진 않을 거라고."

나는 쩔쩔매면서 주민들의 기세에 밀리지 않도록 방어했다.

"그렇다면 카노푸스 님도 곁에서 모시면서 바쁘신 대성녀님을 지켜드려야겠네요!"

"그래요. 대성녀님께 무슨 일이 있으면 큰일이니까요! 저희 대신 가장 가까운 곳에서 지켜주세요!"

"와, 내 영지민들이 대성녀님 없이는 영지에 돌아오지 말라고 하고 있잖아!!"

농담처럼 푸념을 던져보자 내 말을 들은 영지민들은 고개를 주억거렸다.

"역시 카노푸스 님! 이해력이 뛰어나십니다!"

"대성녀님과 함께 돌아오시는 날을 기대하고 있겠습니다!!"

"……………."

……이렇게 완벽하게 패배해버린 나는 세라피나 님과 동행하지 않으면 내 영지에도 돌아오지 못하는 신세가 되고 말았다.

보란 듯이 '하아……' 하고 크게 한숨을 다음, 나는 주민들에게 작별을 고하고 말을 달렸다.

주민들과 헤어져 모습이 보이지 않게 된 뒤에도 계속 '대성녀님, 감사합니다!!'라는 목소리가 등 뒤에서 들려왔다.

……나는 말을 달리며 품속에 안은 세라피나 님을 내려다보았다.

세라피나 님은 새근새근 안온한 숨소리를 흘리고 있지만, 눈밑에는 선명한 다크서클이 생겼고 고삐를 계속 쥐었던 손가락은 거칠거칠해졌다.

……정말이지 매번, 무모하시다니까.

나는 나도 모르는 사이에 깊은 한숨을 쉬었다.

……세라피나 님은 늘 자신의 한계를 넘으면서까지 노력하려고 하신다.

아아, 역시 내가 곁에서 지켜드려야겠어…….

나는 맑게 갠 하늘을 올려다보았다.

그리고 고작 몇 시간 전에 있었던 일을 떠올렸다.

———새벽하늘 아래, 모든 주민을 살려낸 세라피나 님의 신성한 모습을.

나를 멋진 기사라고 칭찬해주셨을 때 세라피나 님이 지은 미소를.

───나는 좋은 주인을 두었다.

진심으로 그렇게 생각했다.

그리고 그렇게 생각할 수 있는 자신은 정말로 행복하다고 느꼈다.

문득 세라피나 님의 호위 기사로 선택받은 날을 떠올렸다.

그날, 기사단 부총장은 훌륭한 검 한 자루를 건네며 나에게 호위 기사의 마음가짐을 가르쳤다.

『왕족의 호위는 목숨을 걸어야 하는 일이다. 결코 목숨을 아끼지 마라.』

───말할 필요도 없다.

나는 절대로 목숨을 아끼지 않는다. 반드시 세라피나 님을 위해 목숨을 바치리라.

───그때의 나는 진심으로 그렇게 생각했다.

설마 이 맹세를 이루지 못하고 세라피나 님을 홀로 죽게 만들어버리는 미래가 찾아올 줄은, 이때의 나는 상상조차 하지 못했다…….

───하지만 현실은 언제나 상상보다 잔인하다.

나에게 남은 정신이 아득해질 만큼 기나긴 시간, 이뤄지지 않는다는 걸 알면서도 계속 맹세했다.

『한 번 더 당신을 모실 수 있다면 이번에야말로 누구에게서든,

어떤 것에서든, 이 세상 모든 것으로부터 당신을 지키겠습니다.』

———그것은 나의 기도의 말이 되었다.

그저 구원을 청하듯이 기도하는 나날.

………그런 나날도 죽음이라는 해방으로 끝을 고했다,
………고. 그렇게 생각했던 것 자체가 꿈이었던 것인지.

혹은 지금 보고 있는 것이 꿈인 것인지.

꿈속의 나는 붉은 머리카락, 금색 눈동자를 지닌 여성 기사의
동료로서 함께 일하고 있었다.

어떻게 된 일인지 이 붉은 머리카락의 기사는 주민들에게 그분
의 환생이라고 인지되고 있었다.

확실히 외모상의 색과 기본적인 성격은 비슷하지만……. 그런
생각을 하고 있다가, 문득 붉은 머리카락의 기사가 어디에도 보
이지 않는다는 걸 깨달았다.

가슴이 술렁거려서 찾으러 갔더니 뒷골목에서 주민들 사이에
둘러싸여 있는 걸 발견했다.

말 그대로 유괴 직전의 분위기를 보고 한 걸음 내디디려 했으
나, 주민들의 부주의로 목적은 달성되지 않았다.

안도한 것도 잠시, 붉은 머리카락의 기사는 유괴하려고 한 상
대를 쫄랑쫄랑 따라갔다. 제정신인가.

나중에 주의를 줘야겠다고 다짐하면서 뒤를 따라갔다.

도착한 곳은 동굴이었다.

내 이성이 남아있는 것도 거기까지였다.

———어둑한 동굴 속, 많은 사람들에게 둘러싸인 붉은 머리카

락의 기사를 본 순간 갑자기 이성이 끊어졌다.

긴 시간 동안 내가 몇 번이고, 몇 번이고 상상한 그분의 마지막 모습과 비슷한 구석이 있었기에.

별안간 의식이 각성한 것처럼 선명해졌다.

유리 너머로 들여다보고 있던 것 같은 풍경이 선명한 색을 띠기 시작했고, 감정도 내 것인 양 가슴에 와닿았다.

『……나는, 누구지? ……내 역할은, 뭐지?』

머릿속으로 같은 질문이 반복되었지만, 그 대답이 나오기도 전에 한층 강한 목소리가 울려 퍼졌다.

『구해야 해!』

『누구에게서든, 어떤 것에서든, 이 세상 모든 것으로부터 지켜야 해!』

───그렇게 하지 않으면 또, 그분을 잃어버릴 거다!

기나긴 절망의 나날을 떠올리고 순식간에 전신이 얼음장처럼 싸늘해졌다.

갑작스럽게 밀려든 격렬한 두통과 구역질에 더해 누구의 것인지 알 수 없는 기억이 흘러들어왔다.

───침착하자. 이 절망의 나날은 누구의 기억이지?

확실히 머릿속 일부에서는 그런 냉정한 목소리가 들리는데, 몸도 마음도 누구의 것인지 모를 기억에 끌려갔다.

초조한 감정대로 검을 빼 들고 주민들에게 공격을 가하면서도 역시 꿈인 건지, 그 몸은 내 것과 달리 뜻대로 움직여지지 않았다.

순식간에 주민들에게 당하고 말았다.

『……아아, 이럴 수가. 나는 또 지켜드리지 못하는 건가.』

의식을 잃기 직전에 보인 것은 걱정하듯 나를 살펴보는 기사………, 새벽하늘의 머리카락과 금색 눈동자…….

———이것은 꿈인가.

다시, 그분을 잃는 꿈.

다음에 눈을 떴을 때 내가 느끼는 것은 변함없는 후회와 죄책감인 걸까…….

"……라, ……피…… 님, ……물러나십……."

욱신거리는 머리, 몽롱해지는 의식 아래에서 가까스로 중얼거린 그분의 이름은 바람에 녹아버렸다.

28 서덜랜드 방문 3

"카티스 단장님!"

나는 큰 목소리로 카티스 단장님의 이름을 불렀다.

바닥에 쓰러진 카티스 단장님의 눈은 완전히 감겨 있었다.

피를 너무 많이 흘린 건지 안색이 창백하다.

이대로 내버려 두는 건 위험해…….

나는 쪼그려 앉아 단장님의 몸에 손을 댄 후 부자연스럽게 보이지 않도록 표층의 상처만 남기고 부상을 치유했다.

단장님의 의식을 깨울 수도 있지만, 지금은 필요 없다고 판단하고 자연스럽게 눈을 뜨는 걸 기다렸다.

나는 카티스 단장님에게 손을 댄 채로 에리얼을 돌아보았다.

"에리얼, 확실히 먼저 검을 뽑은 건 카티스 단장님이지만 너무 지나쳤어요! 아무리 환자들을 지키고 싶었다고 해도 과잉 방어잖아요!"

날카롭게 노려보며 질책하자 에리얼은 동요한 듯 시선이 이리저리 흔들렸다.

"아, 아, 아닙니다! 저희가 지키고 싶었던 건 대성녀님입니다! 저 하늘색 머리의 기사가 갑자기 악마의 환생인 것 같은 얼굴로 검을 빼 들어서 당신을 향했기에, 어떻게든 지켜드려야만 한다고 생각한 겁니다!!"

"네? 저, 저는 대성녀가 아니예요!"

반사적으로 부정한 뒤 내 역할을 떠올리고 정정했다.

"앗, 아뇨, 대성녀일지도 모르죠. ……왜 그렇게 생각한 거예요?"

지금까지 보인 반응을 봐선 에리얼 일행이 나를 대성녀라고 믿는 분위기가 아니었다.

그래서 영락없이 내가 대성녀의 환생이라는 이야기를 아직 못 들은 것이라고 생각했는데 이미 알고 있는 걸까?

"새벽하늘과 같은 붉은 머리카락을 지녔고, 환자들을 본 순간 당신은 병을 이해하신 표정을 지었습니다. 그 얼굴을 보고, 저는, ……저희들은, 당신이 언젠가 돌아와 주신다고 약속하신 대성녀 님이라고 확신했습니다."

그렇게 말하더니 에리얼을 비롯한 모든 호위 담당 주민들은 그 자리에 무릎을 꿇었다.

그리고는 땅바닥에 두 손을 짚고 머리를 한없이 숙인 뒤 사죄했다.

"정말로 죄송합니다!! 이토록 훌륭한 머리카락을 지니셨는데 대성녀님이라는 걸 눈치채지 못하고 온갖 무례를 저질렀습니다!! 부디, 부디 용서해주십시오!!"

"용서할 리 없지 않나!"

즉각 부정하는 목소리가 날아왔다.

놀라서 돌아보자 혼수상태였던 카티스 단장님이 상반신을 일으켜 에리얼을 노려보고 있었다.

카티스 단장님은 몸에서 피를 흘리고 안색도 창백했지만, 그 눈동자는 조금 전과 달리 의지의 힘으로 넘쳐흘렀다.

"네놈들은 지엄하신 대성녀님께 용서받을 수 없는 폭거를 저질렀다! 대성녀님께서 서덜랜드의 주민에게 무엇을 해주셨는지 다시 한번 떠올려라! 떠올렸으면 신께 기도해라! 내가 고통스럽지 않게 저세상에 보내주마."

그렇게 말하며 카티스 단장님은 나를 감싸는 듯한 위치에 서더니 떨어져 있던 자신의 검을 주워들었다.

검을 든 카티스 단장님을 본 나는 위화감을 느꼈다.

……누구지? 이거.

카티스 단장님이지만, 카티스 단장님이 아닌데?

의식을 되찾기 전의 카티스 단장님은 다른 기사단장들과 비교하면 원톱으로 약하다는 느낌이었지만, ………지금 카티스 단장님은 얼마나 강한지 전혀 알 수 없었다.

투명한 물은 수면 너머로 밑바닥이 보인다고 해서 반드시 수심이 얕은 게 아닌 것처럼.

나에게는 카티스 단장님의 힘은 가늠할 수 없는 심연을 숨기고 있는 것 같았다.

그리고 전생의 경험을 떠올려보았다.

여태까지 겪은 경험과 대조해봤을 때, 내가 한눈에 수준을 읽지 못하는 상대는 다들 무시무시하게 강했지…….

나는 확인하듯이 카티스 단장님을 물끄러미 바라보았지만, 그 몸에서 묻어나는 것이 살기임을 알아채는 바람에 허둥지둥 일어나 단장님의 팔을 잡았다.

"지, 진정하세요. 카티스 단장님! 된통 당해서 짜증이 나는 건 이해하지만, 여기서는 참아주세요. 착하게 얌전히 있으면 상처도 순식간에 나을 거예요."

내 말을 들은 카티스 단장님은 뭐라 말할 수 없는 표정으로 나를 내려다보았다.

"…………그, 무엇부터 지적해야 좋을지 모르겠습니다만."

"네?"

"제가 저들을 저세상에 보내는 건 당신께 무례를 저질렀기 때문입니다. 설령 제가 저들에게 죽는다고 해도 저에게 하는 행동으로 제가 분노하는 일은 없습니다."

"네?"

"그리고 제 상처가 거의 다 아문 것은 착하게 얌전히 있다는 애매모호한 기준을 기반으로 행동한 결과가 아니라, 당신이 낫게 해주셨기 때문이지 않습니까?"

"………………네?"

카티스 단장님의 말에 놀라 무심코 빤히 쳐다보자, 시선이 마주친 순간 단장님이 눈을 깜빡깜빡 두 번 깜빡였다.

"……어?"

──그 동작을 본 순간 나는 별안간 몸이 긴장하는 것을 느끼며 가슴께를 눌렀다.

쿵쿵 뛰는 심장과는 반대로 머릿속에서는 '그럴 리가 없어'라는 냉정한 목소리가 들린다.

『그럴 리 없잖아.』

『냉정해지라고.』

하지만 나는 익숙한 습관을 보고선 어떻게 생각해야 좋을지 알수 없어졌다.

―――300년 전, 그는 나와 눈이 마주치면 반드시 눈부신 것을본 것처럼 눈을 두 번 깜빡였다.

그게 변하지 않는 그의 습관이었다.

하지만……, 그렇지만…….

……혼란스러운 채 필사적으로, 매달리듯 바라보는 나를 카티스 단장님이 난처하다는 듯 마주 바라보았다.

살짝 숙인 그 시선도 300년 전의 내가 익히 본 것이었다.

『……그야, 그야, 그야.』

머릿속의 냉정한 목소리를 배신하듯이 마음속에서 그런 목소리가 들린다.

내가 눈도 깜빡이지 않고 카티스 단장님을 계속 바라보자, 단장님은 민망하다는 듯한 표정으로 들고 있던 검을 검집에 돌려놓았다.

그 동작조차 자꾸만 익숙해 보였다.

『………그야, 그야, 그야. ………내가, 그를 잘못 볼 리가 없어.』

논리도 근거도 없이 마음속 깊은 곳에서 그렇게 확신한 나는 더이상 참을 수가 없어져서 나도 모르게 입을 열었다.

"……당신의 무덤은 이 땅에 있을 줄 알았는데, ……찾지 못했어."

흘러나온 목소리는 누가 들어도 알 수 있을 만큼 떨리고 있었다.

내 말을 들은 카티스 단장님은 난처해하는 표정을 지었다.

"무덤은, 마음이 돌아갈 장소에 있어야 한다고 생각합니다. 제 무덤은 마왕성 옆에 있습니다. 제가 유일하게 모신 경애하는 주인의 묘비가 되어버린 마왕성의, 옆에."

그 말을 들은 순간 내 눈물에서는 굵은 눈물방울이 흘러내렸다.

내 눈물을 본 카티스 단장님이 튕겨 나가듯 내 눈앞에 무릎을 꿇고는 내 뺨의 눈물을 닦아야 하는지 말아야 하는지 두 손을 이리저리 배회했지만, 그 어딘가 우스꽝스러운 모습조차 내 눈물을 막는 데는 도움이 되지 않았다.

"……카노푸스."

나는 300년 만에 그 이름을 불렀다. 본인을 향해.

카티스 단장님은 무척이나, 무척이나 애달픈 표정을 짓고는 또 렷하게 대답했다.

"네, 세라피나 님."

그 말을 들은 순간 내 눈에서는 또다시 눈물이 흘러넘쳤다.

"카노푸스, ………카노푸스, ………카노푸스."

"네, ………네, ………네, 앞에 있습니다."

"흐으으으으윽……. 카노푸스!"

나는 그대로 땅바닥에 털썩 주저앉아 두 손으로 얼굴을 가리고 울음을 터트렸다.

카노푸스는 안절부절못하면서도 우직하고 충성심 강한 그답게 내 명령 없이는 절대로 손을 대지 않았다. 300년이 지나도 변하지 않는 그다운 고지식함에 울면서도 웃음이 새어나갔다.

"후후후후후, 카노푸스……."

카노푸스는 그가 할 수 있는 최대한의 성실함을 발휘하여 손수건을 내민 뒤 난처하다는 듯 중얼거렸다.

"그, 제 것이라 죄송하지만 괜찮다면 사용해주십시오. 만약, 괜찮으시다면……."

나는 그의 손을 두 손으로 붙잡은 후 눈물에 젖은 얼굴로 카노푸스에게 말했다.

"카노푸스, 고마워. ……내가 있는 곳에 돌아와 줘서."

"……네."

카노푸스는 따끔거릴 정도로 진지한 표정으로 대답했다.

그 고지식한 표정을 보자 '아아, 정말 카노푸스가 맞아' 하고 마음속 깊은 곳에서 비로소 수긍했다.

———나의 고지식하고, 충성스러운 호위 기사.

설마 다시 당신을 만나게 될 줄이야———.

카노푸스는 여전히 안절부절못하며 내 주위를 어슬렁거렸지만 나는 그 후에도 한동안 눈물을 멈출 수가 없었다.

……있잖아, 카노푸스.

당신은 그렇게 걱정해주고 있지만, 나를 울리는 건 당신이야…….

서덜랜드 방문
사후 보고 (300년 전)

"이런, 나는 여동생을 불렀는데 왜 꾀죄죄한 하녀가 대신 온 거지?"

조롱하는 듯한 표정으로 나를 바라보며 야유하는 말을 던지는 첫째 오라버니——베가 제1왕자의 목소리를 듣고 나——세라피나 나브는 몰래 한숨을 쉬었다.

내 뒤에는 호위 기사인 카노푸스가 이를 악물고 있었다.

——서덜랜드에서 왕도까지 돌아오자마자 나는 바로 베가 오라버니의 집무실로 향했다.

이번 서덜랜드 방문에는 이쪽에 잘못이 있다.

왕국의 보물인 '대성녀'의 출동은 국가의 중요행위로 간주되며, 모든 것은 왕국 최고 회의에서 결정된다.

왕자, 재상, 대신 등 나라의 중추에 위치한 자들이 한 곳에서 만나 결정을 내린다.

바르비제 공작령이 아닌 서덜랜드 백작령을 방문한 나는 그 결정 사항을 무단으로 어긴 셈이었다.

그 때문에 왕국 최고 회의의 대표인 베가 제1왕자에게 먼저 사과를 하기 위해 내 방으로 돌아가지도 않고 집무실을 직접 방문한 나에게 가장 먼저 날아온 말이 이것이었다.

……아니, 오라버니. 그 히죽거리는 미소를 보건데 하녀라고 주장하는 눈앞의 여성이 저라는 건 눈치채고 있잖아요?

왜 매번 이런 귀찮은 대화로 시작하는 거지?

바로 본론에 들어가 주면 좋을 텐데. 제1왕자가 그렇게 한가한가?

……그런 내 마음의 목소리는 조금도 전해지지 않은 건지 베가 오라버니가 말을 이었다.

"참나, 정말 보기 흉하구나. 요즘은 성 밖의 평민들도 더 봐줄 만한 모습을 하고 있을 텐데."

베가 오라버니는 나를 사정없이 빤히 뜯어본 후 과장스러울 정도로 얼굴을 찌푸리며 집무 책상에 턱을 괴었다.

"그래서, 그 더러운 하녀의 이야기는 제쳐놓고. 내 여동생은 어디에 있지? 자비롭고, 어린아이처럼 순진하고, 죽도록 바쁜 나라의 중추들이 고려에 고려를 거듭하여 결정한 스케줄을 간단히 날려버릴 만큼 멍청한 철부지는?"

오라버니는 마치 연극배우라도 되는 것처럼 한 마디 한 마디에 극적인 강약을 넣어 인상적인 말을 이어갔다.

얌전히 듣고 있다가 오라버니의 연설이 일단락되었기에 이때다 하고 끼어들었다.

"──눈앞에 있습니다. 머리카락이 흐트러져서 판별하기 어려우실 테지만 눈앞에 있는 이 세라피나는 틀림없는 오라버니의 동생이에요."

베가 오라버니의 집무 책상에서 한 칸 낮은 바닥 위에 곧게 서 있던 나는 최대한 의연한 태도로 대답했다.

닷새간의 강행군으로 입고 있던 드레스며 머리카락이 다소 엉망이 되었지만, 내 행동거지는 훌륭한 왕녀로 동할 것이다.

지금의 나에게는 그 왕녀로서의 의연한 태도가 필요했다.

———오라버니에게 이 이상 무시당하지 않기 위해서는.

내 말을 들은 베가 오라버니는 노골적으로 놀랐다는 양 눈을 동그랗게 떴다.

"그렇구나! 확실히 목소리는 내 어리석은 동생의 목소리로 들리는군. 무슨 일이냐? 세라피나. 닷새 동안 도망쳐서 필경 즐거운 시간을 보냈겠지? 하하하, 겉모습만 보면 하루 벌어 하루 먹고 사는 일용꾼으로 직종을 바꾼 것처럼 보이는데 말이야!"

베가 오라버니의 말에 이어 오라버니의 뒤에 있던 측근들이 보란 듯이 소리 없는 웃음을 흘렸다.

참 불쾌한 분위기다.

"그래서? 너는 갑자기 사라져서 닷새 동안이나 마음껏 하고 싶은 것을 한 모양이겠지만 그동안 조금이라도 남은 사람들에 대해 생각한 적이 있었느냐? 네 유람에 많은 기사들을 동행시킨 덕분에 바르비제 공작령에 도착한 기사는 고작 네 명이었다! 네 명의 기사로 대체 무엇을 할 수 있었을까? 대성녀인 네가 보기엔 공작 따위는 변변찮은 존재일 테지만 귀족 사회에서는 공작이란 중요한 지위란다."

친절하게 설명하는 척하면서 오라버니는 나를 조롱하기 시작했다.

"지엄하신 대성녀에게는 우리 왕자나 재상 따위가 정한 스케줄 같은 건 따르는 게 어리석어 보일 테지만, 이래 봬도 나라의 최중요 결정기관이다. ……나라의 중추가 필사적으로 상의한 최중요 스케줄이라고."

강조하기 위해서인지 베가 오라버니는 일단 말을 끊은 후 충분히 뜸을 들인 뒤에 다시 이었다.

"……그래서? **그런 중요 행사에 불참한 사이에 너는 어디에서 무얼 하고 있었지?**"

──정말 어떻게 할 수 없을 만큼 아니꼬운 오라버니다.

네, 그렇죠. 이번에는 완전히 내 잘못이지. 압니다.

그러니까 직설적으로 혼내면 그만인데 왜 이렇게 뱅뱅 돌아가는 걸까? 답을 알면서 일부러 나에게 말하게 하는 방식이 음험해!

울분을 풀 길이 없어 답답해하면서도 나에게 잘못이 있기 때문에 오라버니의 눈을 똑바로 쳐다보면서 대답했다.

"국내 최남단에 있는 서덜랜드에 바다를 보러 갔습니다. 참으로 경솔하고 생각이 짧은 행동이었습니다. 죄송합니다."

그리고는 허리를 깊이 숙여서 사과했다.

──오라버니의 말은 사실이다.

바르비제 공작령의 행사가 중요하다는 건 틀림없다.

그리고 말 한마디 없이 그 행사에 불참한 것도 사실이다.

내 방문을 기대하고 있던 바르비제 공작령의 주민들은 실망했을 것이다.

내가 잘못했다는 오라버니의 의견은 옳다.

그렇기 때문에 허리를 숙여 사죄하는 나에게 베가 오라버니는 약해진 동물을 앞에 둔 것 같은 표정을 지었다.

"호오, 왕국의 최중요 행위인 '대성녀의 출동'을 무시한 이유가 '바다를 보고 싶어서'라고? 하하, 하, 이것 참. 뭐라고 해야 하나. 대성녀는 정말 비범하신데?"

오라버니는 야유하는 표정으로 뒤에 있는 측근들과 함께 킬킬 웃었다.

그리고는 희열에 찬 표정으로 말을 이었다.

"바르비제 공작령에서는 네 부재를 메우기 위해 다들 잠도 못 자고 동분서주했거늘, 그 동안 너는 마음에 드는 기사들을 거느리고 해수욕이라. 그것참, 팔자 좋구나."

히죽히죽 웃는 오라버니의 얼굴이 참으로 불쾌했다.

나는 마음속으로 몰래 한숨을 쉬면서 익숙한 비아냥을 흘려 넘기고 있었으나, 함께 온 카노푸스는 참을 수 없었던 건지 무의식인 듯 목소리를 냈다.

"외람되오나……."

하지만 그런 카노푸스를 향해 오라버니가 버럭 소리쳤다.

"카노푸스, 이 멍청한 것! 왕족의 대화에 끼어들다니 무례하기 그지없구나!! 사형당하고 싶으냐!!"

"……카노푸스. 물러나 있어."

아아, 정말이지. 귀찮아졌네. 속으로 그런 생각을 하면서 카노푸스를 막았다.

……카노푸스도 알고 있을 테지만, 베가 오라버니는 전부 알고

있다.

지난 닷새 동안 내가 어디에 가서 무엇을 했는지 충분히 파악해놓고 심술궂은 질문을 하는 것이다.

만약 내가 솔직하게 서덜랜드의 병을 치유하러 갔다고 발언했다면 출동을 의뢰한 족장이나 특사, 카노푸스가 일제히 처분될 것이다.

그렇기 때문에 나는 즐거운 관광이었다고 주장할 수밖에 없고, 그걸 아는 오라버니는 일부러 내 입에서 비상식적인 발언을 시켜 저열한 즐거움을 느끼는 거다.

그때 나나 카노푸스가 짜증 내는 기색을 보이면 더욱 오라버니를 즐겁게 할 뿐이다.

그러니 조개처럼 입을 꾹 다물고 있는 게 정답이라고 보지만, 충성스러운 카노푸스는 나를 헐뜯는 말을 참을 수 없었던 모양이었다.

그것도 책임감이 강해서 이번 일은 자기 탓이라고 생각하는 카노푸스였으니 더욱 나를 위해 해명하고 싶은 거겠지.

……그러고 보면 서덜랜드에서 돌아오는 길에 카노푸스는 계속해서 나에게 사죄했다.

『정말로 죄송합니다. 왕자 전하들께 트집 잡힐 빌미를 제공했습니다. 세라피나 님의 입지가 나빠지겠죠.』

『아쉽게도 수천 명의 목숨과 맞바꿀 만큼 대단한 입지는 아니야.』

웃으면서 그렇게 대답했지만, 카노푸스의 걱정 어린 표정은 바뀌지 않았다.

……카노푸스는 너무 고지식하다니까.

나를 옹호하고 싶은 마음은 이해하지만, 이번에는 가만히 있는 게 더 무난하게 수습될 텐데.

그렇게 생각하는 내 등 뒤로 문이 거칠게 열리는 소리가 났다.

———저런, 제1왕자의 집무실 문을 노크도 없이 열어버리는 무뢰배라니. 저는 한 명밖에 모르는데요.

"세라피나! 귀성하면 먼저 나에게 오라고 했잖아!"

제1왕자의 집무실에 난입해놓고도 제1왕자를 깔끔하게 무시하는 저 뻔뻔함은 훌륭하다고 말해야 할 정도다.

부름에 응해 돌아보자 상상한 인물이 서 있었다.

은발에 은백색 눈동자를 지닌 미남이자 약관 29살의 내 근위 기사단장, 시리우스 유리시즈다.

입을 다물고 있으면 이렇게 잘생긴 얼굴이 세상에 존재하는지 의심스러울 정도로 빼어난 미모를 지녔지만, 태도는 영 좋지 않다.

시리우스는 불만이라는 듯 뚜벅뚜벅 발소리를 울리며 들어온 뒤 사죄를 위해 허리를 숙이고 있던 내 팔을 잡고 몸을 일으켰다.

……아, 죄송합니다. 허리를 굽힌 채로 돌아보는 바람에 이상한 자세였군요. 흉한 것을 보여드렸습니다.

반사적으로 그런 사죄가 떠올랐을 만큼 시리우스는 심기가 나쁜 표정이었다.

"베가, 네가 동생을 보고 싶어 하는 마음은 이해하지만 슬슬 나에게 돌려줘야겠다."

시리우스는 아무런 인사도 없이 하고 싶은 말만 입에 담았다.

보통은 용서받을 수 없을 불경한 언동도 시리우스의 고귀한 출생과 탁월한 능력이 가능케 했다.

―――실제로 권위를 중시하는 세 오라버니가 시리우스의 언동을 받아들이면서 먼저 스스로를 낮추는 자세를 취하기 때문에 주위 사람들도 넘어가고 있는 형국이다.

그런 베가 오라버니는 갑작스러운 사태에 순간 허를 찔린 듯한 표정을 지었으나 바로 정신을 차린 건지 거들먹거리는 얼굴이 되었다.

"이게 누구야, 시리우스 경이잖아. 나도 귀여운 동생을 신문하는 건 가슴이 아프지만 이것도 왕국 최고 회의 대표의 역할이라서 말이지. **경의 귀에도 들어갔을 테지만** 동생은 바르비제 공작령에서 봐야 할 공무를 내던졌다. 피치 못할 사정이라도 있었나 했더니, 하! 하필이면 '서덜랜드에 해수욕'을 하러 갔다니!"

아니, 아니거든. 해수욕이라고는 안 했어!

그렇게 생각하지만 잔뜩 신이 난 오라버니의 표정을 보고 이렇게 기분 좋은 상태인 오라버니를 방해했다간 몇 배나 더 큰 보복을 받을 거라는 생각에 짜증을 느끼면서도 입을 다물었다.

시리우스는 오라버니의 말을 듣고는 불쾌해하는 표정을 지었다.

"네 귀에는 아직 들어가지 못했나?"

불쾌한 억양으로 오라버니의 말을 흉내 냈다.

불길함을 느끼고 긴장하는 베가 오라버니를 향해 시리우스는 딱 부러지는 목소리로 설명하기 시작했다.

"바르비제 공작령의 마물 토벌은 문제없이 종료했다. 세라피나 대신 제1왕녀셨던 바르비제 공작 부인이 성녀의 역할을 완수하셨는데…….”

시리우스는 거기서 말을 끊고는 베가 오라버니를 향해 걸어갔다.

한 칸 높이 올려둔 턱으로 올라서더니 집무 책상의 정면에 서서 의자에 앉아있는 베가 오라버니를 내려다보았다.

“뭐, 뭐야, 시, 시리우스 경…….”

별안간 위에서 내려다보는 바람에 오라버니가 당황하거나 말거나, 시리우스는 두 팔을 벌려 책상을 짚은 후 상반신을 기울여 가까운 거리에서 오라버니를 바라보았다.

“바르비제 공작령의 마물 토벌에는 청룡 네 마리가 출현했지. 하지만 사망자는 한 명도 나오지 않고 모든 마물을 토벌했다. 바르비제 공작부인이 지닌 성녀의 힘에 다들 감탄했다더군.”

시리우스는 눈을 살짝 가늘게 뜨고는 속삭이듯 말을 이었다.

“대성녀의 마물 토벌의 출동 조건은 하나. ‘대성녀 말고는 대신할 사람이 없다’. ───이것 뿐이지.”

거기까지 들은 베가 오라버니는 시리우스가 무슨 말을 하려는지 이해한 듯 창백해진 얼굴로 입술을 다물었다.

하지만 시리우스는 봐줄 마음이 없는 건지 고개를 살짝 기울여 말을 이었다.

“바르비제 공작부인이 대신 역할을 완수할 수 있었다는 건, 그 땅의 마물 토벌에 대성녀를 파견한다는 결정 자체가 틀렸다는 뜻이다. 바르비제 공작령을 다스리는 영주 부인이 강력한 성녀라면 그것을 영지민에게 알려주기 위해서도 영주 부인이 마물 토벌에 참가하는 게 가장 적절하니까."

"시, 시리우스 경……."

"왕국의 최고 회의가 잘못을 저질렀다니, 문제로군. 권위가 땅에 추락하겠어. 자, 베가. 네가 자랑하는 최고 회의에서 이 잘못에 대해 논의하고 와라. 그리고 책임 소재가 명확해지면, ……최고 회의 대표로서 존엄한 대성녀에게 사죄하도록! 이 나라에서 가장 고귀하고 가장 가치 있는 대성녀의 시간을 닷새나 빼앗으려고 한 것에 대하여! 그리고 감사해라! 대성녀가 상황을 미리 파악하고 바르비제 공작령의 토벌을 반려한 덕분에 잘못된 결단이 실행되지 않을 수 있었던 것에 대하여!"

시리우스는 기울이고 있던 몸을 일으킨 뒤 싸늘한 눈으로 베가 오라버니를 바라보았다.

베가 오라버니는 바들바들 떨고 있었다.

그도 그렇겠지.

시리우스는 감정을 별로 드러내지 않지만, 협박할 때의 박력은 어마어마하다.

그를 뒷받침하는 육체의 강인함 또한 모든 이가 알고 있다──즉, 매일 기사단에서 단련하기 때문에 완성된 육체의 주인임과 동시에 왕국 최고의 검사라는 걸 다 안다는 뜻이다.

시리우스는 발걸음을 돌린 후 나를 향해 걸어왔다.

내 앞에서 멈춰서더니 내 뺨을 향해 손을 뻗었다.

"하얀군."

시리우스는 내 뺨에 한 손을 대고 엄지로 천천히 뺨의 감촉을 확인하며 작게 중얼거렸다.

"세라피나의 피부는 이토록 하얀데, 베가. 너는 무슨 근거로 해수욕하러 갔다는 세라피나의 말을 믿었지?"

"그……, 그건……."

"베가, 너는 아직 어리다. 세라피나가 너희를 감쌀 생각으로 '해수욕'이라는 핑계를 댄 것을 그대로 믿어버릴 정도로. **바르비제 공작령의 마물 토벌에 출동한다는 결정이 오판임을 알아차린 세라피나가 최고 회의의 면목을 세워주기 위해 일부러 닷새 동안 모습을 감추고 있었는데, 그걸 이해하지도 못했지.** ……왕국의 제1왕자씩이나 되는 자가 눈에 보이는 것만을 믿고 행동하다니, ……권모술수가 횡행하는 이 왕성에서 어떻게 처신할 생각이냐."

시리우스의 말은 유창했지만, 마지막 부분은 명백하게 조롱하는 뉘앙스를 띠고 있었다.

비웃었다는 걸 눈치챈 모양인지 베가 오라버니는 얼굴을 붉게 물들이고는 분하다는 양 입술을 깨물었다.

……시리우스도 참, 과하다니까. 그렇게 생각하며 힐끗 올려다보았다.

하지만 아무런 반성도 없는, 지극히 당연하다는 표정인 시리우스를 보고 가볍게 한숨을 쉬었다.

……틀렸네. 이거 일부러 그런 거야.

시리우스라면 내가 무엇을 위해 서덜랜드에 방문했는지 당연히 알고 있을 것이다.

알면서 '최고 회의의 면목을 세워주기 위해 대성녀가 친히 마음을 써 일부러 바르비제 공작령에 방문하지 않았다'는, 사실이 아닌 이야기를 날조하면서까지 강경하게 정당성을 주장하는 거다.

겸사겸사 베가 오라버니를 비웃는다는 덤까지 붙여서.

……아아, 진짜. 베가 오라버니는 집요해서 나중에 힘들어진다고.

그렇게 생각하며 흘린 내 한숨을 알아챘을 텐데도 시리우스는 모조리 무시한 뒤 말없이 내 등에 손을 대고 문으로 걸어가도록 유도했다.

"그, 그럼 실례하겠습니다. 베가 오라버니."

시리우스가 여느 때와 같이 인사도 없이 퇴실하려고 했기에 대신 내가 말을 던졌다.

하지만 베가 오라버니가 한시라도 빨리 우리가 나가는 것만을 바라는 듯한 표정으로 이쪽을 응시했기 때문에, 나는 서둘러 방에서 나갔다.

복도로 나와도 시리우스는 말을 하지 않았다.

그대로 앞을 똑바로 쳐다보고 있는 걸 보면 화가 난 것은 틀림없을 테지만, 보폭은 나에게 맞춰서 느릿느릿했다.

결국 시리우스는 아무리 화가 났어도 배려를 잊을 수 없단 말이지. 후후, 최강이라 불리는 기사인데도 참 친절하다니까.

침묵한 채 계속 걸어가는 시리우스의 단정한 얼굴을 힐끔 올려다보며 나는 작게 중얼거렸다.

"다녀왔어, 시리우스. 가장 먼저 만나러 가지 못해서 미안해."

커다란 키에 어울리지 않게 걱정이 많은 근위 기사단장을 향해 사과했다.

그러자 시리우스는 거칠게 발걸음을 멈추더니 날카로운 눈으로 나를 쳐다봤다.

"……세라피나, 무슨 일이 있을 때는 나를 불러. 조금 전처럼 베가의 비아냥을 계속 들어야 하는 상황이어도. 네가 부르면 나는 반드시 달려갈 테니까."

그 말이 든든해서 무심코 쿡쿡 웃었다.

"어머나, 마치 내 호위 기사 같네."

카노푸스를 돌아보며 장난스럽게 말하자 시리우스는 고개를 끄덕였다.

"같은 뜻이지. 나는 네 근위 기사단장이니까."

그렇게 말하며 내 머리를 슥슥 쓰다듬었다.

여느 때와 같은 동작을 하자 간신히 진정한 건지, 시리우스는 평소처럼 냉소적인 미소를 지었다.

"……이번에도 아주 무리한 모양인데. 왕녀씩이나 되어서 머리카락이 아주 엉망이야."

"앗, 잠깐, 시리우스! 묘령의 여성에게 그런 말은 하면 안 된다고!"

얼굴을 새빨갛게 붉히며 항의하자 시리우스는 흐리게 웃었다.

"묘령의 여성? ……하하, 너는 아직 어린애잖아."

"세상에나! 16살의 부녀자에게 무슨 말을!!"

너무 무례한 말에 전력으로 항의했지만…….

그때의 나는 몰랐다.

———바르비제 공작령의 마물 토벌이 잘 끝난 것은 시리우스 덕분이었다는 것을.

나에 비해 바르비제 공작 부인의 힘이 부족하다고 판단한 시리우스는 공격력을 보강하여 그 구멍을 메웠다.

즉, 내가 사라졌다는 보고를 받은 것과 동시에 정예 기사를 이끌고 바르비제 공작령에 찾아간 것이다.

시리우스가 직접 단련하고 있는 '붉은 방패 근위 기사단'이다. 고작 청룡을 토벌하는 것이라면 손쉬웠을 테지.

나중에 그 사실을 들은 나는 무심코 '크으윽, 시리우스 진짜'라고 중얼거렸다.

매번, 매번 시리우스는 멋있다.

빈틈이 없고 깔끔하게 해결한다.

그런데다 자신의 행동을 과시하지도 않는다.

이번 일도 다른 사람에게 우연히 듣지 못했다면 모르는 채로 끝났을 것이다.

"하아, 나에게 연인이 한 명도 없는 건 시리우스 때문이야."

나는 지극히 당연한 소릴 중얼거린 뒤 한숨을 쉬었다.

―――그날, 아델라 꽃잎을 끼워 넣은 아이들의 편지가 서덜랜드에서 도착했다.

그걸 본 나는 싱긋 웃었다.

……아아, 그래. 서덜랜드에 심은 아델라 나무에 꽃이 필 때까지 10년 정도 걸리려나.

그 무렵이 오면 한 번 더 서덜랜드에 방문하자.

그리고 그때는 걱정 많은 근위 기사단장도 데려가야지.

새빨간 아델라 꽃잎을 보면서 나는 그렇게 생각했다.

【막간】 바르비제 공작령 마물 토벌 (300년 전)

그날, 바르비제 공작가의 저택은 모든 이가 우왕좌왕하고 있었다.

———1년도 더 전부터 예정되어 있던 '대성녀의 마물 토벌'이 급히 중지되어 다들 이후 대응에 쫓겼기 때문이다.

궁녀만을 태운 마차가 고작 네 명의 기사의 호위를 받으며 공작저에 도착했을 때, 마중 나온 사람들은 어안이 벙벙해졌다.

직접 마차까지 마중 나온 바르비제 공작조차 무슨 일이 일어난 건지 이해하지 못한 듯 면목 없어 하는 표정으로 마차에서 내린 궁녀들을 놀란 얼굴로 바라보았다.

평소와 같았던 건 딱 한 명⋯⋯. 제1왕녀였고 현재는 바르비제 공작 부인이 된 샤울라 뿐이었다.

샤울라는 어깨까지 내려가는 심홍색 머리카락에 녹색 눈동자를 지닌 20대 초반의 아름다운 여성이었다.

그녀는 궁녀들이 쭈뼛쭈뼛 내민 대성녀의 편지와 선물을 본 후 웃음을 터트렸다.

"후후후후후, 그 애도 참. 이렇게 대담한 수법으로 탈주하다니! 거들먹거리는 왕성 녀석들을 모조리 제치다니, 대단해! 어라? 그렇다는 건 고작 닷새 만에 서덜랜드를 왕복할 생각인 건가?"

의아함에 고개를 갸웃거리면서 확인하듯이 네 명의 기사들을 둘러보았다

샤울라 부인은 본래 왕족이었던 사람인 만큼 사소한 동작조차 기사들을 압도할 정도의 위압감으로 흘러넘쳤다.

시선을 받은 기사들은 거북한 듯 눈을 피하기 시작했으나, 그 태도 자체에서 샤울라는 답을 읽은 듯 재미있어하며 후후후 웃었다.

"그렇구나. 그렇다면 이번 마물 토벌은 동생 대신 내가 대응해야만 한다는 거네."

그녀는 대성녀에게 받은 편지를 손에 들고 발걸음을 돌려 성큼성큼 응접실로 향했다.

그 뒤를 공작이 당황하며 쫓아갔다.

응접실의 창가에 있는 소파에 앉은 후, 샤울라는 즐겁다는 양 동생이 보낸 편지를 읽기 시작했다. 그런 샤울라를 남편이자 바르비제 공작인 두베가 문 뒤에서 걱정된다는 얼굴로 바라보았다.

왕국에서도 세 손가락에 꼽힐 정도의 상위 귀족이며 곰처럼 무시무시한 외모를 지닌 두베였지만, 한참 연하인 아내가 주도권을 잡고 있기 때문에 그는 늘 아내의 결정에 걱정하면서 한마디를 하는 게 공작가의 일상이었다.

"샤울라……. 당신이 대성녀님 역할을 대신하는 건 조금 위험하지 않을까?"

조심스럽게 말을 거는 두베의 걱정은 타당했다.

애초에 이번 토벌 내용은 영지 내의 숲속에 만들어진 청룡의 둥지를 일소하는 것이었다.

어떠한 이유로 본래 살던 둥지를 잃은 용의 일족이 집단으로 이동하더니 공작령 안에 있는 숲속의 동굴을 새로운 집으로 삼아 정착해버리고 말았다.

청룡은 S랭크의 마물이다. 그렇게 흉악한 마물이 영지 내에 둥지를 틀어 여러 마리가 머무르고 있다는 건 위험하기 그지없는 이야기였다.

그렇기 때문에 당장에라도 대처해야 했으나, 대성녀의 출동 없이는 대응할 수 없다는 판단에 의해 위험성을 알면서도 1년 동안 방치했다.

그리하여 간신히 대성녀가 방문하는 줄 알았더니…… 약속한 날에 도착한 것은 기사와 궁녀 뿐, 대성녀의 모습은 흔적도 없었다. 공작가의 사람들이 패닉에 빠진 것도 어쩔 수 없는 일이었다.

다들 당황하는 가운데 공작가의 가주인 두베는 평정을 가장하며 최대한 냉정한 목소리를 냈다.

"샤울라, 당신은 확실히 S랭크의 마물을 토벌한 경험이 있지만, 그때는 한 마리만 상대한 거였잖아? 몇 마리가 있을지 모르는 영지에 성녀로 출전하는 것은 남편으로서 허락할 수 없어."

지극히 타당한 말을 하는 공작에게 샤울라는 재미있다는 듯 웃었다.

"하지만 세라피나의 편지를 읽어보면 내가 그 아이의 역할을 대신해달라는 부탁이 적혀 있어. ……전투에서 그 아이의 감각은 틀린 적이 없으니까, 분명 나도 할 수 있는 거야. 후후, 내가 성녀로서 새로운 단계에 오르는 때가 온 모양이네."

샤울라는 남편을 놀리기 위해 일부러 기쁘다는 듯 말했지만, 공작에게 농담은 통하지 않은 모양이었다.

부인의 말을 들은 공작은 당황하며 아내 옆에 앉고는 필사적으로 호소했다.

"아, 아니, 샤울라……! 당신은 확실히 근사하고 부족함 없는 사람이지만, 더 위대해질 필요가 있을까?! 청룡 토벌에 참가하다니, ……위험해. 위험하니까 나는 밤에만 잘 수 있게 될 거야."

심각한 얼굴로 당황하는 공작을 힐끗 본 샤울라 부인은 남편의 말에는 대답하지 않고 동생의 선물을 뒤지기 시작했다.

"어라, 왕성의 주방장이 직접 만든 사과 파이가 있어. 센스가 좋은데."

그렇게 말하며 대기하고 있던 메이드에게 파이 상자를 건넸다.

"바로 한 조각 잘라서 가져와 줘. 맛있어 보이니까 지금 당장 먹고 싶어."

"샤울라!"

샤울라 부인은 메이드가 탄 고운 색의 홍차를 들고 여유로운 자세로 향을 즐긴 뒤 천천히 한 모금 먹은 후에야 남편을 바라보았다.

"후후후, 왕성에서 기사도 파견해주었으니까 어떻게든 될 거야."

"파견된 기사는 고작 네 명이잖아! 확실히 **붉은 기사복을 입고 있었고** 박력 있는 기사들이긴 했지만, 그래도 네 명이야. 물론 우리 공작령의 기사도 토벌에 참가하지만 그래도 전력이 부족하잖아?"

"지금은 그렇지. 하지만 토벌 예정인 내일 오후까지는 전력이 갖춰지지 않을까?"

"⋯⋯⋯뭐? 그게 무슨⋯⋯."

공작의 말은 밖에서 들려온, 고양된 듯한 커다란 함성에 지워졌다.

기사들이 흥분하며 소리치는 목소리가 저택 밖에서 들려왔다.

"뭐, 뭐지⋯⋯?!"

마치 땅 울림 같은 기사들의 환성에 무슨 일이 일어난 건지 당황하며 일어난 공작과 달리 공작부인은 기가 막힌다는 듯한 표정을 지었다.

"⋯⋯벌써 도착한 거야? 참나, 그분의 정보망과 기동력은 어마어마하다니까."

그 말이 끝나기도 전에 문이 거칠게 열렸다.

활짝 열린 문 너머에는 예상치 못한 손님에 동요한 집사가 서 있었다.

온화한 집사답지 않은 난폭한 동작에 놀라서 시선을 주자, 그 뒤에는 수많은 **붉은 기사복**이 보였다.

수십 명이 넘는 붉은 기사복 집단을 본 공작은 흠칫 놀라 숨을 삼켰다.

왕국 내에서 심홍색 기사복을 입은 집단은 하나 뿐──── 대성녀 전속 근위 기사단인 '붉은 방패 근위 기사단'뿐이다.

타오를 듯한 심홍색 바탕에 금사로 자수가 들어간 기사복은 온 왕국민의 동경의 대상이었다.

100명이 채 되지 않는 집단임에도 불구하고 왕국에서 가장 유명하고, 가장 강하고, 가장 존경을 받는 집단━━ 그것이 이 붉은 방패 근위 기사단이었다.

붉은 기사복을 착용한 정예 기사들이 도열한 모습은 압권이었고, 그 중심에 서 있는 인물을 한층 두드러져 보이게 했다.

━━━은발에 은백색 눈동자를 지닌 근위 기사단장, 시리우스 유리시즈를.

생각지도 못한 인물의 등장에 말문이 막힌 바르비제 공작을 시리우스 근위 기사단장이 무표정으로 바라보았다.

탁월한 미모에 일절 표정이 깃들지 않은 모습은 주위에 있는 수많은 사람들과 선을 긋는 것처럼 보여, 멀리 하늘에서 빛나는 고고한 별처럼 느껴졌다.

"오랜만이군, 바르비제 공작. 공작부인. 내일 마물 토벌에는 나를 포함한 '붉은 방패 근위 기사단'이 힘을 보탤 예정이다."

귀에 선명히 박히는 늠름한 목소리로 필요한 정보만을 알리는 시리우스는 모든 감정을 깎아낸 것처럼 보였다.

시리우스의 말을 들은 공작은 놀란 나머지 목이 굳어버려 아무런 말도 나오지 않는 듯했다.

"…………허, 어, 유, 유리시즈 각하께서 참가하시는 겁니까?!"

바르비제 공작이 놀라는 것도 무리는 아니다.

'시리우스 근위 기사단장은 대성녀가 지휘하는 전투에만 참가한다'는 이야기는 너무나도 유명했기 때문이다.

경악하며 우두커니 서 있는 공작을 뒤로 공작 부인은 소파에 느긋하게 앉은 채 찻잔을 한 손에 들고 차분한 목소리를 냈다.

"오랜만이야, 시리우스 님. 괜찮다면 앉지 그래? 공작가가 자랑하는 살구 차를 대접할게."

하지만 눈썹 하나 까딱하지 않고 가만히 서 있는 시리우스를 보고 한숨을 쉬었다.

"……정말, 당신은 세라피나가 없으면 아름다운 인형이구나. 정확하게 필요한 것을 할 뿐, 결코 즐기려 하지 않는다니까. 후우, 나와 차 한잔을 함께 마신다고 해서 분노할 만큼 당신의 대성녀는 속이 좁은 거야?"

"샤, 샤울라……."

너무나도 무례하게 들리는 말에 바르비제 공작은 당황하며 말을 걸었다.

하지만 시리우스도 샤울라도 공작을 깔끔하게 무시하며 말없이 서로를 바라보았다.

먼저 시선을 돌린 사람은 시리우스였다.

시리우스는 샤울라에게서 눈을 돌린 다음 순간, 매끄러운 동작으로 허리에 차고 있던 검을 발도하더니 아무런 주저 없이 자신의 어깻죽지를 찔렀다.

───등 쪽에서 검의 끄트머리가 튀어나올 정도로 깊게.

"유, 유, 유, 유리시즈 각하!!!"

갑작스러운 사태에 경악하며 크게 소리치는 공작을 무시한 시리우스는 왼손에 힘을 줘서 그대로 검을 빼냈다.

그리고는 평온한 목소리로 샤울라에게 말을 걸었다.

"상처를 치유해주겠어?"

어깨에서 대량의 피가 분출되고 있지 않다면 마치 인사라도 한다고 착각할 만큼 가벼운 어조였다.

샤울라는 무표정한 얼굴로 일어나더니 천장을 우러러보았다.

"나의 사랑스럽고 친애하는 정령이여! 내 곁으로 와서 힘을 빌려줘!!"

눈 깜빡할 시간이 지난 뒤 샤울라 옆에 한 명의 성인 여성이 나타났다.

전신의 피부가 녹색이 아니라면——— 정령의 특징을 보이지 않았다면 인간이라고 생각할 만큼 그 모습은 인간과 흡사했다.

하지만 발끝이 바닥에서 수십 cm 정도 떠 있기 때문에 명백하게 인간일 수 없었다.

정령은 어깨까지 내려가는 녹색 머리카락에 녹색 눈동자를 지녔고, 하얀 옷감을 두른 것 말고는 아무것도 걸치지 않았다.

투명한 녹색 눈동자로 샤울라를 바라보더니 살피듯이 고개를 살짝 기울였다.

"와 줘서 고마워."

샤울라는 부름에 응해준 정령에게 인사한 뒤 시리우스를 향해 몸을 틀어 두 손을 그의 어깨에 가져갔다. 정령은 생긋 웃은 후 샤울라의 손에 자신의 손을 포갰다.

"자비로운 정령이여, 그 힘을 나에게 빌려다오. 피를 멎게 하고 상처를 막아다오!『열상(裂傷) 회복』."

샤울라의 목소리와 함께 벌린 두 손에서 빛이 넘실거리며 시리우스의 어깨로 쏟아졌다.

시간으로 따지자면 고작 몇 호 후에━━━ 샤울라가 들고 있던 손을 내리자 시리우스의 어깨에서 흐르던 피가 멈췄다.

상처를 치유한 정령은 무언가 물어보는 듯한 표정으로 샤울라를 바라보았다.

샤울라가 인사하며 고개를 끄덕이자 정령은 생긋 웃으면서 나타났을 때와 마찬가지로 별안간 사라졌다.

시리우스는 그러한 일련의 과정을 말없이 바라보다, 정령이 사라지자 자신의 어깨로 시선을 내렸다.

상처의 표면에는 피가 가득 묻어있어 어떤 상태인지 잘 보이지 않았기 때문에 시리우스는 확인하듯이 오른팔을 움직였다.

문제없이 동작하는 것을 확인한 그는 만족한 듯 고개를 끄덕였다.

"……나쁘지 않군."

그리고는 샤울라를 향해 몸을 돌린 시리우스가 입을 열었다.

"결혼한 뒤에도 성녀로서 정진한 모양이야. 이 실력이라면 내일 청룡 토벌도 문제없다. 받은 보고를 통해 추측했을 때 청룡의 수는 네 마리에서 다섯 마리 정도. 오늘은 푹 자도록 해."

시리우스는 그 말만 남긴 뒤 발을 돌려 응접실에서 나갔다. 붉은 기사복의 집단이 뒤를 따라갔다.

기사들이 두른 검은 망토가 나부끼며 인상적인 검은색과 붉은색의 대조가 망막에 각인되었다.

━━━뒤에 남게 되어버린 공작 부부는 말없이 서로의 얼굴을 쳐다본 후 깊은 한숨을 쉬었다.

"……어때? 두베. 저게 당대 최고의 기사, 시리우스 유리시즈야.

271

뭐라고 해야 하나, 여전히 붙임성도 없고 귀염성도 없단 말이지. 저런 큰 상처에 얼굴 하나 일그러트리지 않았다니. '아야!' 하면서 눈물 한 방울이라도 찔끔 흘렸다면 그나마 귀여웠을 텐데."

"아니, 유리시즈 각하의 눈물이라니 분명 아무도 죽을 때까지 볼 수 없을걸. 애초에 뒷일이 무서워서 보고 싶지도 않아. 하지만 소문보다 더 호방한 분이야. 지금 이건 오로지 당신의 성녀의 힘을 확인하기 위해 손수 어깨를 찌른 거잖아? ……하하, 나는 치유된다는 걸 알아도 하겠다는 생각은 안 드는데."

공작은 곰 같은 덩치에 어울리지 않게 심약한 발언을 했다.

하지만 샤울라도 남편의 발언에 반대할 마음은 없었던 건지 힘이 빠진 듯 어깨를 축 늘어트렸다.

"보통은 아무도 성녀의 역량을 가늠하기 위해 자신의 몸을 다치게 하려고 생각하지 않아. 뒤에 있던 기사들도 놀랐는걸. 기가 막히지. 시리우스 님은 돌발 상황에서 내 판단력을 확인하기 위해 아무런 전조도 없이 갑자기 몸을 찔렀어. 예측 불능의 사태가 일어났을 때 내가 패닉에 빠지지 않고 냉정하게 행동할 수 있는지, 자신의 몸을 이용해 확인한 거야."

"…………음. 나는 붉은 방패 근위 기사단에 입단하지 않아서 다행이야."

두 사람은 한 번 더 서로의 얼굴을 본 뒤 깊은 한숨을 쉬었다.

다음 날은 훌륭하리만치 화창했다.

청룡이 사는 숲까지 가는 길을 바르비제 공작 부부와 붉은 방패 근위 기사단 30명, 공작령의 기사 30명, 보조 성녀 몇 명이 함께 나아갔고 그 뒤로 귀족의 마차가 몇 대씩 이어졌다.

청룡이 산다고 하는 동굴이 멀리 보이기 시작하자 견학하는 귀족들은 숨을 장소가 많은 그곳에서 멈추기로 했다. 안전한 바위 뒤에서 전투를 견학하기로 한 것이다.

공작이 이끄는 공작령의 기사들과 보조 성녀는 귀족들을 지키듯이 퍼졌고, 바르비제 공작 부인과 붉은 방패 근위 기사단만이 그보다 더 안쪽으로 향했다.

하지만 바위 그늘에서 나와 시야가 탁 트인 장소를 걷기 시작하자마자 동굴 입구 부근에서 주위를 경계하던 보초 역할의 청룡이 일행을 발견하더니 경고하며 울부짖었다. 혹은, 동료를 부르는 울음소리였거나.

"갸갸갸걍————!!"

좁은 동굴 안에서 한 마리, 두 마리 용을 몰아세운다는 선택지도 있었지만 견학하러 온 귀족들을 고려한 건지 시리우스는 보초가 동료를 부르는 동안 공격하지 않고 기다렸다.

거리를 아주 조금 좁혀 동굴 입구를 에워싸듯이 반원형으로 기사들을 배치한 뒤 그 포진 중앙에 시리우스가 섰다.

샤울라는 기사들보다 10m 정도 후방에 섰다.

회복마법을 발동할 때 샤울라의 마법이 닿는 거리는 15m 정도였기 때문에 기사의 위치에 따라서는 회복마법의 효과 범위 밖으로 나가버리지만, 그 장소가 청룡과 대치하는 샤울라가 설 수 있는 가장 가까운 거리였다. 샤울라 옆에는 생글생글 웃는 정령이 떠 있었다.

보초를 서는 용의 부름에 응한 것은 세 마리의 용이었다.

5m 정도 되는 거대한 용이 네 마리나 나타나는 모습은 공포 그 자체였다.

한 마리, 또 한 마리. 차례차례 동굴에서 용이 뛰쳐나와 모든 용이 동굴 밖에 자리했다.

네 마리의 용이 모습을 드러낸 것을 확인한 시리우스는 검을 빼 들고 하늘을 향해 들어 올렸다.

맑은 하늘에서 내리쬐는 햇빛을 받아 시리우스의 잘 닦인 검이 반짝 빛났다.

시리우스는 두 손을 사용해 지면에 수직으로 검을 한 바퀴 회전시켰다. 검은 반짝반짝 빛을 반사하며 아름다운 곡선을 그렸다.

"하늘, 땅, 회전하고, 변천하고, 힘을 끌어와라. 『오체강화』."

시리우스가 말을 마친 순간 새로운 영역이 발생한 것처럼 시리우스를 중심으로 공간이 묵직하게 일그러졌다.

───다들 그렇게 착각할 정도로 순식간에 시리우스의 질량이 변화했다.

동시에 영창을 마쳐둔 마도사가 공격 마법을 발동했다.

청룡은 화염에 약하다. 그걸 알기에 모든 마도사가 화염에 특화한 마법을 택했다.

"일화이염(一火二炎)!"

"연탄화염(連彈火炎)!"

"연쇄염염(連鎖炎炎)!"

날아가는 불 마법은 전부 상급 마법이라 불리는 것들이었다.

붉게 타오르는 불꽃이 소용돌이치면서 청룡을 노리고, 명중하고, 용을 포위했다.

상대는 S랭크의 청룡이다. 상급 마법이라고 해도 치명상을 줄 수 있는 것은 아니지만, 불꽃 마법이 명중할 때마다 청룡들은 본능적으로 몸을 웅크리거나 고통스러운 포효를 지르곤 했다.

불꽃과 용이 뒤엉키는 가운데 시리우스를 선두로 20명 정도의 기사가 이어졌다.

시리우스는 결코 달리지 않았다. 한 걸음, 한 걸음, 대지를 밟고 걸어가지만 발을 내디딜 때마다 그 자신의 질량이 늘어나는 것 같았다.

시리우스는 가장 앞에 있던 청룡의 정면에 선 뒤 용이 휘두르는 발톱과 물어뜯기 위해 크게 벌린 입을 어렵지 않게 피했다.

그리고는 회피하는 동작의 일환인 것처럼 보일 만큼 매끄러운 동작으로 불 마법에 농락당하는 용의 발을 향해 수직으로 검을 찔러넣었다.

그러자 어떻게 된 일인지 칼날의 절반 정도까지 용의 발에 푹 빨려 들어갔다.

그 검은 비늘을 피하지 않은 것처럼——— 어떤 것도 통과하지 못한다는 용의 비늘을 참으로 간단하게 관통한 것처럼 보였다.

시리우스가 검을 빼낸 것과 동시에 꿰뚫렸던 비늘도 벗겨졌다.

그 부분을 노리고 시리우스의 뒤에 있던 기사들의 검이 수도 없이 파고들었다.

"키이이이이이이이이!!"

고통스러워하는 청룡을 향해 불 마법이 한층 쏟아졌다.

시리우스는──불 마법과 발에 당한 공격으로 자세가 무너진 청룡을 향해 도약하더니──용의 역린…… 턱 아래에 있는, 딱 하나만 거꾸로 자란 비늘을 향해 검을 찔러넣었다.

전신을 사용해 팔에 힘을 집중시켰다고 해도 그 칼날은 신기하리만치 용의 턱에 푹 박혀 들었다.

"갸갹──────!!"

시리우스가 검을 빼자 청룡은 단말마의 비명을 지르면서 땅바닥으로 쓰러졌다.

쿠우우우웅!

땅을 뒤흔드는 듯한 굉음과 함께 흙먼지가 일어나 쓰러진 용을 뒤덮었다.

용의 약점인 '역린'을 노린, 아름답고 훌륭한 전투였다.

시리우스가 다른 한 마리로 타깃을 옮기자, 기사들이 뒤를 따라갔다.

불꽃과 흙먼지와 폭음이 울리는 전장에서 그것은 경이로운 광경이라 할 수 있었다.

──S랭크의 용 여러 마리를 눈앞에 두었으면서도 기사들은 아무도 움츠러드는 이가 없이 검을 굳세게 움켜쥐는 모습에는 전의가 넘쳐난다는, 광경은.

그것은 정말, 단 한 명의 압도적인 힘을 지닌 검사가 인솔하는 것만으로도 집단이 이렇게 강해질 수 있다는 견본과도 같은 싸움이었다.

시리우스와 기사들은 첫 번째 청룡을 쓰러트렸을 때와 같은 수법으로 남은 세 마리도 토벌했다.

중간에 기사 중 몇 명은 용의 꼬리에 맞아서 뼈가 부러지거나, 손톱이나 이빨에 찢기기도 했지만 공작부인의 신속한 회복 마법으로 치료받았다.

그 수완은 모든 부상자가 치유를 받자마자 다시 전투에 참가할 수 있을 만큼 훌륭했다.

───동굴 앞에 네 번째 굉음이 울려 퍼졌을 때, 지면에는 네 번째…… 그리고 마지막 용이 쓰러졌다.

기사들은 검에 묻은 용의 피를 털어낸 후 검집에 넣었다. 토벌이 완료되었다.

1년 동안 아무도 손을 대지 못했던 흉악한 청룡 네 마리를 토벌한 기사들은 고양된 듯 웃거나 한 손을 들어 올리곤 했으나 그 중심에 있는 시리우스만은 간단하고 소소한 일을 처리한 뒤인 양 무감동하고 무표정한 모습을 유지하고 있었다.

───기사들과 공작부인은 귀족들의 흥분한 환호성과 박수를 받았다.

모든 이가 기사와 공작부인을 칭송하고, 특히 귀족들은 청룡 토벌에 혼자서 회복을 담당할 수 있는 성녀가 이 땅의 영주 부인이라는 게 얼마나 행운인지 늘어놓았다.

반면 공작부인은 '……내 공적이라기보다는 기사가 강했던 것뿐인 게 아닐까. 이걸로 내 성녀로서의 능력이 평가받아봤자……'

하고 대답하는 바람에 참으로 겸허한 공작부인이라며 한층 더 큰 인기를 누렸다.

그날 밤, 귀족들과 기사들과의 교류를 겸한 만찬회가 열렸으나 샤울라 부인의 예상대로 시리우스 휘하의 붉은 방패 근위 기사단은 전원 만찬회를 결석하고 왕성으로 돌아갔다.

"교만하지도 않고 향락을 즐기지도 않다니, 참으로 훌륭한 기사단이구나!"

"시리우스 단장이 이끌기 때문이지! 저분이야말로 강하고 멋있고 완벽한 기사야!!"

바르비제 공작령에 사는 사람들도, 이웃 영지에 사는 귀족들도 시리우스 단장과 붉은 방패 근위 기사단의 대단함을 칭송했다.

그리고 공작부인의 위용을.

청룡 토벌이 대성공으로 종식된 것은 틀림없었기 때문에, 다들 근위 기사단이 무력과 공작부인의 뛰어난 성녀의 힘에 존경심을 품고 감사했다.

그리고 그날 밤은 잔뜩 신이 나고 흥분으로 가득한 분위기를 유지하며 끝났다.

──그로부터 4주 후, 청룡 토벌의 흥분도 일단락되었을 무렵 바르비제 공작 부부 앞으로 커다란 짐이 도착했다.

열어보자 안에서는 눈이 휘둥그레질 만큼 아름다운 양탄자가 나타났다.

보낸 이는 시리우스 유리시즈로, '더럽힌 양탄자를 이것으로 보상한다'는 간결한 메시지가 첨부되어 있었다.

"……듣고 보니 확실히 시리우스 님이 응접실에서 어깨를 찔렸을 때 양탄자에 그분의 피가 떨어졌지. 그 후 청룡 토벌이라는 대사건 덕분에 가려져서 완전히 잊고 있었는데. 하지만 응접실의 양탄자는 공작가의 우수한 메이드들이 이미 핏방울 하나 없이 깨끗하게 돌려놓았는걸. 그걸 제외하고도…… 이 양탄자는 더러워졌던 양탄자보다 몇 배는 더 고가잖아?"

"그래. 뭐라고 해야 하나, 역시 왕성의 중추에 계신 분답다고 해야겠지. 주위에 마음을 쓰는 게 훌륭하시잖아."

"과하게 훌륭한 거잖아. 시리우스 님은 무뚝뚝하지만 눈치가 빠르고 배포가 크긴 하지. 하지만 애초에 이런 배려는 필요 없어. 공작가로서는 영지 내에 둥지를 튼 청룡을 쓰러트려 준 것만으로도 충분히 감사하고, 오히려 이쪽이 사례할 입장이라고 보는데……."

말을 늘어놓던 공작부인은 무언가 생각에 잠기듯이 입을 다물었지만……, 이윽고 얼굴을 들었을 때는 장난기 어린 표정을 짓고 있었다.

공작부인이 이런 표정을 지을 때는 터무니없는 생각을 떠올렸다는 뜻이기 때문에, 공작은 깜짝 놀라 부인을 바라보았다.

"샤, 샤울라……."

그 생각은 아무도 이득을 볼 수 없으니 없었던 일로 접어두라고 이어지려던 공작의 말은 결국 나오지 못했다.

"내일부터 왕궁에 다녀올게."

생글생글 웃으면서 선언한 공작부인의 발언이 거역할 수 없을 만큼 위엄으로 넘쳐났기 때문이다.

샤울라가 결단을 내렸다면 왕성에서 무슨 일이 일어날 게 분명했다.

그렇다면 적어도 그 무언가가 좋은 일이었으면 한다고 공작은 기도했다.

공작의 바람이 이뤄질 지는 아직 아무도 모른다.

다만 이때의 샤울라는 진심으로 시리우스에게 청룡 토벌 건으로 보답할 생각이었다.

【SIDE】 아르테아가 제국 황제 블루 사파이어
~Side Arteaga Empire~

"아아, 피아. 나는 네 나라에 돌아왔어."

나, 블루 사파이어는 고양된 기분으로 나도 모르게 그렇게 중얼거렸다.

내가 다시 이 나라를 찾아올 수 있었던 건 우연이 컸다.

애초에 시종장이 '나브 왕국에 가서 『창생의 여신』의 족적을 더듬는다'는 임무의 필요성에 대해 말을 꺼낸 것이 발단이었다.

정말 근사한 제안이었다. 늘 뻔히 아는 말을 구시렁구시렁 반복하는, 작고 쭈글쭈글한 시종장이 처음으로 귀엽고 사랑스러워 보였다.

단, 그 여신 수색단에 참가하겠다고 선언했더니 당연히 안 된다면서 기각당했기 때문에 별로 사랑스럽진 않다고 생각을 바꿨다.

시종장 앞에서는 침묵을 지켰으나 나는 몰래 수색단에 숨어들었다.

수색 단장은 제국이 자랑하는 기사단 총장, 체자레 루비노다.

체자레는 50대 초반의 2m 가까운 거구를 지닌 역전의 용사로, 오랫동안 제국을 섬긴 충성스러운 기사다. 우락부락한 바위 같은 얼굴과 필요 최소한의 사무 연락 밖에 하지 않는 과묵함이 어우러져서 얼핏 무서워 보이지만 부하들에게 사랑받고 있으니 실은 정이 두터운 남자라고 본다.

──왕국으로 출발하는 당일, 한 칸 높은 위치에 서서 수색단의 단원을 둘러보던 체자레가 나를 본 순간 눈을 부릅뜬 것을 보면 내가 숨어들었다는 건 눈치챘을 것이다.

하지만 아무런 말도 하지 않고 슥 눈을 돌려주었다. 멋진 남자다.

그런데 비밀 임무임에도 불구하고 어째서인지 당당히 배웅하러 온 레드 루비 형님이 나를 발견한 순간 나를 손가락질하면서 크게 소리쳤다.

"블루 사파이어! 너, 혼자서만 따라가려 하다니! 비겁하다!!"

참으로 집요하고 꼴사나운 반응이었다.

상식적으로 생각해서, 지엄한 관을 쓴 형님이 외국으로 나가는 비밀 부대의 일원으로 참가할 수 있을 리가 없다는 것은 자명한 일이 아닌가.

내가 이 부대에 참가하든, 참가하지 않든 형님은 이 나라에 머물러야만 한다.

그렇다면 나만이라도 수색단에 참가하는 것이 당연히 나은 일인데, 자기만 간다니 비겁하다고 항의하는 형님은 체자레의 어른스러운 대응을 본받아야 한다.

그렇게 생각하긴 했으나, 내가 입을 열어봤자 좋은 결과가 나오지 않으리라는 것은 알고 있었기에 시선을 내리고 침묵을 고수했다.

그러자 평소 말수가 적은 체자레가 중재해준 건지 낮고 작은 목소리에 이어 형님의 침음이 들린 후에는 조용해졌다.

출발하는 날은 구름 한 점 없는 쾌청한 날씨였다.

맑게 갠 하늘이 그대로 비치는 것처럼 내 마음도 밝은 희망으로 가득했다.

수색 대상은 대단한 기적을 여러 번 이루어낸 여신이다.

족적을 더듬는 것은 어렵지 않고, 바로 여신의 거처가 판명될 것이 틀림없다고 생각했다.

———우리는 모험가로 분장한 뒤 먼저 피아를 만났던 숲부터 수색을 개시했다.

눈에 들어오는 풍경에 그리움을 느끼면서도 여기저기 수색해 보았지만, 만나는 것이라고는 흉악한 마물 뿐이고 피아의 단서는 무엇 하나 얻지 못했다.

다음으로 모험가 조합, 길드를 방문해보았으나 여기서도 유익한 정보는 얻지 못했다.

이어서 근처 마을과 도시로 수색의 손길을 뻗었지만 여신에 대한 정보는 일절 입수할 수 없었다.

어디에 가도 무엇을 해도 단서 하나 잡을 수 없는 상황에 나는 낙심했다.

그렇게 늦게나마 왜 시종장이 이번 임무를 제안하였는지 어렴풋하게 이해했다.

그 너구리 같으니. 피아에게 심취하여 여성에게 일절 관심을 보이지 않는 우리를 포기시키기 위해 여신 수색을 제안한 거였군.

……하지만 시종장은 모른다.

피아는 성인이 아니었다.

아마 주위 인간이 파렴치한 생각을 하지 못하도록 일부러 어린 모습을 취하고 있었던 것이겠지.

피아에게 느끼는 감정이 연애 감정이 아닌 이상, 피아를 찾지 못한다고 해서 다른 여성에게 연애 감정을 느끼게 되지는 않는데.

───나브 왕국에 도착해서 한 달이 지났을 무렵, 여관의 식당에서 나는 체자레와 마주 앉아 한숨을 쉬었다.

"……왜 그러십니까?"

체자레가 의아해하며 물었다.

"아니, 성의 너구리에게 보기 좋게 당한 기분이 들어서 말이야. 이대로는 너구리의 꿍꿍이대로 피아의 단서 하나 잡지 못하고 고국에 돌아가게 될 것 같아."

나는 그저 시종장에게 느끼는 불만을 입에 담았을 뿐이었는데, 체자레는 자신이 비난을 받았다고 느낀 모양이었다.

"한 달이나 되는 시간과 100명의 기사를 빌려주셨는데도 무엇 하나 단서를 잡지 못하는 한심한 현황에 진심으로 사죄드립니다."

등을 곧게 펴고 의자에 앉은 채 머리를 숙이는 기사단 총장을 보면서 고지식하다는 감상을 받았다.

"아니, 체자레를 비난하는 게 아니야. 애초에 이 임무 자체가 황제의 사적인 용무 같은 것이니 그렇게 심각하게 생각하지 않아도 괜찮아."

나는 새끼손톱만 한 크기의 볶은 콩을 입에 쏙쏙 던지면서, 체자레에게 어깨에서 힘을 빼라고 조언했다.

하지만 고지식한 남자는 완고하게 고개를 저었다.

"아닙니다. 선황 시대의 기사단 총장이었던 저를 경질하지 않으시고 그대로 앉혀두셨다는 막대한 은혜를 받은 몸입니다. 그럼에도 현 황제 폐하께서 즉위하신 지 석 달이나 지났는데도 저는 무엇 하나 실적을 내지 못한 채 은혜를 갚지 못하고 있습니다."

"………그렇군. 네가 실적을 올리지 못하는 건 황제가 바뀐 직후인데도 체제가 안정되어 있어서 분쟁이 조금도 일어나지 않는 게 이유일 테니까 좋은 거잖아. 아무튼, 콩을 먹도록 해."

바위 같은 신념을 지닌 남자의 의지를 바꾸려면 아주 고생할 것이라는 예감을 느끼며 나는 턱을 괴었다.

그러고 보면 레드 루비 형님이 체자레에게 기사단 총장직을 계속 맡긴다는 결정을 내밀히 전달했을 때, ———그린 에메랄드 형님과 나도 동석하고 있었지만———, 체자레는 비슷한 말을 했었다는 걸 떠올렸다.

『폐하, 그리고 두 분 전하. 저를 총장직에 남겨두기로 결정하신 것을 진심으로 감사드립니다. ……황제가 바뀔 때면 보통 문관·무관이 일신되곤 하였기에 저도 지금의 지위에서 쫓아내리라 예상했습니다. 새삼 제 지위가 아쉽다고는 생각하지 않습니다만, 제가 떠난 후 제 입김이 닿았던 자와 냉대받을 기사들이 걱정이었습니다.』

술술 말을 이어가는 체자레를 보며 자신의 심정을 제대로 말할 수 있다니 대단한 사람이라 생각했으나, 그 후에 다른 사람이 되기라도 한 것처럼 무뚝뚝한 모습을 보면 상당히 무리했던 거였겠지.

혹은 주군에게 은혜를 갚고자 할 때, 부하를 구하려고 할 때만 입이 매끄러워지는 건지도 모른다.

그런 생각을 하면서 체자레를 바라보고 있었더니 그는 등을 곧게 편 채로 정면에서 나를 응시했다.

"여하간 제가 이 직위에 남아있을 수 있는 건 블루 님 덕분입니다. ……현재 제국의 미래를 지휘할 수 있는 사람은 세 분밖에 없습니다. 두 분 및 블루 님 덕분에 저는 이 직위에 머무르고 있는 것입니다."

……응, 뭐, 황제인 레드 루비 형님이 그린 에메랄드 형님과 나를 존중해주는 건 맞다. '우리 셋이서 제국을 다스리자'라며 많은 권한을 부여해주셨으니까.

그래서 체자레가 여전히 총장인 것은 두 형님 덕분이자 내 덕분이라고 해도 틀린 말은 아니지만…….

하지만 그런 우리가 체자레를 중용하는 것은 체자레 본인의 자질이 뛰어나기 때문인데 말이야.

"으음, 너는 참 딱딱하군. 먼저 말투가 틀렸어. 모처럼 '블루'라고 부르게 해서 평민들 속에 자연스레 어울리려 하고 있는데, 네 말투가 모조리 망치고 있거든."

그러고 보면 이번 임무에 동행한 순간부터 신원이 판명되는 것을 막기 위해 나를 '블루'로 부르게 하고 부하 중 한 명으로 대하라고 요청했는데도 불구하고 체자레는 나를 모시는 태도를 바꾸려 하지 않았다. 이런 부분이 융통성이 없는 점이라고 생각하며 힐끗 올려다보았다.

"네가 지금 그 직위를 갖고 있는 것 말인데. ……생각해 보면 피아 덕분이야. 반년 전 이 땅을 찾아왔을 때, 나와 형님들은 아무런 힘이 없었으니까."

나는 불쑥 이 고지식한 기사단 총장에게 피아에 대해 설명해줘야겠다는 마음이 들어 입을 열었다.

우리 형제가 왜 필사적으로 피아를 찾는지 이해해주길 바랐기 때문이다.

"너도 알고 있는 일이지만, 우리 형제는 태어났을 때부터 계속 나라의 중추에서 제외되어 어떠한 기대도 받지 않았고 누군가가 찾아오는 일도 없었어. 그래서 형님들은 저주에 걸린 채로 죽고, 뒷배를 잃은 나와 동생은 살해당하리라 생각했지. 우리는 그 무엇도 이루지 못하고 태어난 의미도 없이 죽을 거라고."

먼 옛날이야기처럼 들리기도 하지만, 고작 몇 달 전까지만 해도 우리는 그랬었다.

그리고 피아를 만나지 못했다면 실제로 죽어갔을 것이다.

"……상상해본 적 있어? 두 형님의 저주를. 이마에서 피가 끊임없이 흐르는 거야. 늘 아프고, 늘 피가 부족하니까 몸이 제대로 움직여지지 않고, 의식도 분명하지 않아. 그렇게 반쯤 죽은 것 같은 상태가 기본이었어. 그런데도 둘 다 한 번도 우는소리를 하지 않았지. 우리가 어떻게 하겠다면서 늘 웃으며 나에게 용기를 불어넣어 주었어. 몸이 약해서 도저히 성인이 되지 못할 거라는 말을 듣던 나를, 저주에 걸린 상태로도 계속 지켜주었지. 그래서……,

나는 언젠가 형님들을 위해 죽을 수 있다면 바라는 바야."

나는 잔을 기울여 입에 머금은 알코올을 천천히 삼킨 후 잠시 생각한 뒤 말을 이었다.

"……피아는 정말로 여신이야. 그런 아무것도 아니었던 우리의 이야기를 듣고, 격려하고, 용기를 주었어. 그리고, ―――그 모든 것들을 이룬 후에 저주를 풀어주었지. 알겠어? 만나고 바로 저주를 푼 게 아니라, 시간을 들여서 우리를 이해한 뒤에 저주를 풀어준 거야."

나는 그때의 일을 떠올리면서 눈을 내리뜬 뒤 잔에 손가락을 올렸다.

"우리는 여신이 우리를 수용했다고 느꼈어. 우리를 시험한 후에 수해야 할 사람이라 판단하신 거라고. 그렇기 때문에 힘과 역할을 내려주신 거라고. ……형님들을 움직이는 원동력은 그거야. 보잘것없던 우리를 여신이 발견해주시고, 이해해주시고, 역할을 이룰 사람으로 인정해주셨어. 그것이 형님들에게 힘을 주고, 아무도 돌아보지 않았던 우리가 아슬아슬한 선에서 인간 불신에 빠지지 않고 머무를 수 있는 이유야."

―――피아에게 힘과 역할을 받았을 때의 감동을 말로 표현해 내는 것은 도저히 불가능한 일이겠지.

그 순간을 경계로 나와 형님들의 인생이 바뀌었다.

"체자레, 네 자질이 뛰어나다는 건 틀림없어. 하지만 선황제 시대에 총장이었던 너를 그대로 기용한 것은 형님들에게 타인을 믿는 마음을 남겨주신 피아 덕분이야. ……애초에 피아를 만나지 않았다면 우리는 지금쯤 썩어 문드러져 무언가를 선택할 수 있는 입장도 아니었을 테니까."

나는 체자레를 바라보고 한 번 더 같은 말을 반복했다.

"전부…… 피아 덕분이야. 우리 세 명은 그 여신에게 구원받았어."

"……블루 님, 제가 반드시 여신을 찾아드리겠습니다."

제국의 고지식한 기사단 총장은 내 이야기를 들은 후 잠시 침묵했다가, 주먹을 꽉 쥐고는 결의하듯이 대답했다.

"그래. 믿고 있을게."

체자레가 이해해준 것 같은 기분이 든 나는 기뻐져서 싱긋 웃었다.

그로부터 일주일 후, 어떤 행운이 축복한 것인지는 모르지만 우리는 루드 기사 가문에 도착했다.

루드 기사 가문에는 붉은 머리카락에 금색 눈동자를 지닌 딸이 있다는 이야기를 듣고 순간 기뻐했지만, 자세히 들어보자 이미 성인이 되었다고 했다. 하지만 만약을 위해 방문해보기로 했다.

기사 가문은 다른 가문 소속이어도 기사라면 쉽게 받아들이는 경향이 있기 때문에 우리는 그때까지 변장했던 것을 풀고 기사의 복장으로 찾아갔다.

아르테아가 제국 귀족이 거느린 기사로 나브 왕국의 어떤 변경백에게 심부름을 하러 왔다는 설정을 잡았는데, 루드 기사 가문은 의심도 하지 않고 우리를 받아들여 주었다. 조금 더 의심해야하지 않냐는 생각도 들었지만 분명 가주가 털털한 사람인 거겠지.

"붉은 머리카락의 둘째 아가씨는 이름이 피아라고 하는데."

성인이 되었다고 하니 다른 사람일 거라고 방심하고 있던 내 앞에서 루드가의 기사가 폭탄을 떨어트렸다.

순간적으로 '힉' 하는 소리가 나오고 숨이 멎었다.

"……그, 무슨, ……피, 피아라고?!"

놀라서 괴상한 목소리를 내는 나를 신기하다는 듯 본 루드가의 기사는 난로 위에 장식되어 있던 가족 초상화를 가리켰다.

"그래. 흔한 이름이긴 한데, 머리색은 아주 훌륭해. 저기 초상화가 있지?"

고작 몇 걸음뿐인 거리였지만 나는 전속력으로 이동한 뒤 초상화를 단단히 붙잡았다.

그곳에는 가족으로 보이는 사람들과 함께 피아가——— 내가 그렇게 찾았던, 나를 구원해준 여신의 모습이 그려져 있었다.

"피, 피아!!"

나는 벼락을 맞은 것처럼 그 자리에 무너졌다.

무심코 무릎을 꿇은 내 옆으로 놀란 체자레가 달려왔으나, 나는 부들부들 떨리는 손으로 초상화를 가리키는 게 고작이었다.

"체, 체자레! 피, 피아가! 피아가 있어!!"

체자레는 말없이 초상화를 받아들고는 가만히 피아의 그림을 바라보았다.

"아가씨와 아는 사이야? 아가씨라면 성인이 되고 바로 왕도에 가서 기사가 되었어."

안내해준 기사가 선뜻 정보를 제공해주었다.

"서, 성인?! 어? 나, 나브 왕국의 성인 기준은 10살 정도인가?"

"아니, 15살인데. 아가씨는 키가 작고 여러모로 발육이 느린 편이지만 성인이 맞아."

"뭐? ……서, 서, 서, 성인, 성인이었다고? 아니, 그 모습으로 성인이라는 건 영원을 살아가는 여신이기 때문인 건가??"

혼란에 빠져서 평정을 잃어버린 나를 불쌍하게 생각한 건지 루드 가의 기사는 의자를 권한 뒤 따뜻한 음료를 내놓았다.

스스로를 달래기 위해 천천히 컵을 입으로 가져가는 나에게 루드 가의 기사는 난로에 놓여있는, 한 번 보기만 해서는 뭔지 알 수 없는 물건들을 가리켰다.

"이건 피아 아가씨가 직접 만든 작품이야. 영지 내 연습 시합 1,000패 기념 훈장, 부러진 검으로 만든 '승리'를 의미하는 오브제, 그리고……."

기사가 가리키는 곳에 있는, 나무 조각이며 부러진 검을 사용한 정체불명의 작품들이 갑자기 국보급의 근사한 보물로 보이기 시작했다.

"첫째 아가씨인 올리아 아가씨는 피아 아가씨를 아주 아끼거든. 기념이라면서 피아 아가씨와 관련된 물품을 이것저것 보관해두고 있어."

"후……, 훌륭해! 그 올리아 양은 진정 천재다! 물건의 가치를 아는 사람이야!!"

나는 숨도 제대로 쉬지 못하는 상태로 그 뛰어난 영애를 절찬했다.

봐라, 시종장. 나도 우수한 영애를 칭찬할 수 있단 말이다.

내가 피아의 개성적인 작품을 하나하나 세심하게 감상하고 있을 때, 뒤에서 체자레의 목소리가 들렸다.

"참으로 무례한 부탁이지만 괜찮다면 피아 아가씨의 초상화를 하나 양보해줄 수는 없을까? 내가 모시는 주인이 약혼자를 찾고 있는데, 왕국 기사 가문의 영애가 이상적이라고 말씀하셨거든."

체자레는 허리에 차고 있던 검을 검집과 함께 풀더니 신원보증 대신으로 기증한다고 말했다.

새카만 검집에 들어가 있는 체자레의 검은 사상 최강이라고 불리던 '흑기사'에서 유래한다. 틀림없는 국보급 검이다.

그런 검과 피아의 초상화를 교환한다는 건…… 올바른 판단이다. 등가교환이다.

나는 속으로 체자레의 과감한 결단을 칭찬하며, 고국에 돌아간 뒤에는 제국의 보물창고에서 가장 뛰어난 검을 골라 이번에 잃은 검 대신 체자레에게 선물하겠다고 결의했다.

그나저나…….

"체, 체자레, 네가 모시는 주인은 나, 나를 말하는 건가? 피, 피아의 약혼자라니……."

내가 횡설수설 말을 고르고 있었더니 체자레는 약혼 이야기에는 관심이 없는 듯 국보와 맞바꾼 피아의 초상화를 이쪽으로 내밀었다.

그것은 손바닥 크기의 작은 그림으로, 전에 보았던 마을 사람 풍의 드레스보다 장식이 많은 파란 드레스를 입은 피아가 그려져 있었다.

"나, 나의 색을 입고 있잖아!!"

흥분해서 나도 모르게 소리치자 체자레는 조용히 고개를 끄덕였다.

나중에 생각해 보면 의외로 배려심이 좋은 기사단 총장이 내 색의 드레스를 입은 초상화를 골랐던 것이겠지만, 그때의 나는 눈치채지 못하고 잔뜩 흥분해버렸다.

"피, 피아는 아직 현현한 채 머무르고 있나 보군. 그렇다면 피아에게는 아직 해야 할 일이 있다는 거겠지? 조, 좋아! 나는 피아를 돕겠어! 왕국의 왕도로 간다!!"

내가 소리 높여 선언하자 체자레는 처음부터 내 말을 예상했던 것처럼 조용히 머리를 숙였다.

형님과 시종장에게 받은 기간은 2개월. 제국까지 돌아갈 때 소요되는 시간을 고려하면 시한을 넘겨버릴 것 같은 느낌도 들었지만, 그런 걸 신경 쓰고 있을 때가 아니다.

나는 상쾌한 기분으로 얼굴을 들어 피아가 있는 나브 왕국의 왕도에 가기로 결심했다.

【SIDE】헌병사령관 데즈먼드
「피아에 관련된 대성녀 보고를 수령하다」

"헌병사령관님, 긴급보고입니다!"

심각한 표정의 부하가 어마어마한 기세로 방에 들어왔지만, 그 입꼬리가 살짝 재미있다는 듯 올라가 있는 것을 내 눈은 놓치지 않았다.

아, 틀림없이 성가신 보고겠구나. 성가시기 짝이 없으면서 긴급도와 중요도와 영향도는 높고, 하지만 진지하게 대응하는 게 우스꽝스러워지는 안건이다.

"⋯⋯⋯⋯누구와 연관된 일이지?"

상식적으로 생각한다면 국내외의 요인과 관련된 일이겠지만, 나는 조심하기 위해 확인했다.

"제1기사단 소속 피아 루드입니다!"

"또 그 녀석이냐!!"

나는 의자에 앉은 채 눈앞의 책상을 걷어찼다.

"하하하하하. 매번 그 녀석이 내 시간을 훔쳐간다니까! 그 녀석에 관련된 안건은 여태까지 한 번도 본 적이 없을 만큼 특이해서 의미도 알 수 없고 이해도 할 수 없지만 긴급도, 중요도, 영향도는 높지!!"

나는 부하를 노려보며 공격적인 목소리로 물었다.

"그래서? 이번엔 뭔데? 피아가 두 번째 사역마를 사역했어? 아니면 체스 대신 새로운 게임을 고안했나? 하하하!"

부하는 내 발언을 무시하더니 눈을 마주치지 않고 보고하기 시작했다.

"서덜랜드에서 온 긴급보고에 의하면 서덜랜드의 주민이 피아 루드를 대성녀님의 환생이라 인지했다고 합니다. 그 때문에 그곳에서는……."

"잠깐! 너 지금 뭐라고 했어?!"

너무나도 충격적인 보고에 나는 벌떡 일어났다.

"피아가 뭐라고?"

"대성녀님의 환생이라고……."

"하하하하하, 웃기네. 웃겨 죽겠어! 대성녀님의 환생!! 신성하고 불가침영역인 대성녀님 안건!! 젠장, 최고로 성가신 일이잖아! 빌어먹을!!"

나는 짜증이 난 나머지 근처에 있던 뚜껑 열린 잉크병을 들고 창문을 향해 집어 던졌다.

잉크병은 곧장 창문을 향해 날아가 쨍그랑 소리와 함께 창문 유리를 뚫어버렸다.

미친! 창문까지 깨버렸어!! 누가 저 파편을 치워야 하는데? 나다!!

일이 늘어나 버린 것에 짜증이 한층 강해진 나는 부하를 노려보았다.

"잔드! 시릴에게 긴급 전령을 보내! 그 녀석은 서덜랜드의 영주로서 그곳을 관할할 의무가 있어! 그런데 피아가 대성녀라는 잘못된 인식이 퍼지는 동안 멍하니 손을 놓고 보고 있었더니 완벽한 직무 태만이잖아!"

"······보고서의 어디에도 피아 루드가 대성녀로 인지된 것이 오판이라고는 적혀 있지 않았습니다."

"당연히 오판이지! 그런 게 대성녀님의 환생이라면 나는 사상 최강의 검사인 '흑기사'의 환생이다!!"

거듭 말을 퍼부으려고 했으나, 그 순간 철컥하는 소리와 함께 바깥에서 문이 거칠게 열렸다.

노크 소리가 없었기 때문에 놀라서 문을 바라보았다.

누구지? 나의 집무실을 노크도 없이 열 수 있는 사람이라니 짐작 가는 바가 없는데?

문 앞에 서 있는 사람은 재커리······ 처럼 보이는 것도 같은 흑발의 기사였다.

······아니, 재커리 맞잖아. 어째서인지 머리카락의 반 이상이 마치 잉크라도 뒤집어쓴 것처럼 새카만 색이 되었을 뿐······.

거기까지 생각한 나는 조금 전 창문으로 집어 던진 잉크병을 떠올리고 몸을 흠칫 굳혔다.

큰일이다! 아주 큰일 났어! 재커리의 이 모습은 조금 전 내가 던진 잉크병을 뒤집어썼기 때문인 게 아닐까?

순식간에 그 가능성을 떠올린 나는 호들갑스러울 정도로 크게 부하를 돌아보았다.

"잔드! 그런 곳에 멍하니 서 있을 시간이 있다면 **조금 전 네가**

창문으로 던진 잉크병을 회수해와!!"

잔드가 믿어지지 않는 사람을 보는 눈빛으로 쳐다봤지만, ……이해해주렴.

재커리는 부하의 실수에는 관대하지만 동료의 실수는 봐주지 않기 때문이다.

부탁한다, 잔드! 다음 주엔 일주일 내내 매일 원하는 만큼 먹고 마실 수 있도록 해줄 테니까, 이 순간만큼은 날 위해 참아줘!!

그런 내 마음의 소리가 들린 것도 아닐 텐데, 재커리는 평소보다 거친 목소리로 입을 열었다.

"이상한 소릴 하는데? 데즈먼드. 조금 전 내가 잉크병을 뒤집어쓰고 바로…… 아, '잉크병을 뒤집어쓰다'니 이상한 표현으로 들리겠지만 말이야. 내 머리를 봐라. 꼴사납게도 머리카락의 절반이 검게 물들었지? 이건 어째서인지 내 머리를 향해 하늘에서 잉크병이 날아왔기 때문이거든. 하늘에서 잉크병이 날아오다니, 하하. 나도 참 놀랐어. 그래서 바로 어디서 날아온 건지 확인했지. 그랬더니 네 집무실이었고, 네 부하인 잔드가 창가에 등을 향하고 서 있는 게 보이더군. 즉 잔드는 잉크병을 던질 시간이 없었다는 거다."

"하……, 하…….."

"웃는 거냐? 데즈먼드. 그래, 웃기지. 잉크병을 뒤집어쓰다니, 아주 얼간이야. 날아온 것은 피하면 그만이니까. 설령 나무 아래에서 마침 낮잠을 자고 있었다고 해도, 완전히 잠든 상태였다고 해도 피하지 못했던 내가 기사단장으로서 부족하다는 것이겠지."

"아니……, 아니야, 재커리!! 나는 네가 정말 멋진 남자라고 넋이 나간 거였어!! 그 왜, 물기가 뚝뚝 떨어지는 남자는 매력적이라고 하잖아!! 하지만 너는 잉크가 뚝뚝 떨어져도 매력적인 남자다! 그래, 이게 진짜 매력이지!!"

나는 필사적으로 변명했지만 재커리는 비웃듯이 나를 내려다보고는 잔드에게 시선을 던졌다.

"잔드, 미안하지만 나는 지금부터 데즈먼드에게 중요한 용건이 있어. 당분간 단둘이 있게 해줄 수 있겠나?"

"아, 안 돼. 잔드! 나와 너는 헤어지면 안 돼!!"

나는 간절하게 외쳤으나 잔드는 차가운 눈으로 거부했다.

"절절한 외침이십니다, 단장님. 그 말을 정혼자였던 분에게 하셨다면 지금쯤 기혼자셨을지도 모르겠군요. 하지만 저는 단장님의 정혼자가 아닌지라 효과가 없습니다."

"너, 너! 그건 하면 안 되는 말이라고! 내 오랜 상처를 처절하게 후벼 파는 말이잖아……!"

잔드는 너무나 극악한 부하의 말에 항의하는 나를 무시하더니, 진지한 얼굴로 재커리에게 대답했다.

"알겠습니다, 재커리 단장님. 근무시간도 끝났으니 저는 이만 돌아가도록 하겠습니다. 데즈먼드 단장님과 마음껏 시간을 보내십시오."

"자, 잔드! 너는 내 심복인 주제에 배신하는 거냐?!"

"설마 그럴 리가요. 숭고하고 선량한 제2기사단장님께서 심복이라고 생각하실 만큼 소중한 부하에게 죄를 떠넘기려고 하실 리가 없죠. 저는 심복이 아니라 일개 기사입니다. 그렇기 때문에 이렇게 아무런 양심의 가책도 없이, 분노에 찬 최고 베테랑 기사단장님 곁에 데즈먼드 단장님을 두고 갈 수 있습니다."

"자, 잔드……."

필사적으로 매달리는 나를 웃는 얼굴로 잘라낸 잔드가 뒤도 돌아보지 않고 집무실에서 나가버렸다.

나에게 남은 것은 흉악한 미소를 짓는 제6기사단장이었다.

그리고 그날 나는 '재커리가 중요한 볼일이 있다'는 말의 의미를 내 몸으로 직접 체험하게 되었다.

후기

안녕하세요, 토야입니다. 3권에서 만날 수 있게 되었습니다.
읽어주셔서 감사합니다.

위험한 병이 만연하고 있는 시국에 여러분은 건강하게 지내고
계신가요.
하루라도 빨리 이 병이 수습되어 안전하고 안심할 수 있는 일
상이 돌아오기를 진심으로 바라고 있습니다.

아무튼 이번 3권 말인데요. 드디어 300년 전 이야기를 삽입할
수 있었습니다.
그중에서도 가장 좋아하는 장면을 표지로 그려달라고 했죠.
정말, 근사하는 말밖에 할 수 없어요! 컬러 일러스트로 들어간
피아X시릴도 최고입니다. chibi님, 감사합니다!

그런데 저는 매년 신년 운세를 뽑아서 (믿고 싶은) 내용을 믿는
사람인데요. 올해는 인생 처음으로 '대흉(大凶)'을 뽑았습니다.
……이, 있구나! 대흉이 실제로 존재하는구나!
조심조심 내용을 읽어보자 정말 처참했습니다. 모든 항목이 절

망적이라 일말의 구원도 없더군요.

암울한 기분으로 운세 종이를 바라보고 있었더니 '추락할 수 있는 곳까지 추락했습니다! 야호! 이젠 올라갈 일만 남았습니다!'라는 뉘앙스가 적혀 있었습니다.

혁, 긍정적이야! 대흉 운세는 긍정적이구나!!

생각하기에 따라서는 그렇네요. 지금이 바닥이라면 앞으로는 올라갈 일만 남았겠죠! 애초에 현재 저는 그리 불행하다고 생각하지 않으니, 여기가 바닥이라면 제 인생은 그리 나쁘지 않은 것 같은 느낌입니다.

……아니면 눈치채지 못했을 뿐, 일반적으로 본다면 저는 꽤 불행한 걸까요?

그러고 보면 얼마 전, 어째서인지 계단에서 미끄러져서 꼬리뼈가 골절되었습니다. 한동안 앉는 것도 힘들었던 듯한…….

게다가 1년 전에 산 복권을 도무지 찾을 수 없었는데, 그러자 그게 고액에 당첨되었을 것 같은 기분이 들어서 큰 손해를 본 기분이 들었습니다…….

———음, 별로 대단히 불행하진 않네요.

그런 고로 올라갈 일만 남았다는 미래가 기대됩니다.

마지막으로, 여기까지 읽어주서서 감사합니다.

힘든 시기임에도 불구하고 이 작품이 책으로 나오기까지 힘을 보태주신 여러분, 읽어주신 여러분, 정말로 감사합니다.

덕분에 이번에도 서적화 작업이 즐거웠습니다.

A Tale of The Great Saint Vol. 3
©2020 by touya / chibi
First published in Japan in 2020 by touya / chibi
Korean translation rights reserved by Somy Media, Inc.
Under the license from EARTH STAR Entertainment Co., Ltd. Tokyo JAPAN
Korean translation rights ©2021 by Somy Media, Inc.

전생한 대성녀는 성녀임을 숨긴다 3

2021년 11월 14일 1판 1쇄 발행

저　　　자 토야
일러스트 chibi
옮 긴 이 현노을
발 행 인 유재옥
본 부 장 조병권
담당편집 정영길
편 집 1 팀 이준환 박소연
편 집 2 팀 정영길 조찬희 박치우 조현진
편 집 3 팀 오준영 곽혜민 이해빈
미　　　술 김보라 서정원
라이츠담당 한주원 이다정
디 지 털 박상섭 이성호 최서윤
발 행 처 ㈜소미미디어
인쇄제작처 코리아피앤피
등　　　록 제2015-000008호
주　　　소 서울 마포구 토정로 222, 403호(신수동, 한국출판콘텐츠센터)
판　　　매 ㈜소미미디어
마 케 팅 한민지 최정연
물　　　류 허석용
전　　　화 편집부 (070)4164-3962, 3963 기획실 (02)567-3388
　　　　　 판매 및 마케팅 (070)4165-6888, Fax (02)322-7665

ISBN 979-11-384-0418-1 04830
ISBN 979-11-384-0200-2 (세트)